KB059142

어서오세요 실력지상주의 교실에 2학년편 키누가사 쇼고 ✕ 토모세 슌사쿠
Welcome to the Classroom of the Second-year

⑪

이부키를 뒤로 물러나게 하고
이번에는 호리키타가 앞으로 나왔다.

"언제든지 시작해."
"그럴 거야."

일단 호흡부터 고르나 싶었는데
그러지 않고 바로 움직였다.

"빠르네."

정한 시간까지 아직 좀 남았는데
벌써 와서 기다리고 있다니.

"안녕, 아야노코지."

"안녕, 아침 일찍부터 미안."

"아니야. 그런데 나한테 할 얘기란 게 뭐야?
전화로 말하기 힘든 얘기?"

류엔 카케루

사카야나기 아리스

11

어서오세요 실력지상주의 교실에 2학년편

Welcome to the Classroom of the Second-year

어서 오세요 실력지상주의 교실에 2학년 편 11

키누가사 쇼고 지음 / 토모세슌사쿠 일러스트 / 조민정 옮김

소미미디어

어서오세요 실력지상주의 교실에 2학년편 ⑪

Welcome to the Classroom of the Second-year

c o n t e n t s

커버, 본문 일러스트 : 토모세슌사쿠

○야마무라 미키의 독백

나는, 어느 순간부터 혼자였다.

특별히 누군가에게 미움받은 건 아니다.

그 누구의 눈에도 들어오지 않았을 뿐.

그림자가 옅고, 존재감이 없다.

좋아하고 말고를 떠나 미워하지조차 않는다.

그래서 쭉 외톨이였다.

유치원 때도 초등학교 때도 중학교 때도 그랬다.
친구다운 친구가 없어서 혼자 있는 시간이 많았다.
다른 사람과의 소통 능력을 키우지 못해 계속 공기처럼
있었다.
고등학생이 된 뒤로도 그건 다르지 않다.

하지만 그래도 괜찮다고 생각했다.

그게 나의 장점이라고, 애써 들려주기라도 하듯…….

어른이 되어서도 혼자 조용히 살아가면 된다고 생각했다.

하지만── 나는 분명 이곳에 존재하고 있다.

"……역시 ……사카야나기 씨한테 패배는, 어울리지 않는다, 고 생각해요…….."

"전해봐도 되지 않을까. 그 누구에게도 너의 행동을 비난할 권리는 없어."

마음에 스며드는, 이 감각, 감정은 대체 뭘까?

모르겠다.

몰랐다.

그저 모르고 있었다.

──이날이 오기 전까지는.

○보일 듯 말 듯 한 2자 면담

생존과 탈락의 특별시험이 끝나고, 시간이 조금 흘렀다.

카무로가 새로운 퇴학자가 된 것은 사카야나기의 측근이라는 점도 있어 2학년들에게 충격을 안겨주었으나, 원래 카무로는 다른 반에 친한 학생이 없었기 때문에 그 영향이 오래가지는 않았다.

다만 그것만이 원인은 아니다. 익숙함이 미치는 영향도 무시할 수 없겠지.

친구가 사라지는 아픔에 점점 무뎌지고 있다.

2월이 되자마자 예고되었던 2자 면담의 날짜와 상세한 내용이 통보되었다.

총 5일에 걸쳐서 한 사람당 15분 정도 면담한다는 것. 면담에 들어가는 시간은 오후 수업을 자습으로 돌리고 방과후 시간도 활용함으로써 확보했고, 그때그때 학생이 개별실로 불려 가는 형식이다.

교실 창문으로 바깥 풍경을 내다보니, 해가 제법 기울어 있었다.

오늘은 벌써 5일째 되는 마지막 날, 그중에서도 제일 마지막 순서인 나의 2자 면담 날이다.

교실에서 기다리다가, 스마트폰에 진로상담실로 오라는 선생님의 연락이 들어와 곧바로 움직였다. 교내에는 학생이 거의 남아 있지 않았고, 이따금 스쳐 지나가는 것은 동아리를 마치고 돌아가는 학생 정도였다.

진로상담실 앞에 도착한 나는 살짝 주먹을 쥔 후 손가락 제1 관절을 이용해 가볍게 세 번 노크했다. 당연히 차바시라 선생님의 들어와도 좋다는 목소리가 들렸다.

"실례하겠습니다."

그렇게 말한 다음 조용히 문을 열자, 의자에 앉아 손가락으로 태블릿을 만지고 있는 선생님이 눈에 들어왔다.

"왔어? 여기 앉아라."

잠시 내게 눈길을 주며 그렇게 말한 후 다시 태블릿으로 시선을 돌렸다.

"바빠 보이시네요."

"담임은 이 시기가 되면 싫어도 바빠지지. 그래도 오늘이면 2자 면담도 끝난다고 생각하니까 기분도 조금은 가벼워지네. 괴짜 둘을 제일 마지막 순서로 돌린 게 현명한 판단이었어."

그렇게 대답하고 앉으라고 권해서, 나는 책상을 사이에 두고 맞은편 의자에 앉았다.

"괴짜 둘……이라니요."

"뭐야, 코엔지랑 동급으로 취급하니까 충격이야?"

"아무 생각도 안 했다고 하면 거짓말이겠죠."

내 대답에 차바시라 선생님이 살짝 웃은 후 태블릿을 책상에 내려놓았다.

"코엔지가 더 괴짜 같아? 뭐, 그렇게 생각하고 싶은 마음도 모르는 건 아닌데, 내가 보기엔 그다지 큰 차이가 없어. 너도 충분히 괴짜야."

교사 눈에는 그렇게 보이나 보다.

부정하고 싶은 마음이 없는 건 아니었지만, 지금은 참고 한 귀로 흘리기로 했다.

"자, 학생 개개인과 대화할 기회는 그리 많지 않지. 진로에 관해 얘기하기 전에 학교생활부터 들어볼까. 학교 측이 개선했으면 하는 점이 있으면 말해줄래?"

"딱히 없는데요. 개인적으로는 만족하고 있어서."

"그래? 교우관계에 고민이 있다거나 상담하고 싶은 건?"

"없어요."

망설이지 않고 연달아 대답하자 차바시라 선생님이 약간 씁쓸한 미소를 지었다.

"다른 학생들은 대부분 한두 개쯤 의견을 내거나 없어도 고민하는 척은 했는데. 몸을 사리는…… 것도 아니겠지."

예상보다 더 빠른 내 대답에 다소 난감해진 모양이지만, 어쩌겠는가.

"정말로 불만이 없어서요."

만약 요구사항이 있었다면 아마 거침없이, 그저 알리는 게 고작이라고 하더라도 말했겠지.

"뭐, 그렇다면 상관없지만. ……정말로 아무것도 없는 거지?"

담임으로서 걱정이 앞섰는지, 세 번에 걸쳐 확인했다.

"없어요. 학교생활에 만족하고 있고 갈등도 딱히 없고."

"그렇구나…… 그렇다면 아주 좋은 일이지."

왠지 걱정을 감출 수 없는 듯 보였지만, 일단은 학생의 말을 믿기로 한 눈치다. 그 내용을 태블릿에 입력했다.

"차바시라 선생님도 많이 바뀌셨네요."

자기가 생각해도 그런지 한숨 섞인 쓴웃음을 지었다.

"바뀐 건 모르겠어. 단지, 예전보다 솔직해졌다고 하는 게 맞을지도 모르겠구나."

자신도 학생 때 경험했던 만장일치 특별시험.

그리고 이번에는 교사로서 겪은 만장일치 특별시험.

두 번의 경험을 통해 얻은 것과 잃은 것.

입학 초기에는 앞에 있는 이 선생님의 웃는 얼굴을 상상하기도 어려웠는데, 지금은 다 추억이다.

"……흠. 좌우지간. 앞으로도 학교생활을 하다가 뭔가 마음에 걸리는 부분이 있으면 거리낌 없이 말해주길 바란다."

"알겠습니다."

확실하게 대답한 후 서론에 해당하는 대화가 짧게 끝나고, 이번 2자 면담의 본론으로 들어갔다.

"진학과 취업 중 어느 쪽을 희망하는지, 생각이 정해졌다면 말해줄래?"

고등학생에게 이 분기점은 인생의 큰 터닝 포인트다.

그렇기에 교사는 학생이 우왕좌왕하지 않도록 올바른

길을 제시해 주어야 한다.

하지만 나는 차바시라 선생님의 기대에 부응할 수 없겠지.

"진로 문제는 가족이 어떻게 할지 판단해서 정할 것 같아요. 이 자리에서 말씀드릴 수 있는 부분은 아무것도 없을 듯하네요."

"가족이 결정한다. 그러니까 네 아버지의 의견에 따르겠다는 말인가?"

어머니가 없다는 건 학교 데이터를 통해서도 이미 파악하고 있을 것이다.

"네."

"그렇구나. 드문 케이스이긴 하지만 부모의 의향을 우선하는 학생도 없진 않아. 그래도 대부분은 진학 쪽으로 갈지 취업 쪽으로 갈지 미리 알려주는 법인데. 학교에서도 보호자의 연락을 항상 받고 있고. 실제로 부모가 자기 의견을 자식에게 말하는 경우도 많아. 그런데 너의 가족한테서는 아직 진학이나 취업에 관한 상담 요청을 아무것도 받지 않았어."

하긴 보통은 아무리 부모 뜻에 따른다고 해도 방향성은 정하지 않으면 이상하니까.

그러나 진학도 취업도 하지 않는 나는 알릴 필요가 없다.

하지만 차바시라 선생님이 그런 사정까지 읽어내는 건 불가능하다.

"문제없을 것 같아요."

"넌 그렇게 말하지만…… 가령 진학을 원한다면 원하는 대로 이제 준비에 들어가야 하는 시기야. 지원 대학의 수준에 맞춰서 수험에 대비를——."

어이없다는 투로 이야기를 시작한 차바시라 선생님이 이내 말을 멈췄다.

그리고 자세를 고치고는 시선을 맞췄다.

"난 네 과거에 대해 자세히 아는 게 없어. 그럼에도 예전에 마치 다 아는 것처럼 굴면서 널 이용하려고 했던 건 미안하게 생각해. 하지만 지금은 담임으로서 내가 맡은 학생의 실력을 확실하게 알아두고 싶구나. 그게 나의 직무니까."

"저도 알아요. 방해할 생각도 없고요."

태블릿 화면은 반사되어 잘 보이지 않았지만, 학생 개인마다 입력해야 할 항목이 공백이면 학교에 제출했을 때 책임져야 하는 사람은 차바시라 선생님이니까 말이지.

또 학교에 따라 다르겠지만, 학생이 정한 진로가 실현되는지, 수준 높은 대학이나 취업처에 갈 수 있을지와 같은 것들이 교사의 성적 및 평가로 이어지기도 한다.

"그럼 말해주겠니. 만약 부모님이 진학을 원하면 그 뜻에 따를 만큼 너에게 실력이 있다고 판단해도 될까?"

뭐라고 대답한들 미래는 아무것도 바뀌지 않는다.

하지만 나 같은 불순물 때문에 아무 의미도 없이 낮은 평가를 받는 것은 너무도 잔혹한 일.

이왕이면 조금이라도 차바시라 선생님에게 도움이 되는

대답을 해두는 것이 최선이겠지.

"어떤 대학이든 합격할 수 있다고 봅니다."

"……그렇구나. 원래라면 얼토당토않은 소리 하지 말라면서 주의를 줬겠지만, 네가 그렇게 말한다면 틀림없는 사실이겠지. 그것만은 나도 알겠어."

부정하지 않고 받아들인 차바시라 선생님이 이렇게 말을 이었다.

"상당한 영재 교육을 받았나 보구나. 머뭇거리지 않고 단언할 만큼 머리가 좋은 거면 평소에도 반에 좀 공헌해 줬으면 좋겠지만…… 지금 그 얘기는 넘어가마."

방금 나눈 대화를 태블릿에 다 입력한 차바시라 선생님이 고개를 들었다.

"현재 상황은 이해했어. 하지만 아야노코지, 너의 의견은? 부모님 뜻을 따르겠다는 건 알겠는데 네가 목표로 삼고 싶은 미래의 비전은 없니?"

"없어요. 있어 봐야 공교롭게도 저에겐 결정권이 없어서요."

그 부분은 시간을 들일수록 무의미한 논의다.

"미안. 불편한 질문이었는지도 모르겠구나."

"괜찮아요. 실제로 꿈이랄까, 희망이 아직 없을 뿐이에요. 앞으로 어떤 목표를 찾게 된다면 의논드릴게요."

"그래. 그러면 지금 단계에서는 일단 부모님 뜻에 따르겠다는 거지? 3자 면담은 3학기 끝나고 봄방학 때 있을 거야.

그때 정식으로 진로를 정하는 걸로 받아들여도 되겠지?"

"네."

그러나 부모가 참여하는 3자 면담은 실현되지 않으리라.

끽해야 그 남자가 보낸 사람이 영양가 없는 대화나 나누고 갈 게 뻔하다.

화이트 룸에 관해 입에 올릴 리도 없으니.

"아야노코지의 3자 면담은 현재까지 4월 1일로 예정되어 있어. 오랜만에 아버지를 만나겠구나. 필요하다면 시간을 많이 빼놓을 수도 있어. 진로에 대해 허심탄회하게 얘기할 좋은 기회라고 생각해 주면 좋겠다."

마치 내 부모가 올 것을 믿어 의심치 않는 듯한 발언이다.

아니, 정말 그럴까?

"……하나만 여쭤봐도 될까요?"

설마 하고 생각하면서도 확인해 둘 가치가 있다는 생각에 질문했다.

"응?"

"제 아버지가 와요? 누구 다른 대리인이 오는 게 아니라?"

질문의 의도가 파악되지 않아서 그런지 이상해하면서도 차바시라 선생님이 고개를 끄덕였다.

"그래. 그렇게 말씀하셨는데."

"설마—— 3자 면담을 제안받은 날에 바로 거절한 게 아니고요?"

무슨 소리인지 당최 모르겠다는 표정을 짓던 차바시라

선생님은 잠시 후 일부 이해를 드러냈다.

"물론 처음에 3자 면담 이야기를 메시지로 보냈을 때는 바쁘다는 이유로 대리인을 보내겠다는 답장이 왔었지. 그런 의미에서는 네 말이 맞아. 그런데 얼마 전에 그 전제를 깔고 3자 면담의 구체적인 일정을 알려드렸는데 상황이 달라진 것 같더구나."

혹시 몰라 태블릿으로 다시 확인하면서 말을 이었다.

"나에게 전화가 걸려 왔는데, 아버지가 직접 오시겠다는 답변을 받았어. 실제로 내가 본인에게 직접 들은 이야기니까 틀림없어."

"……그건 또."

무슨 바람이 불었지. 그 남자는 전에 한 말을 쉽게 번복하지 않는다. 적어도 화이트 룸생에 관해서는 그랬다. 이젠 이 학교에서 만날 일 없다고 단언해 놓고 굳이 3자 면담을 하러 온다고?

처음에는 거절했다는 모양이니 내가 상상한 대로의 전개였을 터.

그런데 갑자기 마음을 바꿔서 직접 오겠다는 의사를 밝혔다는 말인가?

다른 의도를 의심하지 않는 게 더 무리인 이야기다.

"아버지한테 전화가 왔다고 하셨는데, 구체적으로 무슨 얘기를 나누셨어요?"

"무슨? 특별히 깊은 대화는 나누지 않았어. 원래는 대리인을 보내기로 했지만, 시간이 맞아서 3자 면담에 오겠다고. 단, 혹시 일정에 조금이라도 변경이 생기면 반드시 알려달라고 하시더구나. 부모님이 바쁜 분이시면 그리 드문 일도 아니잖아?"

"그렇죠."

평범하게 생각하면 3자 면담에 올 시간이 없었는데, 나온 스케줄을 보니 시간을 낼 수 있겠다 싶어서 학교에 연락했다고도 볼 수 있다.

흐름으로는 이해하기 쉽고 이상한 점이 없다.

"다만…… 아니다, 이건 굳이 알려줄 내용도 아닌가."

무슨 말을 하려던 차바시라 선생님이 도중에 말을 멈췄다.

"다만?"

조금이라도 힌트가 필요한 나는 뒷말을 재촉했다.

"별건 아닌데. 조금 특이하다고는 생각했어. 보통 스케줄이 변경되면 연락해달라고 하는 거야 당연하지만, 그건 기본적으로 자녀의 면담 날짜에 변경이 생겼을 경우지. 그런데 네 아버지는 이번에 드린 반 전체 스케줄에 아주 조금이라도 변경 사항이 생기면 반드시 연락해달라고 하셨거든."

"예를 들면 다른 날짜의 아무 상관 없는 반 아이의 면담이 변경돼도 말이에요?"

"바로 그거야. 조금 예민하단 생각은 드는데, 전달하는 거야 어렵지 않으니까."

그래서 차바시라 선생님은 깊이 생각하지 않고 받아들였다는 것.

하지만 만약 그 남자에게 의도가 있어서 3자 면담에 오는 거라면 이유는 그 부분에 있다.

"혹시 괜찮으시면 3자 면담 스케줄표를 좀 볼 수 있을까요?"

"스케줄표를? ——뭐, 그래. 이건 보여줘도 괜찮겠지."

태블릿을 만진 차바시라 선생님이 화면을 내게 보여주었다.

"반 전체 3자 면담 스케줄표야. 기본적으로는 2자 면담과 같은 구성이지. 즉 아야노코지는 마지막 순서야."

3월 26일, 28일, 30일, 4월 1일.

총 4일로 나눠서 진행되는 3자 면담. 그 스케줄표다.

차바시라 선생님이 말했듯 내 이름은 1일 마지막, 오후 5시라고 적혀 있었다.

"봐도 특별한 건 하나도 없어. 이제 됐을까?"

"네, 감사합니다."

차바시라 선생님은 내게 보여준 태블릿 화면을 자신 쪽으로 돌렸다.

"부모 자식 사이인데 예민하게 굴지 말라고 말할 순 없지. 자세한 관계는 내가 알 바 아니지만, 자기 아이가 사랑스럽지 않은 부모란 없으니까. 그래도 그냥 내버려 둘 수는 없다고 생각하지 않았을까."

"그럴지도 모르겠네요."

여기서 차바시라 선생님과 그 남자의 사고에 관해 토론해 봐야 아무 의미 없기에 그렇게 대답하고 말았다.

하지만 사실은 그런 이유로 3자 면담에 온다고 생각하기는 어렵다.

남에게 맡기지 않고 자기 손으로 나를 퇴학시키기로 결심했나?

그렇다고 해도 몸소 뛰어드는 게 헛수고라는 건 이미 저번에 학습했을 텐데.

어떤 목적으로 3자 면담에 응한 건지, 지금은 잘 모르겠다.

1

의문이 남은 2자 면담을 마친 나는 어두워지기 전에 기숙사에 돌아와 엘리베이터에 올라탔다. 오늘은 저녁 7시에 케이와 식사 약속이 있다.

그래서 남은 한 시간 동안 준비를 마쳐야 한다.

우선 방에 돌아가 손을 씻고—— 머릿속으로 세부 계획을 세우며 도착한 엘리베이터에서 내렸는데…….

"여어. 많이 늦었네, 아야노코지."

의외의 인물이 내 방 현관문에 등을 기댄 채 나를 기다리고 있었다.

사카야나기 반의 하시모토 마사요시였다. 기다리다가 지쳤다는 듯이 무릎을 탁탁 때렸다.

"혼자 올라온 걸 보니 데이트는 아니었나 보지?"

닫히는 엘리베이터 안에 아무도 없는 것을 확인하고 물었다.

"오늘 2자 면담 날이었거든, 그래서 늦었어."

"아차, 그랬군…… 그 가능성을 고려 못 했네. 할 얘기가 좀 있는데 시간 괜찮아?"

미처 파악하지 못한 것을 반성하면서 기다린 이유를 꺼냈다.

"서서 할 얘기는 아닌 느낌인데."

"정답이야. 그 점을 배려해 준다면 고맙겠다."

그렇다면 그 뜻을 존중해 줘야겠지.

"내 방이라도 괜찮으면 들어와."

저녁 준비할 시간이 줄어들겠지만, 잠시라면 충분히 대처할 수 있다.

게다가 거절할 이유도 떠오르지 않았기에 하시모토를 방에 들이기로 했다.

"미안."

"이야기는 들어줄 수 있지만, 극진한 대접까진 기대 안 했으면 좋겠다."

"지금의 나한텐 그것만으로도 고마워."

자조하듯 슬쩍 웃고는, 열쇠 구멍에 열쇠를 꽂아 넣는

내 등을 가볍게 두드렸다.

문을 여는 순간에 나는 비상계단 쪽을 보았다.

우리를 지켜보는 시선을 느꼈는데, 하시모토도 이미 알고 있는지 아니면 인지하지 못했는지 판단이 서질 않는다. 일단은 개의치 않고 안으로 들어갔다.

"실례할게. ……오오, 역시 여친 있는 남자 방은 느낌이 다르네."

실내에 발을 들여놓자마자 사방에 깔린 케이의 흔적을 보고 휘파람을 불었다.

"침대에 앉아도 돼? 아, 역시 그건 좀 그런가?"

"뭐가? 그냥 하고 싶은 대로 해."

그렇다면, 하고 하시모토가 양해를 구하면서 천천히 침대 위에 앉았다.

하시모토는 남의 침대에 앉는 게 조심스러운가. 신경 쓰이는 모양이다.

"그래서? 할 이야기가 뭔데?"

"좀 무거운 얘기야. 내가 어떻게 처신해야 할지 고민이돼서. 상담을 좀 하고 싶어."

우회하지 않고 바로 본론을 꺼냈는데, 듣자마자 마음에 걸리는 부분이 있었다.

하지만 처음부터 대뜸 끼어들면 너무 멋없으니 조금만 더 놔두기로 한다.

"처신──이라면?"

"이미 듣지 않았어? 카무로가 퇴학당한 원인이 뭔지."

"가벼운 소문이야 들었지. 누가 특별시험에서 류엔과 손잡고 정보를 흘렸다고. 그 결과 A반이 꼴찌로 전락해 버렸다고."

"맞아. 그 시험은 정보가 유출되면 바로 승산이 없어지니까."

하시모토의 말처럼 패배의 결정타는 정보를 흘린 배신 때문이었다.

유출자가 없었다면 A반은 꼴찌를 면했을 가능성이 높다.

"가장 먼저 의심받은 사람이 나야. 요즘엔 매일 반 애들 몇몇한테 경멸이 담긴 눈빛을 받고 있어."

실제로 반 내부에서만이 아닐 것이다.

그만큼 자기 반을 배신하는 행위는 충격적이고 위협도 되기 때문이다.

"솔직히 말하면 그런 얘기도 듣긴 했어. 지금 상황, 유감이다."

배신자는 하시모토라는 목소리가 현재 가장 큰 것은 사실이다.

류엔과 접촉해 밀약을 맺은 게 아니냐며.

예전에도 몇 번인가 수상하게 행동한 적 있었다는 것을 고려하면 당연한 흐름이라고도 할 수 있다.

하지만 확실한 증거가 있다는 이야기는 듣지 못했다.

지금 상황은 소거법에 따라 하시모토가 아닌가 하는 쪽

으로 흘러가고 있는 단계다.

"그래도 어쩔 수 없다고 포기하는 방법밖에 없을까? 다 평소에 내가 했던 행동 때문이라면서."

"울며 겨자 먹기로 받아들이는 게 싫다면 적극적으로 나서서 너의 무고함을 주장해 볼 수도 있겠지."

"어떨까. 무죄 추정의 원칙이라는 말도 있지만, 이 세상은 그 반대로 흘러간다고 난 생각해. 의심받는 상황에서 경솔하게 목소리를 냈다가 오히려 의심이 더 짙어질 수 있잖아. 근거도 없이 머릿속으로 범인이라고 단정 짓는 사람은 절박한 호소조차 의심하기 마련이라."

바로 에코 체임버 현상이다. 비슷한 의견을 가진 학생들이 모이면 그게 정답이라고 착각하는 것이다. 폐쇄적인 이 학교에서는 특히 그런 경향에 빠지기 쉽다.

성가시게도 이 현상은 범인이 아니라는 결정적 증거를 내놓지 않는 한, 하시모토 본인이 어떻게 해결하기란 불가능하다.

"정답일지도 모르겠네. 침묵 쪽을 고르는 게."

"그렇지?"

명확하게 아니라고 부정할 만한 재료가 없는 이상에는 입을 열어본들 상황은 달라지지 않는다.

오히려 괜한 발언으로 더 의심만 사게 될지도 모른다.

"눈물 나려고 하네."

일부러 눈두덩이를 누르는 척하고 있는데, 내가 입을 열었다.

"서론은 이 정도면 된 것 같은데? 사카야나기를 배신한 이유가 뭐야?"

그 말을 들은 하시모토가 동작을 멈추더니, 눈두덩이를 누르던 손가락을 천천히 뗐다.

"야야, 눈물 맺힐 시간은 좀 주라. 불쌍한 나를 연기한 게 바보 같잖아."

"시간 낭비라고 생각했어. 이제 시간이 늦었기도 하고, 가능하다면 빨리 저녁 준비를 하고 싶어서."

곧 케이가 올 거라는 얘기는 생략하고 그렇게 말했다.

"뭐야, 여친이랑 약속이라도 있어?"

"그래."

"뭐가 그래, 야. 나와의 우정을 여자보다 두텁게 여기란 말이야."

"미안한데 약속한 순서가 달라서 그 요구는 무리야. 그리고 우리 우정이 두터웠던 기억이 없는데."

사실을 사실로 말하자 하시모토가 두 손을 침대에 얹으며 한숨을 내쉬었다.

"뭐, 네가 냉정하게 상황을 이해하고 있다면 됐다. 지금은 그게 딱 좋아."

한 번 말을 쉬었다가 바로 핵심으로 들어갔다.

"내가 왜 사카야나기를 배신한 것 같아?"

대답을 듣기 전에 한번 생각해 보라며, 하시모토가 문제를 냈다.

"거기까진 모르겠는데. 거액의 프라이빗 포인트를 대가로 받는 것 정도밖엔 떠오르지 않아."

대부분이 예상하는 스토리를 그대로 말했다.

다만 배신할 가치가 있는 대가인지는 회의적이다.

물론 사카야나기가 지게 만들었지만, 고작 한 번. 게다가 잃은 반 포인트는 100.

카무로라는 측근이 퇴학한 것은 타격이 크지만, 그건 부산물에 불과하며 교섭 단계에서 보상에 포함되어 있었을 가능성은 적다.

50만 아니면 100만? 그 이상이라고 해도 반을 배신한 대가라고 보기에는 너무 값싸다.

"내가 듣고 싶은 건 누구나 예상하는 답변이 아니라 아야노코지 너의 의견인데."

내가 진지하게 대답하지 않았다는 것을 하시모토도 잘 아는 모양이었다.

"미안한데 내 생각을 들려줄 마음이 안 생겨."

"뭐? 어째서? 너와 내가 아무 사이도 아니라서?"

"그런 게 아니야. 너부터 지금 진지하게 얘기하지 않고 있어서야."

"뭐라고? 난 진지하게 의논하고 있는데? 살아남을 방법을 필사적으로 찾고 있단 말이야."

"만약 진심으로 하는 말이라면 이미 늦었어."

"늦었다니……."

"자기가 어떻게 처신해야 좋을지 못 정하고 헤매는 사람은 애초에 반을 배신하지 않아."

사카야나기에게 활을 쏘는 것은 대장의 목을 노리는 것이나 같은 행위.

그 자리의 분위기에 따라 행동하는 게 아니라 사후 대처까지 전부 생각한 다음에 결단해야 하는 법이다.

"그렇군. 듣고 보니 어떻게 처신해야 좋을지 상의하고 싶다는 건 멍청한 발언이었나……."

얘기가 시작되자마자 내가 마음에 걸려 했던 부분이다.

하시모토는 미안하다고 거듭 사과한 다음 다시 이야기를 시작했다.

"내가 사카야나기를 배신한 이유는 너 때문이야, 아야노코지. 너를 A반으로 반드시 빼 오려고 사카야나기를 설득하려고 했던 게 계기였지."

"설득? 그건 도저히 설득이라고 할 수 없지. 단순히 반을 끌어들인 자해 행위야."

"흥미로운 표현이네. 뭐, 대체로 맞는 말이지만."

웃으면서 대답한 하시모토인데, 여유가 있는 걸까, 없는 걸까.

속마음을 꿰뚫어 보지 못하게 일부러 감추고 있다는 느낌이 든다.

나에게 약점을 보이고 싶지 않은 거겠지.

진실이 내포된 이야기를 들려주면서도 역시 속에는 여러 가지 비밀을 숨기고 있는 구석이 있다.

"의문만 늘어날 뿐이야. 애당초 나 같은 애랑 저울에 달아본 뒤에 사카야나기를 배신했다? 남이 들으면 도무지 이해가 안 돼서 머리를 쥐어뜯을 이야기 같지 않아?"

"머리를 쥐어뜯는 놈은 그만큼 무능하다는 거지. 이렇게 된 마당에 겸손 떨 필요 없잖아. 난 내 나름대로 남들보다 몇 배로 돌아다니면서 정보를 모은 결과, 네가 제일 대단한 사람이라는 걸 확신했어. 필요하다면 처음부터 다 설명해 줄 수도 있는데, 그러면 네가 아까워하는 시간을 낭비하게 되겠지."

"내가 아니라고 말해도 받아들일 것 같지 않네."

"그래. 넌 혼자 힘으로 반 순위를 뒤집을 만큼 실력이 있어. 그래서 사카야나기한테 너를 잡지 않으면 다음에도 배신하겠다고 협박했어. 그 말을 들어줘서 아야노코지가 A반에 오면 든든해지고. 그렇게 승리의 방정식이 완성되는 거지."

하시모토가 주먹을 불끈 움켜쥐었는데, 너무도 무모하고 지나치게 비현실적인 얘기다.

"이렇게 말해서 미안한데, 너무 꿈 같은 소리야. 설령 네가 짐작하는 그 실력이 정말 나한테 있다고 해도, 사카야나기를 적으로 돌려선 아무런 의미도 없어. 그리고 전에 나한테 권했을 때 분명 긍정적으로 검토하겠다고는 말했지만, 정식으로 그 반에 가겠다고 말한 기억은 없어."

확실한 약속도 받지 않은 상태에서 독단적으로 움직이다니, 확실히 너무 성급하게 앞서나갔다.

"그럼 만약 반을 옮긴다고 해도 그게 A반은 아니라는 뜻이야?"

"현재까진 그렇다고 밖에 말할 수가 없지. 사카야나기랑 대립하는 건 완전 사양이니까."

당연하게 생각했던 것을 말해주자, 하시모토는 충격을 받긴 했어도 "역시 그렇겠지" 하고 중얼거렸다.

"예스라는 대답이 제일 좋았겠지만, 그렇겠지. 쉽진 않은 건가."

대답하는 모양새가 차분한 걸 봐서도 내가 A반을 선택하지 않을 가능성을 충분히 고려했던 것일까.

그렇다면 대체 무엇을 위한 배신이지?

지금까지 확보한 정보를 가지고 명확하게 추리하긴 어렵다.

"야, 내가 그렇게 배신할 애처럼 보여? 사카야나기도 바로 의심하던데."

"그런 캐릭터지."

"조금이라도 나 좀 옹호 해주라⋯⋯는 무슨. 내가 먼저 움직였다지만, 정면으로 선전포고를 받았어. 평범하게 생각했을 때 만에 하나라도 나한테 승산은 없겠지."

사카야나기는 카무로를 버리고 말았다고 후회하면서,

그 원인인 배신자에 대한 감정이 당사자의 생각 이상으로 강할 테니까 말이다.

"그래도 이번 배신 말이야, 정말 나만 잘못한 걸까? 난 A반으로 졸업하기 위해 지금 할 수 있는 제일 좋은 방법을 알려줬다고 생각해. 받아들이지 않아서 강경책으로 나선 것뿐이고. 누구한테 잘못이 있는 거지?"

"너무 정색하네. 다만—— 네 직감은 틀리지 않았어. 정말 지금 전력 그대로 계속 사카야나기 밑에서 명령만 따른다면 앞으로도 계속 A반일 거란 보장은 전혀 없지."

현실적인 문제로 반 포인트 차이가 서서히 좁혀지고 있다.

"그렇지."

"하지만 큰 잘못도 동시에 범했어."

"사카야나기를 적으로 돌린 것 말이지?"

"정답이면서 틀렸어. 사카야나기를 적으로 돌리는 게 꼭 잘못은 아니야. 사카야나기를 적으로 돌려도 이긴다는 보장이 없는데 움직인 게 잘못이지. 이길 확률이 희박하다면 다른 방법을 썼어야 해."

"내 나름대로 고민해 봤다고. 하지만 이 방법밖에 없다고 결론을 내린 거지."

"너 혼자 계산해서 낸 답이야. 그게 정답이라고 단언할 순 없어."

하시모토는 그 사실을 부정하지 않고 미래를 상상했다.

"만회는 어렵겠지. 그렇다면 이대로 난 사카야나기한테

밝히는 건가?"

"그렇게 되겠지. 그게 싫으면 남은 선택지는 오직 사카
야나기를 이기는 것뿐이야."

"내가 덤비면 사카야나기를 이길 수 있을까?"

"일단 확인하겠는데, 네가 말하는 '이긴다'는 상대를 퇴
학시키는 걸 의미하는 건가?"

고개를 끄덕이는 하시모토. 요컨대 화해하는 길은 없다.
그렇다면 답은 하나다.

"아무리 긍정적으로 보려고 해도 너무 불리한 게 사실
이야. 앞으로 있을 특별시험에 따라 다르니까 뭐라고 말
은 못 하겠지만, 사카야나기는 어떤 의미에서 지금은 류엔
보다도 너를 더 퇴학시키고 싶을 거야. 극단적으로 말해서
설령 네가 반격에 성공해 사카야나기를 퇴학으로 몰고 간
다고 해도, 동귀어진 각오로 덤볐다가는 너도 그대로 길동
무가 될 수 있어."

그렇게 되면 류엔도 배신자 하시모토라는 골치 아픈 존
재를 받아들이지 않아도 된다. 오히려 동시에 강적을 제거
하는 셈이니 류엔 입장에서는 일석이조다.

아니, 애당초 동귀어진의 각오로 덤비더라도 사카야나
기를 쓰러트리는 건 어려운 일이다.

사카야나기와 하시모토는 현시점에서 판단하는 한 압도
적인 전력 차이가 있다.

상대는 하시모토보다 몇 수 위에 있는 데다가 프로텍트

포인트까지 가지고 있다.

요컨대 쓰러트리려면 두 번 찔러야 한다.

게다가 지금의 하시모토는 오로지 사카야나기와 싸우는 것만을 생각하고 있다.

그건 너무나 안일한 생각이다.

승부가 결정 나는 순간 문제가 단번에 해결될 거라고 믿고 싶은 마음은 이해한다.

하지만 사카야나기를 잡는다고 해도 그건 시작에 불과하다.

무너지는 반의 재정비. 자신에게 복수하려고 하는 사람. 문제가 잇달아 봇물 터지듯 쏟아지겠지.

내가 같은 편이 될 것이라는 확증도 없이, 사카야나기를 상대로 불리하다는 것을 알면서도 배신을 저질렀다.

이게 이상한 행동이 아니면 무엇인가.

"지금 나눈 대화로 내가 알게 된 하시모토, 너의 결점은 사람을 신뢰하지 않는다는 거야."

전부 다 털어놓지 않고, 혼자 판단해서 행동한다.

성공하면 괜찮지만, 실패할 것 같을 때 의지할 사람이 한 명도 없다.

"부정은 안 할게. 하지만 류엔이나 사카야나기도 마찬가지잖아. 남을 믿지 않는 거."

"믿지 않아도 얼마든지 싸울 수 있는 실력이 있으니까."

"그쪽으로 이야기가 돌아가네."

하시모토가 통찰력이 없는 것은 아니다.

나를 적으로 두면 언젠가는 질 거라는 사실을 피부로 느꼈다.

거기까지는 나쁘지 않다. 하지만 지금까지도 그랬고 앞으로도 혼자 생각하고 혼자 결론을 내리겠지. 남을 믿지 못하는 폐해가 낳은 것.

만약 하시모토에게 진심으로 믿을 수 있는 사람이 여러 명 있다면 상황이 지금과 같아도 조금은 나았을지 모른다.

"아무 승산도 없는데 사카야나기한테 반기를 들었다고 생각하진 않았으면 좋겠다. 나도 그 정도로 멍청하진 않아."

나름대로 승산이 있다고 하시모토가 중얼거렸다.

들어보려고 귀를 기울였지만, 나를 쳐다보기만 할 뿐 계속 말하려고 하지 않았다.

"——그 이야기를 하기 전에, 아야노코지한테 꼭 확인하고 싶은 게 있어."

그리고 하시모토는 어떤 질문을 던졌다.

자신이 왜 그 타이밍에 사카야나기를 배신하는 큰 도박을 걸기로 했는지.

그 이야기를 꺼내기 위한 질문을.

2

하시모토와의 대화에 생각보다 시간이 많이 든 것 같다.

"미안. 곧 카루이자와가 오지? 얘기가 너무 길었군."

"어쩌겠어. 중간에 끊을 수 있는 내용도 아니었잖아."

"유의미한 시간이었다는 말로 해석해도 되겠지?"

긍정을 담아 고개를 끄덕이자, 하시모토도 호응하듯 고개를 끄덕였다.

속에 담아두었던 것을 다 토해냈다는 느낌이다.

나는 그런 하시모토를 배웅하는 김에 밖에 나가기로 했다.

"오늘은 편의점에서 저녁 사 와야겠다."

엘리베이터 버튼을 누르려는 하시모토에게 그렇게 말하자 위로 가는 버튼을 누르려던 손가락을 멈추고 바로 하강 버튼 쪽을 눌렀다.

"그럼 나도 따라가도 돼? 물론 더 이상 심각한 얘기는 일절 안 하고."

당연하지만 하시모토도 꽤 지친 모습.

가볍게 끝내고 싶은 마음을 받아들여 함께 편의점에 가기로 했다.

엘리베이터를 타고 로비에서 내렸다.

때마침 귀가하는 중이었는지 하시모토와 같은 반인 모리시타를 맞닥뜨렸다.

"우연, 맞죠, 아야노코지 키요타카?"

"우연 맞지."

인간관계의 변화를 느끼는 순간이었다.

지난 2년간 학교생활을 하면서 모리시타와 엇갈린 순간은 수도 없이 많았다.

언제 어디서 스쳐 지나가든 신경도 쓰이지 않았는데, 지금은 얼굴이 마주치면 서로 걸음을 멈추고 자연스럽게 대화를 시작한다.

"그리고 배신자 하시모토 마사요시도 우연이네요."

"야, 마주치자마자 무슨 그런 말을. 좀 봐주라."

"실례했어요. 아직 단정 지을 근거를 찾지 못했죠. 삼가 정정할게요."

발언은 정정했지만, 그렇게 생각하고 있다는 사실은 바뀌지 않는다.

실제로 배신자이긴 하지만, 옆에 있는 사람이 어떤 의미에선 나여서 다행이라고 하시모토도 생각할 것이다.

"아야노코지 키요타카는 안 놀라네요."

"이미 오래전에 소문이 돌았잖아. 게다가 A반 당사자들과 달리 난 진상에 크게 관심도 없어서."

"그래요? 전 또 배신자한테 상담이라도 받은 줄 알았죠."

자기 생각과 억측을 술술 늘어놓으면서 인정사정없이 나를 찔러댄다.

그 과감함에 감탄하고 있는데 하시모토가 끼어들었다.

"그만하라니까. 나를 배신자로 의심하는 것까진 괜찮은데, 공주 씨가 지시도 안 내린 상황에서 제삼자를 끌어들이는 짓은 하지 마."

그렇게 배신자 같지 않게 당당한 말투로 모리시타를 만류했다.

"그럴지도 모르겠네요. 그나저나 이제 곧 밤인데요. 어디 가는 길이에요?"

모리시타는 더 이상 하시모토를 무리하게 상대하려고 하지 않고, 나에게 그렇게 물었다.

"편의점. 저녁밥 사러 가."

"나도."

"하시모토 마사요시한테는 안 물어봤는데, 그렇군요. 그런데 아야노코지 키요타카는 기본적으로 직접 밥을 지어 먹는 사람인 줄 알았는데—— 누구랑 얘기하다가 늦어진 건가요?"

요즘 들어 밥을 지어 먹는 비율이 높긴 한데 어디서 얻은 정보일까.

모리시타의 의심은 점점 강해져만 가는지 일부러 그러는 듯 의문을 드러냈다.

"아야노코지랑은 같은 엘리베이터를 탔을 뿐이야. 2자 면담 때문에 늦었다는 것 같던데."

귀찮은 걸 물어도 곤란하다고 생각했는지 하시모토가 가볍게 넘기듯이 대답했다.

하지만 모리시타는 오히려 의심이 짙어진 모양이었다.

"그거 이상하네요. 아야노코지 키요타카의 2자 면담은 끝난 지 한참 됐을 텐데요. 보니까 오늘은 둘이 진득하게 얘기를 나눴나 봐요."

호리키타 반의 속사정을 조사한 건지 하시모토도 모르는 사실을 잘 파악하고 있었다.

대충 넘기려던 게 오히려 화가 되었나.

"아니, 그러니까 난 아무 상관 없대도 그러네. 아야노코지가 뭐 했는지 난 전혀 모른다고."

"하지만 4층에서 엘리베이터에 탈 때부터 같이 있지 않았나요?"

도망칠 곳을 막듯 그렇게 말하면서 시선을 슬쩍 엘리베이터 모니터 쪽으로 보냈다.

"쳇, 다 보고 있었냐……."

"다른 사람이었으면 그렇게까지 신경 안 썼을지도 모르는데, 보인 사람이 잘못했죠."

난감하다는 투로 하시모토가 씁쓸하게 웃었다.

하지만 이렇게 마주쳤다고 해서 동요하거나 당황하는 것 같지는 않았다.

"트레이터로서 움직이는 건가요?"

"뭐? 뭐야, 트레이터가?"

"배신자라는 뜻이야."

뜻을 알려주자, 하시모토가 맥이 탁 풀렸다는 듯 어깨를 과장되게 떨구었다.

"좀 봐달라니까, 모리시타, 그거랑은 완전히 별개의 일이야."

"어떤 별개의 일이요?"

"그건 말 못 해. 남자끼리만 얘기할 수 있는 것도 이래저래 많다고. 안 그래?"

동의를 구해서 일단 맞춰주었다.

"성별이 달라서 깊게 말해줄 수 없다. 추궁을 피하기에 편리한 방법이네요."

"뭐라고 말해도 안 통하네, 얘."

두 손 두 발 다 들었다며 어깨를 움츠리는 하시모토.

불과 조금 전에 말했듯 입을 열면 열수록 의심만 받는 상황이다.

"뭐, 됐어요. 그보다 저도 편의점에 같이 가도 될까요?"

"그야 딱히 상관없는데, 무슨 볼일 있어?"

"네. 분명히 있을 거예요. 가면 떠오를 거예요."

볼일이 없다는 것을 스스로 드러냈지만, 우리에게 거절할 권리는 없으니.

거절해 봐야 뒤에서 따라오면 어쩔 도리도 없다.

"알았어. 이렇게 된 거 셋이 같이 가자고."

"그럼 따라오면 되겠네요."

몸을 휙 돌린 모리시타가 앞장서서 걷기 시작했다.

"왜 자기가 리드하는 거야…… 참 일관적으로 모를 애라니까. 미안하다, 아야노코지."

"난 괜찮아. 큰 문제는 아니니까."

문득 든 궁금증은 A반에서 모리시타라는 존재를 어떻게

받아들이고 있는가였다.

학력이 높다는 사실은 OAA를 통해서도 잘 알려져 있겠지.

하지만 그 이외의 부분은 솔직히 모르겠다. 이건 물어봐도 괜찮을 듯하다.

"모리시타는 반에서 어떤 위치에 있는 애야?"

"어떻고 자시고, 본 그대로야. 머리는 좋은데 애가 특이하고 늘 혼자 행동해."

"친하게 지내는 친구가 없다는 뜻인가?"

"내가 기억하기론 없어."

정보 수집에 여념이 없는 인물의 발언인 만큼 신빙성은 높아 보인다.

그런 모리시타의 등을 응시하면서, 하시모토는 이상하다는 듯 엄지와 검지를 턱에 댔다.

"그래서 더 별일이 다 있다 싶은 거지. 이런 식으로 먼저 말 걸어온 거."

그렇게 중얼거린 후에 나를 곁눈질해서 선수 쳤다.

"그냥 배신자를 감시하고 있는 게 아닐까?"

"뭐…… 그럴 가능성도 전혀 없진 않은데……. 아니 그런데 너도 참 배려심이라곤 없다."

"배려가 필요한 사람한텐 잘하는데."

"에휴. 하여튼 조금 마음에 걸리는 건, 내가 인식했을 때 모리시타는 극단적인 사카야나기 신봉자가 아니라는 거야.

그냥 어중간한 느낌. 그렇다고 적극적으로 움직여서 혼자 문제를 해결하는 타입도 아니고. 그래서 이렇게 깊이 파는 이유를 모르겠다는 거지."

모리시타가 적극적으로 움직이는 타입이 아니라고? 정말 그럴까?

접촉 횟수가 적긴 해도 내가 받은 인상은 정반대다. 오히려 혼자 문제를 해결하려고 적극적으로 움직이는 인물이라는 인상이 강하다.

물론 지금까지 탄탄하게 승리를 지켜온 사카야나기에게 일임했다는 점을 봐서는 패배를 계기로 모리시타가 생각을 바꿨을 수도 있지만, 하시모토가 그러한 조짐을 전혀 눈치채지 못했다고 생각하긴 어렵다.

이 남자는 진실과 거짓을 비슷한 비율로 섞으면서 그런 내색도 없이 말했다.

지금 셋이 걷고 있는 이 상황조차 단순한 우연이 겹친 게 아닐 수도 있다.

하시모토는 내게 접촉했다는 사실을 간접적으로 그리고 우연을 가장해 사카야나기가 알게 하고 싶은 것이다.

그런 의도가 있다고 봐야 한다.

그게 아니라 모르길 바란다면 눈에 띌 위험이 있는 내 방 앞에서 굳이 기다리지 않았겠지. 서로 연락처를 알고 있으니 얼마든지 남몰래 연락을 주고받을 수 있다. 배신자인 하시모토가 나와 접촉했다는 사실을 직접적 혹은 간접적으로 사카야나기가 알게 만드는 목적.

　물론 진상은 아직 하시모토밖에 모르겠지만, 내 눈에 보이는 것도 있다.

　방에서 보여주었던 하시모토의 진실과 거짓.

　자기가 한 행동은 전부, 혼자만의 이익으로 이어진다고 믿고 있다는 것이다.

　자기만 이익을 보고 싶다.

　자기만 살아남고 싶다.

　자기만 이기고 싶다――.

　그 과정에서 누가 어떻게 되든 상관없다. 그렇게 생각하고 있다.

　평화주의자가 알면 하시모토를 악으로 간주하면서 꺼리고 싶어하겠지.

　하지만 하시모토를 알면 알수록 난 그에게 공감이 가고 동조하게 된다.

　본질을 찌르며 살기 때문이다.

　본래 그런 악을 관철하기 위해서는 가타부타 말할 수 없게 만드는 힘이 필요하다.

　그러나 하시모토는 힘이 없었다.

　그래서 카멜레온처럼 환경에 맞춰 색깔을 바꾸는 기술을 익혔다.

환경에 융화되어 살아남으려고 한다.

그게 바로 지금이며 지금까지 한 행동인 것이다.

로비에서 빠져나온 우리 셋은 편의점까지 걸어갔다.

편의점 안에 들어가 바구니를 든 나는 스마트폰으로 케이에게 연락했다.

원하는 것을 묻고 내 것과 합쳐서 저녁 메뉴를 정했다.

데우기만 하면 끝인 편의점 반찬도 충분히 맛있으니까.

장을 보다가, 우리보다 뒤에 들어온 인물과 음료수 코너에서 마주쳤다.

"아…… 아, 안녕하세요……."

그렇게 인사를 건넨 사람은 하시모토와 같은 반 여학생인 야마무라 미키였다.

"여기서 만날 줄은 몰랐네."

"그러, 게요."

내 말에 왠지 겸연쩍어하는 얼굴로 맞장구치는 야마무라.

역시 비상계단에서 하시모토를 감시했던 건 야마무라였군.

기숙사에서 나온 후에도 거의 티를 내지 않아 누군지 알 수 없었다.

그렇기에 오히려 야마무라가 아닐까 짐작했었는데, 정답이었던 모양이다.

단독으로 움직이는 건지 배후에 사카야나기가 숨어 있는 건지 아직은 모르겠지만, 내가 엘리베이터를 타고 내 방에 돌아오기 전부터 대기하고 있었던 것을 봐서도 하시모토를 감시하고 있었을 가능성이 더 높아 보인다.

아니, 그보다도 야마무라가 나를 몰래 감시할 이유가 현재까지는 딱히 짐작이 가지 않는다.

"어라, 야마무라 아냐? 이런 우연이."

대화를 나누는 우리를 본 하시모토가 손에 카레 맛 컵라면을 든 채 다가왔다.

"안녕하세요…… 하시모토 군."

"야마무라가 편의점에 있는 거 처음 본다."

단순한 습관일까 아니면 뭔가 냄새를 맡은 걸까.

진짜인지 거짓인지 모를 정보를 내놓고 야마무라의 반응을 살폈다.

"아아, 그게, 편의점도 자주 오는데요…… 일주일에 한두 번 정도지만요…… 워낙 눈에 안 띄니까…… 죄송해요."

"아, 아니 나야말로 왠지 미안하네……."

속을 떠보려고 그랬을 텐데, 야마무라의 희미한 존재감을 지적한 모양새가 된 바람에 하시모토가 허둥지둥 사과했다.

"별일이네요. 야마무라 미키가 남자랑 얘기를 다 하고."

"네가 할 말은 아니지, 모리시타."

"나는 배신…… 아니, 하시모토 마사요시가 살짝 신경 쓰이는 나이라서요. 사랑인가?"

"정기적으로 일부러 훅 들어오지 마라. ……뭐, 야마무라도 똑같이 나를 의심하고 있겠지만."

그렇지? 그렇게 떠보는 의도가 포함된 눈빛을 야마무라는 고개를 숙여 피했다.

묵직한 침묵이 편의점의 특성이라든지 경쾌한 음악과 어울리지 않아 불협화음을 이루었다.

그것을 멈추게 한 사람은 하시모토도 야마무라도 아닌 모리시타였다.

"이렇게 된 김에 같이 장 봐요. 괜찮죠?"

"에, 아, 그, 그래요…… 제가 있어도 괜찮으면…… 말이지만요."

분위기 파악 따위 애초부터 하지 않는 태도가 여기서 빛을 발한 듯하다.

다짜고짜, 분위기에 휩쓸려 야마무라도 같이 물건을 고르게 되었다.

뭐, 원래 편의점은 물건을 사러 오는 곳이므로 이상하진 않지만.

야마무라가 다른 학생과 얘기하는 모습을 볼 기회가 많지 않은데, 같은 반과의 대화에도 고전하고 있다는 느낌을 받았다.

모리시타에게 옷소매를 붙잡혀, 추천 상품을 거의 반강제로 손에 쥐었다.

이것도 저것도 거절하지 못하고 상품을 서너 개씩 막 바구니에 담았다.

"너무 권하지는 말지."

"왜요? 야마무라 미키는 나의 세일즈 토크를 기쁘게 받아들이고 있는데요."

"전혀 안 기뻐하는 것 같은데. 눈을 씻고 봐도 곤란한 얼굴이잖아."

"그래요?"

"그, 그게……."

누구 편을 들든 어떻게 대처해야 할지 모르겠는지 야마무라가 말을 머뭇거렸다.

"내가 억지로 사게 하고 있어요?"

"그, 그런, 건 아닌……."

말로 살짝 몰아붙였을 뿐인데 야마무라가 몸을 사리며 부정하는 말을 삼켰다.

"이게 싫어하는 건가요? 자, 다음 추천 상품을 알려줄게요. 다른 사람한테는 비밀이에요."

편의점 스파이도 아니면서 또 다음 상품을 권했다.

음료수 냉장고에서 주스를 꺼내려고 한다.

"친하게 얘기 나누는 중에 미안한데 잠깐 좀 비켜줄래?"

그런 대화를 나누고 있는데 새로운 손님이 음료수 코너에 왔다.

나는 알아본 것 같지만 옆에 있던 야마무라는 놓쳤는지 어깨가 살짝 부딪쳤다.

"아, 죄, 죄송합니다."

편의점 안은 그리 넓지 않기 때문에 여러 명이 모여 있기만 해도 다른 손님이 상품을 고를 때 방해가 된다.

큰 충격은 아니었지만, 야마무라가 사과하며 비켰다.

"아니, 나야말로 못 봤어. 미안하다."

긴 은발을 휘날리며 녹차 페트병을 하나 꺼냈다.

"난 이 회사의 녹차를 좋아해. 진짜 찻주전자로 우려낸 듯한 감칠맛과 향을 알맞게 느낄 수 있잖아? 아야노코지."

마치 음료 회사 스파이처럼 말하면서 나를 쳐다본 사람은 3학년 B반 키류인 후카였다.

"그 회사 건 마셔본 적이 없어서 뭐라고 대답을 못 하겠네요."

"그거 유감이네. 기회가 되면 마셔봐."

"지금 돌아가는 길이에요? 키류인 선배."

"그래. 좀 늦은 바람에. 오늘은 편의점에서 때우려고 한 건데. 이 여학생은 새—— 여친?"

"아닌데요."

"아, 저기…… 야마무라라고 합니다……."

"모리시타 아이에요."

"야마무라에 모리시타라. 아야노코지랑 같은 반?"

"아뇨, 이 애들은 A반이에요."

"호오? 교우관계가 넓으면 좋지. 친구를 소중히 여기는 게 좋아."

"키류인 선배가 그렇게 말한다고요?"

3학년 중에서 단연코 고고(孤高)를 몸소 실천하며 사는 인물인 만큼 하나도 어울리지 않는 대사였다.

"안녕하세요, 키류인 선배. 저는 하시모토라고 합니다. 같은 A반이에요."

야마무라를 보고 있던 키류인에게, 끼어들 듯 하시모토가 손을 내밀며 인사했다.

그 손을 가볍게 무시하며 키류인이 고개를 끄덕였다.

"셋 다 기억해 두지."

짧은 대화를 마친 키류인은 먼저 계산하고 편의점에서 나갔다.

남에게 별로 관심 없는 키류인이 인사치레에 불과할지 몰라도 세 명을 기억해 두겠다고 해서 조금 놀랐다.

별 의미 없는 한마디였을지도 모르지만.

"너, 키류인 선배랑 친했어? 저 사람은 아무와도 안 엮이는 걸로 유명한데?"

"친하다고 할 것까지는 아니고."

하시모토는 기숙사로 향하는 키류인의 뒷모습을 얼마 동안 계속해서 바라보았다.

○교류 합숙

목요일 아침 9시 반. 운동장에 정차해 있는 버스들.

공회전 때문에 발생한 배기가스 냄새를 어렴풋이 맡으며, 학생들은 가벼운 발걸음으로 버스에 올라탔다.

동아리에서 참여하는 대회 등으로 멀리 나간 적 있는 학생들을 제외한 나머지 2학년에게는 무인도 시험과 수학여행에 이어 올해 세 번째 떠나는 소풍, 전 학년 합숙이다.

다만 작년의 혼합 합숙과는 크게 다른 점이 미리 통보되었는데, 형식상으로만 합숙이라는 카테고리에 들어 있을 뿐 그 성질은 완전히 달랐다.

그래서 『특별시험』이라는 명칭은 쓰지 않았다.

앞장서서 이동하며 마음에 걸린 부분은 학생들을 위해 마련된 버스의 대수다.

보통은 한 반에 한 대씩. 세 학년 모두 가니까 총 12대가 되어야 한다.

지금 운동장에 있는 버스는 총 9대다.

하지만 차에 타는 학생들을 보자마자 비밀이 풀렸다.

3학년이 탈 버스가 딱 1대뿐이었다.

모인 학생이 대략 20명 정도로 얼마 없는 게 그 이유 같았다.

모두 다 보이는 게 아니어서 단언은 할 수 없지만, 이렇게만 보면 3학년은 A반부터 D반까지 네 반에서 각각 다섯 명씩 소집된 듯하다.

지시에 따라 버스에 탑승할 때, 특별히 지정된 좌석이 없으니 원하는 곳에 앉으면 된다는 설명을 들었다.

그 말을 들은 케이가 바로 내 팔을 껴안았다.

"키요타카랑 앉을래."

일부 남학생들로부터 싸늘한 시선을 받으면서도 알겠다고 대답한 후, 버스에 올라타 뒤에서 세 번째 줄 오른쪽의 창가 자리에 자리를 잡았다. 옆에는 케이가 앉았다.

"여자들끼리 앉아 가는 게 더 낫지 않을까?"

"돌아올 땐 그렇게 할 거야. 갈 때는 딱히 같이 앉아도 되잖아?"

사적인 시간 대부분을 함께 보내건만 버스 안에서도 그러고 싶어 했다.

뭐가 다른지 잘 모르겠는데 평소보다 더 기뻐 보였다.

모두 탑승을 마치고 다른 버스도 준비가 끝났을 무렵, 차바시라 선생님이 올라탔다.

"작년 합숙 생각나네. 그때도 키요타카랑 얘기 많이 했었는데."

"그랬지."

그로부터 1년.

그때는 케이와의 관계가 이렇게까지 깊어질 줄은 서로 생각지도 못했다.

케이뿐 아니라 주변 사람들과의 관계도 크게 변화했다.

"아아, 그렇지. 어제 알았는데 내가 좋아하는 영화가 이번에 상영한대. 개봉하면 같이 보러 가자."

기쁜 듯 웃으면서 케이가 영화 포스터로 보이는 사진을 보여주었다.

케이의 입장에서는 별다른 생각 없이 자연스레 꺼낸 이야기 중 하나.

하지만 나는 한 가지 마음에 걸리는 점이 있었다.

"그 영화, 언제 개봉 예정인데?"

"음, 언제였더라. 전에 특보를 봤을 땐 봄에 개봉한다는 느낌이었는데."

"구체적인 날짜를 알고 싶어."

"응? 무슨 문제라도 있어? 그게……. 아, 여기 올라와 있다."

그렇게 말한 케이가 보여준 홈페이지에는 개봉일이 3월 26일로 되어 있었다.

다행히 새 학기 시작 전, 학교가 봄방학에 들어갔을 타이밍.

"알았어. 보러 갈까."

"오예! 진짜 재미있으니까, 키요타카도 좋아할 거야."

웃으면서 그렇게 말하는 케이였는데, 내 얼굴을 본 순간 미소가 그대로 굳었다.

"왜 그래?"

"아니, 아무것도 아니야."

그렇게 대답하고 내게서 시선을 뗀 케이는 콧노래를 흥얼거리며 영화 속 등장인물 관계도 같은 페이지를 보면서 쫑알쫑알 예습을 시작했다.

학생들은 저마다 마음껏 잡담을 나누며 바깥 풍경을 즐겼다.

출발한 버스가 도내를 20분 정도 달렸을 때, 차바시라 선생님이 마이크를 들고 앞에 서서 뒤쪽 학생들을 응시했다.

"이제 슬슬 자세한 합숙 설명을 해볼까. 학교에서도 가볍게 언급했었지만, 앞으로 3박 4일간 전 학년 합동으로 체험 학습형 교류회를 하게 되었다."

평소 같으면 긴장하는 얼굴로 바뀌어야 할 순간이지만, 버스에 탄 학생들에게서 긴장의 기색은 조금도 찾아볼 수 없었다.

전에도 언급했듯이 이건 특별시험이 아니라 단순 교류회.

"다시 말하지만, 교류회를 특별시험으로 받아들이지 않도록. 이번에는 반 포인트의 증감이 전혀 발생하지 않아. 학생의 본분에서 벗어나 민폐 행동이라도 하지 않는 한에는 퇴학당할 위험도 없을 거야. 게임에 참가해서 프라이빗 포인트를 소량 받을 수 있는데, 그것 역시 강제 참가라기보다 절반은 자주 참가에 가까운 형식이다."

이런 식으로 차바시라 선생님이 신신당부하는 것도 당연하다면 당연하다.

학생들은 고도 육성에서 오래 생활해 오면서 경계심이 높아져 있는 상태다.

말은 교류회라고 하지만 그 이면에 뭔가 있는 게 아닌지 의심하는 습관이 몸에 뱄다.

그렇기에 특별시험이 아니라는 것, 반 포인트에 변동이 없다는 것, 퇴학 같은 페널티가 없다는 것을 고지했다.

이렇게 해서 학생들에게 마음의 여유가 생긴 것이다.

"몸이 안 좋아 빠진 이치하시는 아쉽지만, 불행 중 다행이겠지."

요즘 감기가 유행하고 있기도 해서 컨디션이 좋지 않은 학생이 생각보다 많았다.

"이미 눈치챈 사람도 있을 텐데, 말은 전 학년이라고 했지만 이번에 3학년은 각 반 대표 5명씩만 참가하는 구조가 되었어. 여러 가지 사정을 고려해서 이렇게 된 거야."

가볍게 언급은 했지만, 그 부분을 차바시라 선생님이 상세하게 설명해 주지는 않았다.

"그래서 너희의 주된 목적은 1학년과의 교류인데, 모두 친해지라고 막연하게 지시한다고 해서 다 친해질 수 있는 건 아니니까. 우선 합숙소에 도착하는 대로 모든 학년을 20개의 그룹으로 나눌 거야. 이미 각 그룹 대표인 3학년 20명이 1학년과 2학년 명부를 바탕으로 회의를 거쳐서 멤버 편성을 다 마친 상태야."

그 말인즉슨 현지에 도착한 후에 그룹을 정하는 것이 아니라, 우리만 모를 뿐 어느 그룹인지 이미 다 결정되어 있다는 뜻인가.

"지금부터 그 편성표를 나눠줄 테니 자기가 어느 그룹인지 기억해 둬라. 인원수와 남녀 비에 다소 차이는 있지만, 학년과 반의 균형을 최대한 맞춰서 조정되어 있어. 게임은 그룹 대 그룹으로 진행해서 승패를 결정짓는다."

왼쪽과 오른쪽 제일 앞줄에 앉은 학생들에게 프린트를 나눠주는 차바시라 선생님.

학생들은 자기 몫을 빼고 프린트를 뒷자리 학생에게 넘겼다.

"이 프린트에는 그 밖에도 게임을 통해 얻을 수 있는 약간의 보수와 그걸 획득하기 위한 조건도 나와 있어. 그것도 같이 읽어두면 좋을 거야."

"시험이 아니니까 부담은 없지만 그래도 프라이빗 포인트는 따고 싶네. 유리한 그룹에 들어갔는지 어떤지에 따라 승률이 완전히 달라지겠지?"

"그렇지."

한 명이라도 더 많은 우등생이 같은 그룹에 속해있길 기대하는 것은 자연스러운 흐름이다.

물론 승패를 결정짓는 데 어떤 스킬이 요구되는지는 미지수지만.

앞자리에 앉아 있던 혼도가 일어나 우리에게 남은 프린트를 내밀었다. 케이가 받아 또 뒤로 넘겼다.

"키요타카랑 같이 되면 좋겠다."

프린트는 5장이 클립에 끼워져 있었는데 그룹끼리 하는 일과 교류회의 보수가 나와 있고 그 아래부터는 5장에 걸쳐서 학생들의 이름이 쭉 적혀 있었다.

종이를 넘기면서 알았는데, 명함 크기로 한 번 접힌 카드도 한 장 끼워져 있었다.

프린트는 다행히 우리 반 전용으로 만들어진 것이어서 알아보기 쉽게 우리 반 아이들 이름에 표시가 되어 있었다. 이러면 자기 이름을 찾느라 별로 고생하지 않을 것이다.

또 결석자의 이름도 있었는데, 2학년에서는 이치하시와 이치노세 두 명인 반면, 1학년은 4명으로 결석자가 꽤 많았고 그중에는 이시가미의 이름도 있었다.

어쩌다 아파서 그런 거겠지만, 마주칠 기회가 영 없다.

"나는── 다나카 선배의 7그룹이네. 여기에 키요타카는…… 없나. 그래도……."

첫 장 중간쯤에서 바로 자기 이름을 찾아낸 케이가 아쉬워하면서도 어딘지 안도한 듯 보이는 건 왜일까.

"그래도, 뭐?"

"합숙이면 같은 그룹 여자애랑 한방을 쓸 텐데, 같이 있기 싫은 사람도 있달까…… 그 사람이 없어서 다행이라고."

프린트 첫 장에 나와 있는 그룹 활동 중에는 게임 이외에도 남녀별로 한방을 쓰며 공동생활을 해야 한다는 내용이 있었다. 그걸 알고 나온 반응이리라.

누구라고 확실히 밝히진 않았지만, 이치노세를 가리키는 게 틀림없다.

지난번 특별시험에서 아무리 작전이었다지만 집요하게 연속 지목을 해서 깜짝 놀랐었으니까.

"딱히 이치노세를 싫어하는 건 아니거든? 하지만 뭐랄까, 좀 무서운 느낌이 들어서."

그렇게 중얼거리며 나를 쏘아보았다.

"키요타카는 이치노세랑 친하게 지내니까. 이래저래 의심이 들 때도 있다고."

다른 사람에게 들리지 않을 만큼 작은 목소리로 말했다.

"그래서 마음이 복잡했다는 얘기야?"

"키요타카랑 같은 그룹이 될 가능성도 있잖아?"

의외로 케이의 마음속에 이치노세라는 존재가 나쁜 의미로 점점 커지고 있는 듯하다.

"난 제일 마지막 장에 있는 키류인 선배의 20그룹인 것 같은데."

총 20그룹 리스트를 훑어봤는데, 역시 차바시라 선생님이 미리 말했듯이 남녀 비의 균형이 최대한 맞춰져 있었고, 반별 인원 배분도 최대 3명 혹은 최소 1명으로 기본적으로는 2명씩 구성되어 있었다. 웬만하면 평등하게 나누려고 했다는 거겠지.

하지만 각 그룹에서 어떤 부분은 이상할 정도로 편향적이고 불평등하다는 느낌이 들었다.

아직 다른 학생들은 자기 이름을 찾느라 바빠서 눈치챈 사람이 별로 없겠지만, 의문이 터져 나오는 것은 시간문제 겠지.

아무것도 모르는 케이는 나와 같은 그룹이 되지 못한 것을 아직도 아쉬워하면서 막연하게 리스트를 계속 훑어보고 있었다.

거기서 나는 첫 번째 페이지 상단에 나와 있는 보수 부분을 다시 한번 주목했다.

◆그룹 순위 보수

1위	학생 개인당 3만 프라이빗 포인트
2위	학생 개인당 2만 프라이빗 포인트
3위	학생 개인당 1만 프라이빗 포인트
4~10위	학생 개인당 5,000 프라이빗 포인트
11~15위	학생 개인당 3,000 프라이빗 포인트
16~20위	학생 개인당 1,000 프라이빗 포인트

※이 교류회에서 획득한 프라이빗 포인트는 양도 불가
※사용은 케야키 몰 내에서의 쇼핑에 한정한다
※보수를 받으려면 포인트 카드의 조건을 충족할 것

학생 한 명 한 명에게 주목해 보면 역시 특별시험이 아닌 만큼 막대한 보수를 받을 수는 없는 듯하다. 그리고 특정한 반만 이득을 보는 구조도 아니다.

그래도 고등학생한테 1,000엔이든 2,000엔이든 임시 수입은 당연히 무시할 수 없기에 상위를 노리고 싶은 게 기본적인 마음이겠지.

양도 불가라든지 쓸 수 있는 장소가 한정된 부분은 단점이지만, 이는 바꿔 말하면 전략에 이용하는 게 실질적으로 불가능하다는 것이므로 아낌없이 자유롭게 쓸 수 있다는 장점이 있다.

얼마간 리스트를 뚫어지게 응시하는 학생들.

"저기…… 차바시라 선생님. 질문 하나만 해도 될까요?"

그룹 파악을 대충 끝냈을 때 소노다가 손을 들었다.

"마음에 걸리는 부분이 있지?"

"네. 그룹별로 게임을 한다면, 이게…… 공평한 게 맞나요? 아니, 그야 완벽하게 공평한 건 불가능하다지만, 이건 균형이 너무 안 맞는데요……. 나구모 선배의 그룹이라든지, 그런 느낌이 들어요."

"OAA 기준의 균형은 일절 고려하지 않았으니까. 극단적으로 치우쳐도 이상하지 않겠지."

제기한 의문에 차바시라 선생님이 대수롭지 않다는 식으로 대답했다.

"우왓, 진짜네. 나구모 선배 그룹, 이건 좀 심하지 않아?"

질문을 들으면서 리스트를 확인해 나구모 그룹을 본 이케가 입을 열었다.

나구모는 굳이 설명하지 않아도 모두가 아는 전 학생회

장으로, OAA에서는 올 A 이상을 유지하고 있는 학생이다.

그런데 놀라운 것은 유난히 안정감 있는 멤버 구성이었다.

1학년

A반 타카하시 오사무, 토도 린, 아마사와 이치카

B반 하기와라 치하야, 후쿠치 히나노

C반 나메카와 아즈키, 이구치 유리

D반 타테와키 아오이, 오사키 노아

2학년

A반 사나다 코세이, 사와다 야스미

B반 호리키타 스즈네, 히라타 요스케

C반 카네다 사토루, 카츠라기 코헤이

D반 칸자키 류지

공부 쪽으로 다들 우수한 것은 물론이고 운동 능력도 높거나 그게 아니라도 지시에 적확하게 따를 줄 아는 학생, 그룹을 하나로 똘똘 뭉치게 할 수 있는 학생을 아낌없이 뽑았다.

개별 능력만 보자면 사카야나기와 류엔, 코엔지 등 능력이 특출난 학생도 있지만, 그들은 섞어놓으면 어떤 화학 반응이 일어날지 모르니까.

그런 위험을 피해 구성한 만능 그룹 중 하나가 아닐까.

이걸 보고 난 후부터는 그 밖의 다른 많은 그룹이 어쩔 수 없이 흐릿해져 버린다.

방금 예로 들었던 사카야나기와 류엔이 속한 그룹이라면 최강 그룹을 이기기 위한 파문을 일으킬 수 있을지 몰라도, 대부분은 그에 해당하지 않기에 패배가 불가피하다. 만약 학력에 특화된 게임이 나온다면 종합 능력부터 애초에 이길 수 없다.

"그룹 분배가 조금 불공평하다고 생각하는 사람도 있겠지만 어쩔 수 없어. 우수한 학생이 안정적인 그룹에 뽑히는 건 자연의 섭리니까."

한 손에 프린트를 쥔 차바시라 선생님이 엄격한 얼굴로 대답했다.

질문했던 소노다가 그 표정을 보고 위축되었다.

듣고 보니 반론의 여지 없이 옳은 이야기이긴 했다.

너무 겁을 줬다고 생각했는지, 선생님이 표정을 풀고 살짝 미소 지었다.

"하지만 우수하다고 해서 꼭 이긴다는 법은 없지. 특히 이번 같은 경우엔 말이야."

희망이 없는 것은 아니라고 소노다에게 말한 후 설명을 이어 나갔다.

"이번 교류회는 사흘 동안 리그전으로 게임을 진행해. 그룹끼리 대결하는데, 한 그룹 대 한 그룹의 대결이고 대전 순서는 비공개야. 또 게임 내용은 리스트 내에서 매번

랜덤으로 선택된다."

그 뒤로도 차바시라 선생님이 자세한 규칙을 설명했는데, 교류회 규칙을 요약하면 다음과 같다.

교류회 체험 학습 게임 개요

◆기간
3일에 걸쳐 진행
1일 차 5게임, 2일 차 7게임, 3일 차 7게임
※각 게임당 인터벌 30분

◆대결 방식
전체 20그룹의 리그전으로 진행된다
대결 순서는 비공개

◆규칙
게임마다 각 그룹에서 3학년 대표자가 참가자 5명을 뽑아 대결을 치른다
게임 참가는 1, 2학년만 가능
일대일을 원칙으로 하고, 3선승한 그룹의 승리
패배가 확정되어도 게임은 5명 모두 치러야 한다
참가 제한 회수는 없으며, 몇 번이든 참가할 수 있다

◆게임 내용

리스트 내에서 학교 측이 랜덤으로 고른 후 게임 내용을
바로 발표한다

◆승리 조건

승리를 많이 한 순서대로 표창한다

※동률로 3위 이상이 여럿 나왔을 경우 추가 게임을 진
행한다

게임이라고 한 만큼 정말 가벼운 내용으로 예상해도 될
듯하다. 학교에서 준비한 리스트를 보니 정말 확실해졌는
데, 합숙? 하면 빼놓을 수 없는 듯한『압화 만들기』라든지
『도자기 제작』등 특수한 센스와 기술이 요구되는 것에서
부터『카드 게임』,『UNO』등 오락 종류,『탁구』등 스포츠
종류도 있었다. 물론 머리를 조금 써야 하는, 학력 관련 게
임도 있긴 했지만 중요하진 않으리라.

꽃꽂이와 분재 같은 것도 있어서 이렇게 보면 정말 흥미
로운 라인업이었다.

그리고 리스트에 있는 게임은 전부, 대결 때가 아니라도
언제든 체험할 수 있는 모양이었다.

또 같은 게임이 두 번, 세 번 중복으로 나올 가능성도 있
는 것 같았다.

자세한 설명을 듣고 나니 선명해졌다. 3박 4일 동안 후

배들과 교류하면서 뭔가를 만들거나 게임을 해서 순위를 경쟁하며 친목을 다지라는 이야기다.

관심 없는 학생은 시시하게 느낄지도 모르지만, 뭔가를 만드는 체험을 할 수 있다는 것은 솔직히 굉장한 즐거움이다.

"버스에서 나눠준 프린트에 끼워져 있던 게 바로 포인트 카드야. 합숙소에서 각종 체험 학습을 할 때 거기다가 스탬프를 모으는 거야. 이걸 채우는 것이 보수를 받는 조건이니까 잘 신경 쓰기 바란다."

체험 학습을 자발적으로 참가하게 하는 아이템이라는 거겠지.

하루에 모을 수 있는 스탬프의 개수에 제한이 있고 동일한 게임에서는 여러 번 받을 수 없는 등 약간의 규칙도 있지만, 특별히 신경 쓸 필요는 없을 것 같다.

여하튼 평소에 학교에서는 못 하는 것들을 다양하게 경험할 수 있겠다.

내용을 이해하고 나니 OAA에서 종합 능력이 낮은 그룹도 충분히 활로가 보였다.

이런 규칙이라면 어떤 그룹을 상대하더라도 승산이 있다.

"이번에는 승패에 크게 연연할 필요가 없다는 것을 충분히 알았겠지. 물론 1위를 목표로 삼고 보수를 획득하기 위해 단합해도 되지만, 다양한 게임 리스트를 봐도 알 수 있듯이 체험 학습을 통한 교류가 주축이야. 다른 그룹과 적극적으로 얽히고 친목을 깊이 다지는 데에만 주력해도 돼."

지금까지 특별시험을 비롯해 학교 측으로부터 다양한 과제와 규칙을 받아왔다.

그중에서 처음으로 이기지 않아도 괜찮다, 져도 괜찮다는 확실한 보증을 받은 것이다.

"왠지 정말 유한 느낌이네. 꼴찌여도 1,000엔은 받을 수 있어."

일단은 그 내용에 케이를 비롯한 많은 학생이 가슴을 쓸어내렸다.

"진짜. 이번만큼은 져도 아무 일 없다는 게 꽤 커."

설명을 들은 반 아이들은 화기애애한 시간을 보내기 시작했다.

들떠서 노래를 부르는 사람까지 나왔다.

"어느 정도 자유롭다곤 해도 학교가 정한 스케줄에 따라야 한다는 걸 잊지 마라."

그렇게 못 박긴 했지만.

프린트에 나와 있는 스케줄을 케이와 함께 확인했다.

기상	소등	점심 휴식
7시	22시	13~14시

조식	중식	석식
8~9시	12~13시	19~20시

대욕장

6~8시   20~22시

교류회

오전부 9~12시   오후부 14~18시

　교류회 시간을 제외하고는 전부 기본적으로 자유 시간.

　극단적으로 말하면 점심을 거르고 낮잠을 자든, 만들기 체험에 몰두하든 개인 재량에 맡긴다.

　각 그룹의 리더가 게임에 참가하라고 하면 꼭 그렇다고 볼 수도 없지만, 거부해도 딱히 처벌은 없는 듯했다.

　12시쯤 도착할 것이라는 통보가 있었고 그때 그룹끼리 모여 점심을 먹게 되어 있어서, 첫날에 한해서는 오후에만 교류회가 있을 예정이다.

　"합숙소에 가면 선배로서 부끄럽지 않게 잘 처신하도록 주의 바란다."

　이렇게 해서 모든 설명이 끝났는지, 차바시라 선생님이 마이크 전원을 끄고 자리에 앉았다.

1

2시간 정도 버스를 타고 고속도로를 달리니, 창문 밖으로 보이는 풍경이 온통 산이었다.

작년과는 다른 시설 앞에 버스가 멈춰서고 학생들이 하차하기 시작했다.

버스가 나란히 정차한 정면 현관 앞은 상상했던 것보다 훨씬 공간이 넓었다.

앞으로 합숙하게 될 건물은 역사가 오래된 료칸 같았다.

학교 측의 설명에 따르면 원래는 거품경제 시기에 지어진 숙박 시설 겸 체험장이었다고 한다.

실내에는 각 체험 시설용 교실 등이 완비되어 있었다.

앞에서 본 리스트에 체험형 게임이 많았던 것도 그게 이유겠지.

"지금부터 그룹별로 집합해. 앞으로 사흘 동안 리더의 지시에 따라 모두 잘 의논해 가며 사이좋게 활동하기를 바란다."

각 그룹의 리더를 맡은 3학년 20명이 널찍이 거리를 벌렸다.

시선 끝에 키류인이 체육복 상의에 두 손을 찔러넣고 서 있었다.

"그럼 이따 봐, 키요타카."

아쉬워하며 멀어지는 케이를 잠시 눈으로 배웅한 다음 나도 키류인에게로 향했다.

"오늘부터 사흘간 잘 부탁합니다, 키류인 선배."

"잘 부탁해."

키류인의 그룹에 배정된 제20그룹의 1, 2학년 멤버는 총 16명으로 명단은 다음과 같다.

1학년

A반 토요하시 가로, 코스미 단

B반 야나기 야스히사, 에이쿠라 마미

C반 츠바키 사쿠라코, 신토쿠 타로

D반 오보카타 코키, 지츠테 미소라

2학년

A반 하시모토 마사요시, 야마무라 미키, 모리시타 아이

B반 아야노코지 키요타카, 니시무라 류코

C반 오다 타쿠미, 시이나 히요리

D반 하츠카와 마호

여기에 리더 키류인이 추가된다.

운동을 잘하는 학생도 공부를 잘하는 학생도 골고루 있는 인상이다.

만약 대등한 승부라면 성립하기 어려울 듯한 밸런스지만, 이것도 다 게임을 주축으로 하는 유한 교류회여서 가능하겠지.

2학년에 한정해서 말하자면 당연히 평소에 교류하는 학

생이 많은데, 1학년 쪽은 츠바키 말고는 사실상 전혀 면식이 없다. 그런 의미에서도 교류회에 큰 의미가 있으리라.

"오. 설마 이런 식으로 너랑 팀이 될 줄 몰랐다."

그룹이 집합하면서 일찍부터 하시모토가 스스럼없이 다가왔다.

"같은 의견이야."

불과 며칠 전에 하시모토 등등과 이런저런 얘기를 나눴었는데, 그때의 네 사람이 이렇게 한 그룹이 되다니 기묘한 인연도 다 있다.

"기뻐해야 할지 슬퍼해야 할지. 이왕이면 힘든 특별시험에서 한편이 되는 게 좋았는데."

내게 상당히 기대하고 있는 모양이다. 거기에 부응해 주겠다고는 아직 한마디도 하지 않았지만, 그냥 내버려 두자.

"고작 교류회라 해도 상위에 들면 무시하기 힘든 돈을 받을 수 있으니 고맙지 뭐. 일단 1학년과의 연락처 교환이 필수야. 그룹방 만든 다음에 너도 초대할게."

부탁하지 않아도 알아서 수고로운 정리 역할을 맡아주니 솔직히 편하다.

"다음 달에는 하시모토 네 이름을 연락처에서 삭제할지도 모르지만."

"야, 야아. 모리시타처럼 안 웃긴 농담은 넣어둬."

내가 말해놓고도 좀 그렇지만, 정말 좀 모리시타 같았는지도 모르겠다.

그 독특한 존재가 생각지도 못한 부분에서 내게 영향을 주고 있는 걸까. 그런 생각을 하고 있는데 부드러운 목소리가 귓가에 들려왔다.

"안녕하세요, 아야노코지 군."

이리로 천천히 걸어온 히요리가 내 이름을 불렀다.

"안녕. 오늘부터 잘 부탁해. 히요리가 있어서 든든하다."

"그건 저도 마찬가지예요. 아야노코지 군이 같은 그룹이라는 걸 알고 마음이 놓였어요."

나와 달리 히요리라면 누구든 바로 받아줄 것 같지만, 옆에서 보는 것과 당사자가 직접 보는 세계란 완전히 다를 테니.

든든한 친구가 들어왔다는 건 솔직히 기쁘다.

"하시모토 군도, 모쪼록 잘 부탁드려요."

내 옆에 선 히요리가 그렇게 말하며 가볍게 머리를 숙였다.

"귀여운 애는 언제든 환영이지. 그런데 아야노코지랑 시이나가 나란히 서 있으니까 왠지 잘 어울린다."

"무슨 뜻이야?"

"나쁘게 받아들이진 않았으면 좋겠는데, 카루이자와보다도 두 사람이 더 분위기에 위화감이 없단 생각이 들어."

독서라는 취미 등 케이와는 다른 부분에서 공통점이 있어서일까.

하지만 하시모토의 말을 일일이 진지하게 받아들일 필

요는 없다.

그렇게 말한 본인도 이미 모인 그룹 전원에게로 관심을 돌리고 있었다.

키류인은 그룹 따위 내버려 둔 채 눈 덮인 산들을 바라보고 있었다.

그래서 자기라도 움직여야겠다고 생각했겠지.

"음, 이제 다 모인 건가? 아, 아니다, 한 명 모자라나? 하나, 둘, 셋——."

재빨리 인원을 세는 하시모토.

"열다섯에 나까지 합하면 열여섯. 역시 한 명 모자라는 것 같은데."

모자란다고? 다 모인 줄 알았는데 내 착각이었나.

"열일곱 명 다 있어요, 여기 야마무라 미키도 있거든요."

"앗, 정말이네, 다 모였네…… 미안, 야마무라."

정말로 놓친 것이었는지 하시모토가 당황하며 정정했다.

"아니에요…… 저야말로, 죄송합니다."

그냥 잘못 센 것뿐인데 무슨 영문인지 오히려 야마무라가 미안해하며 사과했다.

키류인이 못 봐서 부딪치질 않나, 같은 반 하시모토가 빼먹질 않나, 존재감이 없는 건 여전한데 최근 들어서 더 심해진 느낌이다.

그래도 한 번 그 존재를 인식하고 나면, 나만 그런지는 모르겠지만 남들보다 기척이 잘 느껴지지 않는 만큼 도리어 존재감을 느끼게 되는 희한한 역전 현상이 일어나곤 한다.

그런 야마무라에 대해 히요리에게 물어보니 지금까지 제대로 대화해 본 적이 없다고 해서, 히요리도 소개할 겸 말을 걸어보기로 했다.

"저번 수학여행도 그렇고 요즘 와서 왠지 접점이 생기네."

"그러, 네요. 이번에도…… 잘 부탁드릴게요."

"잘 부탁해요, 야마무라 씨."

히요리가 다정하게 감싸주는 듯한 미소를 짓자, 야마무라가 굳어버렸다.

"아, 네, 네. 시이나 씨, 맞죠……?"

조심스럽게 히요리에게 인사하는 야마무라였는데, 마음에 걸리는 게 있는지 안절부절못했다.

"음? 저한테 무슨 하고 싶은 말씀이 있나요?"

"아—— 그게…… 생각했던 인상이랑, 완전히 다른 것 같아서요……."

"제가요?"

어떤 면이, 하고 의아한 듯 고개를 갸우뚱하는 히요리에게 야마무라가 작은 목소리로 중얼거렸다.

"좀 더 담담한 분일 것…… 같았는데……."

멀리서 사람을 관찰하는 야마무라의 눈에 히요리는 그런 식으로 보였던 모양이다.

다만, 예전에는 확실히 나 역시 그런 인상을 받기도 했었다. 말을 트고 가까워지면서 실제와 이미지의 차이를 깨달았다고 할 수 있다.

"죄송해요. 저, 말주변이 없어서, 예의에 어긋나는 말을 했는지도……."

"전혀 그렇지 않아요. 저도 말주변 없는데, 우리 똑같네요."

"그러……네요."

대답하면서도 야마무라는 도저히 그렇게 보이지 않았는지, 눈이 그렇게 말하고 있었다.

"그렇게 안 보이나요? 만약 그렇다면 다 아야노코지 군 덕분일 거예요."

"아야노코지 군……?"

나?

아마도 야마무라와 같을 의문이 내 머릿속에도 떠올랐다.

"네. 비록 서툴지라도 친구와 얘기하는 게 정말 좋아졌어요. 그러니까 야마무라 씨도 분명 말하는 게 좋아질 거예요."

경계하는 야마무라의 손을 잡은 히요리가 다시 그렇게 말했다.

내 덕이라고 말한 히요리의 발언은 과장됐지만, 언젠가 야마무라도 같은 감정을 느껴준다면 좋겠다.

여하튼 이 자리에 키류인 그룹이 모두 모였다.

"아야노코지 키요타카. 잘 부탁해요."

등장했다, 풀네임으로 막 부르면서 존댓말은 쓰는 모리시타다.

"나야말로 잘 부탁해."

"그쪽은—— 으음—— 시이나 히요리죠. 저는 모리시타 아이예요. 잘 부탁해요, 잘 부탁해요."

잘 부탁한다며 고개를 꾸벅 숙였다.

"시이나예요. 모리시타 씨, 잘 부탁해요."

이렇게 해서 야마무라부터 시작해 먼저 2학년끼리 가벼운 인사를 나눴다. 그 후 긴장한 모습으로 한곳에 모여 있는 1학년들과도 인사했다.

딱히 끼어들지 않고 일련의 대화가 끝날 때까지 기다린 키류인이 몸을 돌렸다.

"대충 인사는 다 한 것 같으니 점심을 먹어야겠지. 고로, 일단 흩어질까."

"잠시만요, 키류인 선배. 그룹의 친목을 다지는 차원에서 다 같이 점심을 먹어도 되지 않을까요?"

키류인이 곧바로 해산을 선언하자 하시모토가 급히 나섰다.

하긴 이런 상황에서는 그 선택지가 나쁘지 않다.

실제로 주위를 둘러보니 그룹 단위로 같이 움직이는 쪽이 더 많아 보였다.

"그럼 맡길게."

하시모토의 제안을 받아들이겠다는 대답은 했지만, 자신은 합석하지 않겠다는 뜻까지 동시에 전달했다.

그리고 그룹을 두고 혼자 건물 안으로 사라졌다.

"와, 이거 실화냐. 답 없는 리더한테 걸려 버렸네."

리더가 앞장서서 자리를 비우는 상황에 하시모토가 황당해하며 한숨을 푹 내쉬었다.

"저 사람은 그냥 내버려 둬도 돼. 그룹끼리 점심 먹는 건 찬성이야."

전부 하시모토 혼자 판단하게 하는 것도 가혹하니 살짝 도와주었다.

"그래. 맡긴다고 말했으니까 여기서 흩어질 이유는 딱히 없지."

이 상황에 당황한 1학년들을 진정시키는 의미에서도 오래 고민할수록 마이너스라고 판단한 하시모토는 쇠뿔도 단김에 빼라는 듯 바로 움직였다. 1학년 중에는 선배와 같이 밥을 먹는 것에 내심 저항감을 느끼는 학생도 있을지 모르겠지만, 그래도 교류회가 아닌가. 호우센처럼 개성 강한 학생이 아닌 이상에는 반론할 수 없겠지.

"잠깐만, 야! 코엔지!"

하시모토가 1학년들에게 설명하고 있는 그 뒤편, 근처에 있던 다른 그룹에서 약간의 문제가 발생했다. 보아하니 6그룹에 배정된 코엔지가 리더의 지시에 따르지 않고 멋대로 가버린 듯했다.

당황하는 1학년들을 보며 왠지 옛 추억에 젖으면서도, 이미 그에게 익숙한 다른 2학년은 아무도 참견하려고 하지 않았다. 또 같은 반 이노카시라 역시 불안한 표정을 지었지만 결국에는 지켜보는 것 말고 달리 방법이 없어 보였다.

순간 이노카시라의 눈이 나와 마주쳤는데, 분통을 터트리는 리더의 목소리에 허둥지둥 다시 그쪽으로 고개를 돌렸다.

"코엔지 군, 무슨 일일까요."

히요리는 상황 파악이 안 됐는지 멀어지는 코엔지의 뒷모습을 보며 중얼거렸다.

"늘 하는 단독 행동이야. 아마 안 돌아올 거야."

"그래요?"

"코엔지 로쿠스케는 그룹 행동이 불가능한 인간. 알고 있던 일이죠. 딱하네요."

모리시타는 잘 파악하고 있는 듯하다.

시작하자마자 연대가 깨진 6그룹을 보며 두 손을 합장했다.

"아야노코지 키요타카가 저 그룹이었다면 같은 반으로서 말렸을 건가요?"

"같은 반이니까 더더욱 말려봐야 소용없다고 확신하고 그냥 놔뒀겠지."

같은 그룹인지 아닌지는 그다지 중요하지 않은 문제로, 누가 말을 건다고 해서 그가 걸음을 멈추고 귀 기울여 줄 사람이면 애초에 고생도 안 할 것이다.

"오케이. 1학년 모두 받아들였어. 우리도 가볼까."

하시모토가 그렇게 주도해서 우리 20그룹은 리더 없이

이동하기 시작했다.

신발을 신은 채 건물 안에 들어가니 약간 눅눅한 냄새가 코를 찔렀다. 지금은 별로 이용하지 않는 곳인지도 모른다. 학생들은 줄지어 식당으로 걸어갔다.

리더가 없는 이상 솔선해서 움직이는 하시모토에게 부담이 가는 것은 피할 길이 없다.

그룹끼리 시끌벅적하게 점심을 먹는 내내 하시모토는 자청해서 대화의 중심에 섰다.

아직 많이 조심스러운 1학년이나 말수 적은 학생들을 다독이며, 너무 호들갑 떨지도 않고 폭넓게 대화를 펼쳤다.

솔직히, 주로 듣는 입장인 나 같은 학생에게는 고마운 존재다.

"저기—— 하시모토 선배. 이 교류회 말인데요, 규칙에도 나와 있었지만, 게임할 때 그룹 멤버 모두가 모여야 할 필요는 없죠?"

"그래. 한 게임당 참가 인원이 최대 다섯 명이고, 같은 사람이 몇 번씩 참가할 수도 있어. 아주 느슨한 느낌이지."

정해진 시간에 필요한 인원과 리더가 거기에 있기만 하면 된다.

"키류인 선배는 보니까 교류회에 별로 관심 없는 것 같고 우리도 대충 해도 되긴 하지만……. 그래도 방침만이라도 말해주길 바랐는데."

임명권은 리더에게 있으므로, 게임 내용이 공개되면 키

류인이 결정해야 한다.

누가 무엇에 자신 있는지 등을 키류인이 전혀 물어보지 않는 것이 하시모토는 마음에 걸리는 듯했다.

"일단 지금은 성실하게 할 수 있는 걸 해 둘 수밖에 없어."

"키류인 선배, 대단한 사람이죠? 이미 저희에 대해 다 파악하고 있다거나?"

1학년 D반 여학생 지츠테가 하시모토에게 물었다.

직접적인 접점은 없어도 키류인이 얼마나 대단한 스펙을 가졌는지 알고 있어도 이상하지 않다.

"그건 아닐걸. 이 중에서 압화를 잘 만드는 애가 누구인지 무슨 수로 알겠어."

황당해하는 하시모토의 말대로였다. 개개인이 뭘 잘하고 못하는지 현재까지 아무도 모르는 상태다.

"내가 모두에게 같이 점심 먹자고 한 것도 그런 이유 때문이야. 프린트에 나와 있는 게임 내용에 자신이 있는지 없는지, 다섯 단계로 점수를 매겨 보자. 1이 자신 없음."

간단하지만 원래 리더가 앞장서서 해야 하는 필연적인 행동이다.

모두 스마트폰을 들고 각자 게임 내용에 대한 자기 평가를 해나갔다.

다만, 어려운 건 생소한 게임이 다양하다는 점이었다.

자기가 경험해 본 적 없는 게임은 기본적으로 1, 할 수 있겠다 싶어도 최대 2 정도로 점수를 매길 수밖에 없지 않을까.

게다가 대부분은 미리 연습할 공간도 없는 것들이었다.

즉석에서 예술성이 요구되는 종류는 특히 어렵다고 할수 있겠다.

밥을 먹으며 모두 스마트폰을 만졌다.

양이 너무 많아서 다 작성했을 때는 식사를 마친 사람도 있었다.

여하튼 이렇게 해서 일단은 기준으로 삼을 만한 모두의 데이터가 모였다.

그리고 하시모토가 개설한 그룹 채팅방에 바로 공유했다.

"……이거 큰일이네."

살펴본 하시모토가 가장 먼저 내뱉은 목소리는 엄격했다.

우려했던 대로 대부분의 학생이 거의 모든 게임에 1~2의 평가를 매겼고, 4 이상은 찾아보기 힘들었다. 하시모토도 승산이 없다고 본 모양이었다.

"차라리 교류회는 내버려 두고 적당히 노는 것도 괜찮을지 모르겠다."

하지만 그렇게 판단하기에는 아직 이르다.

이런 생각은 틀림없이 다른 그룹에서도 똑같이 일어나고 있을 것이다.

"성실하게 임하는 그룹이 적을 것 같긴 하지만…… 뭐, 어쨌든 이 정보를 키류인 선배한테 보여주고 방침을 정하게 하는 수밖에 없어."

결국 이 교류회에서 중요한 건 그게 전부다.

키류인에게 의욕이 있다면 후배는 거기에 따르기만 하면 된다.

반대로 의욕이 없다면 대충 참가만 하고 합숙소에서 느긋한 시간을 보내는 것이다.

개인적으로는 편하게 했으면 하는 바람이다.

2

점심을 다 먹은 나는 어떤 인물이 보낸 스마트폰 메시지를 확인하고 자리에서 일어났다.

시각은 오후 1시 전. 오늘 1회전 게임 전까지 한 시간 정도 여유가 있다.

"미안한데 잠깐 자리 좀 비울게. 방에서 합류해도 될까?"

"어, 그래. 난 1학년을 데리고 적당히 체험 학습이라도 하고 올게."

선배로서 성가신 일을 맡아주는 하시모토에게 감사하며, 휴게실이라고 적힌 방으로 향했다.

도착하니 나를 불러낸 인물이 2인용 소파에 앉아 따분하다는 듯 창문 밖을 바라보고 있었다. 또 한 명 더 있었는데 그는 선 상태로 창밖을 응시했다. 조합을 봐도 우연은 아닌 듯하다.

"저한테 무슨 용건이시죠, 나구모 선배."

"용건? 뭐, 용건이랄 것까진 없지만, 할 얘기는 있지."

그렇게 말하고는 손가락을 까딱거리며 가까이 오라고 했다.

하라는 대로 앞에 있는 소파 빈자리에 앉았다.

창가에 서 있던 인물, 아사히나도 그 순간 나를 향해 몸을 돌렸다.

"역시, 아야노코지 군이네."

그런 후 자리를 옮겨 나구모를 소파 오른쪽 끝으로 밀어내고 기어코 그 옆에 앉았다.

"어떤 특별시험일지 기대하고 있었는데 설마 단순 교류회였다니. 솔직히 실망했어."

마주 보고 앉아 건넨 첫마디는 이번 합숙을 맞이하면서 느낀 낙담이었다.

"난 정말 운이 안 따라준다니까."

자신의 불운을 한탄하며 피식 웃은 나구모가 머리를 가볍게 흔들었다.

"너도 그렇게 생각하지?"

어이없어하면서 팔꿈치를 괴고 살짝 뺨을 얹는 나구모.

"그야 작년의 혼합 합숙과 비교하면 스케일이 대폭 줄어든 건 부정할 수 없죠. 그래서 특별시험이 아니라 그냥 교류회라고 했겠지만요."

작년에는 퇴학 위험도 있었지만, 이번에는 페널티조차

명시하지 않았다.

몹시 낙담하는 나구모의 심정도 이해 안 되는 바는 아니다.

"그래도 미야비는 어렴풋이 짐작하지 않았어? 합숙 시기도 시기고."

"……뭐, 그렇지."

2월이 된 지금, 모든 학년이 휘말리는 힘든 특별시험은 예상하기 어렵다고 아사히나가 말했다.

"작년처럼 3학년 전원이 참가하는 건 사실상 불가능했을 테니까요."

내가 그렇게 중얼거리자 나구모도 인정했다.

"우리 3학년은 대부분 이 시기에 입시나 취업 활동을 해야 하니까. 일찌감치 진로가 결정돼서 여유 있는 학생만 합숙할 수 있지. 아무리 보상으로 프라이빗 포인트를 받을 수 있다고 해도 1분 1초가 아까운 녀석들이 훨씬 더 많을 테니."

3학년은 독자적으로 만든 규칙에 따라 프라이빗 포인트를 나구모가 모아서 관리하고 있다. 2,000만 포인트까지 모으면 누군가가 A반으로 갈 수 있다.

하지만 이번 보수는 양도할 수 없고 사용처도 케야키 몰로 제한되는 데다 금액도 그리 크지 않다.

내가 대학 사정에 밝은 건 아니지만, 진학 하나만 보더라도 일찍 시행되는 사립 입시는 보통 1월 하순부터. 국공

립은 2월 하순이던가.

지금이 2월 초순이니 당장 실전을 앞둔 학생이 많을 것이다.

그 와중에 후배들을 챙기기 위한 3박 4일은 너무 큰 대가다.

"작년에는 한 달 정도 합동 합숙 시기가 빨랐었는데, 그래도 3학년은 꽤 힘들지 않았을지?"

"그랬을 거야. 3학년 중에는 교과서를 챙겨온 사람도 적지 않았던 것 같고. 그런 이유도 있어서 올해에는 느슨해진 게 아닐까 싶어."

그렇게 생각해 보면 호리키타 마나부 세대는 보이지 않는 곳에서 많이 고생했을지도 모르겠다.

아니면 학교 측에서 어떤 형태로 구제 조치를 마련해 뒀을 가능성도 있지만, 지금은 그것도 알 방법이 없다.

느슨해졌다고 해도 몹시 바쁜 시기. 이 교류회에 참가한 3학년들은 진학 또는 취업이 어느 정도 정해진 학생으로 한정되어 있다고 봐도 될 것이다.

"교류회에 온 3학년은 자기 의사라고 봐도 되는 건가요?"

내 질문에 아사히나가 고개를 끄덕였다.

"각 반에서 다섯 명씩 희망자를 모집했어. 20명이 다 차지 않았을 경우에는 그룹 수를 줄여서 조정할 예정이었다나 봐."

학교 측도 3학년을 많이 배려해 줬다는 거겠지.

"지금까지 물어보지 않았는데요, 선배들은 졸업하고 나면 어떻게 할 거예요?"

자연스러운 흐름 속에서 묻자, 그 질문에 놀랐는지 나구모가 고개를 들었다.

"알고 싶어?"

내가 물어본 게 기뻤나?

이 대목에서 그냥, 하는 식으로 대답한다면 삐질 것도 같아서 순순히 고개를 끄덕였다.

"난 대학 간다. 말해두는데, A반의 특권을 쓸 생각은 전혀 없거든?"

요컨대 실력으로 합격한다고 확신한다는 뜻이다.

"나도 미야비처럼 대학 진학. 비록 미야비와는 다른 학교겠지만. 저번에 쳤던 대학 입시 공통 시험을 자가 채점해 보니까 아슬아슬하기도 했고, 내 수준으론 좀 무리 같아서. 일단 A반으로 졸업할 수 있게 된다면 학교의 힘을 빌려 무리해서 들어가는 것도 가능하겠지만…… 으음, 그래도 아마 그렇게는 안 할 거야."

구체적인 대학 이름은 나오지 않았지만, 나구모가 응시한 대학은 레벨이 꽤 높아 보였다.

너무 기를 쓰진 않을 거라는 방침인 아사히나의 판단이 옳겠지. 고도 육성의 힘을 빌려 억지로 자기 수준보다 높은 대학에 들어가 봐야 입학 이후부터 온갖 위험을 동반해야 한다.

A반의 특권은 전에 케세이도 말했듯 취업과 관련된 쪽에 활용하는 것이 최선이다.

"난 A반의 특권 자체에 가치를 두지 않아. 왠지 알아?"

"자기 손으로 목표를 거머쥘 능력이 있으니까, 겠지요."

"내가 현재 3학년을 지배하는 압도적 존재가 된 것도 그게 이유 중 하나지. 졸업할 때 B가 됐든 D가 됐든, 자기 힘으로 원하는 대학 또는 기업에 들어갈 수 있다고 생각하니까."

아사히나가 일부러 그러는 듯 기분 나쁜 녀석을 보는 눈으로 옆에 있는 나구모를 쳐다보았지만, 어쨌든 사실이겠지.

"다수가 단합해서 나구모 선배를 B반으로 떨어뜨려 봐야 결과가 뻔하네요. 그러니 동기부여도 안 되고, 유지조차 어렵고. 그게 지금의 결과로 이어진 거고요."

나구모가 긍정하듯 고개를 끄덕였다.

다만, 물론 A반의 특권은 있는 게 제일 좋다.

그 특권을 주축으로 삼느냐, 어디까지나 보험으로 여기느냐의 차이다.

"참고로 미야비가 갈 대학에는 호리키타 선배도 있어. 대체 얼마나 좋아하는 건지……."

자기가 가고 싶은 대학이 아니라, 호리키타 마나부가 있다는 점이 그 대학으로 정한 결정적 이유란 말인가.

"무슨 상관이야. 뭣하면 너도 내년에 시험 쳐서 같은 대학에 와라. 환영하니까."

"갈 생각이라면 공통 시험을 아주 잘 봐야 하겠지만……
말이지."

"그럼 사양할게요. 제 학력으로는 매우 힘들 것 같아서."

내 말을 있는 그대로 받아들인 아사히나와 달리, 나구모
에게는 통하지 않은 모양이다.

진지하게 대답하지 않는 나를 보며 코웃음 치더니 어깨
를 으쓱했다.

"본론으로 들어가서. 솔직히 이번 교류회에서 얻을 수
있는 건 프라이빗 포인트뿐이고 잃는 것도 없어. 그러니
진지하게 임하는 녀석이 별로 없을 거야. 나한테는 자극이
부족하지만, 그래도 아예 없는 것보다는 낫다고 긍정적으
로 생각하기로 했어."

게임이라도 대결은 대결. 이번이 마지막 기회가 될 것은
틀림없겠지.

"그 이야기 꺼낼 줄 알았습니다. 이번 교류회에서 저와
승부를 펼치겠다는 거죠?"

"바로 그거야."

3학년에게는 보상도 얼마 없는 이번 교류회.

나와의 대결을 실현하려고 나구모가 일부러 시간을 할
애했다는 뜻이다.

그 말을 듣고 있던 아사히나가 나구모에게 얼굴을 쓱 가
까이 가져갔다.

"역시 그런 얘기야? 아야노코지 군에게 심한 짓 하면 안 돼!"

"네가 동석하겠다고 한 것도 아야노코지를 지키려는 거였나? 아주 다정하군."

"하지만 아야노코지 군은 하나도 잘못한 게 없잖아. 미야비한테 찍힌 게 가여운걸. 애당초 미야비는 아야노코지 군한테 왜 이렇게 집착하는 거야?"

옆에서 어깨를 밀어붙이며 나구모에게 덤비는 아사히나.

그 행동이 나구모의 심기를 살짝 건드렸는지, 반쯤 웃으면서 깊이 파고들었다.

"호리키타 스즈네가 왜 학생회에 들어왔는지, 나즈나는 알아?"

"왜냐니, 그야 오빠의 뒤를 따르는 느낌으로?"

"아니. 지금은 어떤지 모르겠지만, 적어도 들어올 땐 그게 아니었어."

"그, 랬어? 그럼 동기가 뭔데?"

"눈앞에 있는 이 녀석. 아야노코지가 스즈네를 이용해 나를 감시하게 한 거지."

뭐? 하고 아사히나가 영문을 모르겠다는 듯 입을 쩍 벌렸다.

"나를 나쁜 학생회장이라고 판단해서 그랬겠지만, 결국 그건 아니었잖아?"

물론 나구모의 행동에는 도가 지나친 면도 없지 않았지

만, 호리키타 마나부가 강하게 경계할 만큼의 문제 행동은 하지 않았다.

"그렇죠. 오히려 나구모 선배가 한 일은 학교에 좋은 변화를 가져왔다고 생각합니다."

"네가 좋은 쪽으로도 나쁜 쪽으로도 호리키타 선배에게 너무 감화된 게 아닐까?"

입학 전의 나는 남을 사귀어 본 일이 전혀 없었기에 호리키타 마나부라는 존재에 상상 이상의 영향을 받은 것은 분명한 사실이다.

안정을 바라는 마나부와 변화를 바라는 나구모. 애초에 이 두 사상이 잘 융합될 리 없다.

"일단 호리키타 선배로부터 바통을 넘겨받았으니."

"인정하는 건가."

"인제 와서 부정해도 소용없으니까요."

"자, 잠깐만. 어, 뭐야? 뭔가 내 인식이랑 다른데?"

나와 나구모를 번갈아 보면서 당황한 아사히나가 입을 열었다.

"생기 없는 얼굴을 하고서 뒤로는 온갖 수를 다 쓰지. 여하튼──."

한 번 뜸을 들인 후 다시 나구모가 질문을 던졌다.

"그러면 나랑 대결할 용의가 있다고 받아들여도 되겠지?"

"교류회 규칙과 보수 이외에 조건을 붙일 필요성은?"

"좀 고민해 봤는데, 안 붙이는 걸로 하지. 학생회장인 내가 개인적인 이유로 너를 곤경에 빠트렸다고 하면 문제가 되니까."

같은 학년도 아닌 두 사람이 큰 페널티를 걸고 대결한다면 학교 측도 좋게 보지 않으리라는 건 나구모가 말한 대로다.

"애당초 대결이라는 말도 과해. 그저 사소한 내기를 하자는 얘기지."

"내기라고요?"

"그래. 만약 그 내기에서 네가 이기면 소정의 축하금을 줄게."

"져도 프라이빗 포인트는 안 내도 되고요?"

"편하지?"

승부나 내기라기보다도 이제는 그저 놀이의 일환에 가까웠다.

하지만 나구모만 불리하다는 게 약간 마음에 걸린다면 걸리는 부분이다.

"그렇다면 거절할 이유는 없는데, 이번 규칙대로라면 서로 할 수 있는 게 거의 없잖아요. 선배는 리더니까 직접 게임 못 하잖아요."

학생들을 지휘하는 사람은 어디까지나 키류인, 요컨대 3학년이다.

그리고 대결하는 것은 1학년과 2학년.

서 있는 스테이지가 처음부터 다르다.

"아니면 교류회 같은 건 무시하고 다른 방법으로 대결할까요?"

여기 체험 시설에는 그런 것들을 실현할 수 있는 장소라든지 도구가 잘 갖춰져 있다.

"교류회를 무시한 장외전도 나쁘지 않지만, 그럼 굳이 이 합숙을 고집할 필요도 없어지지."

"하긴. 학교에서라면 어떤 의미에서 더 제대로 된 대결도 가능하니까요."

"학교에서 교류회를 하라고 했으니 형식상 그 규칙은 따라주는 거야."

그렇게 말한 나구모가 말을 덧붙였다.

"처음엔 너한테 리더를 맡겨서 1, 2학년을 지휘해 대결하는 방법도 고민했었지."

표면적으로는 2학년 키류인 선배가 리더지만, 실제로 멤버 선발과 지시는 내가 하는 것이다.

그리고 게임에는 참가하지 않는 흐름을 생각했던 것 같다.

"나쁘지 않은 것 같은데요?"

"뭐 그렇지. 하지만 그 대결이 성립하려면 그룹 인사권부터 줘야 공평하다고 말할 수 있잖아?"

직접 그룹 멤버들을 고른 나구모. 반면 키류인이 혼자 고른 그룹 멤버들을 내가 맡는 형태라면 과연 공평한 출발선이 아니다.

실제로 우리 후배들은 버스에 오를 때까지 아무 이야기

도 듣지 못했다.

"그리고 뚜껑을 열어보니 리그전이라는 규칙이었지. 3일이나 질질 끌면서 결국 직접 대결은 한 번밖에 없어선 흥이 깨지잖아? 그래서 차라리 같은 조건에 집착하지 말자고 생각한 거야."

그렇게 말한 나구모는 검지로 나를 가리켰다.

"너, 모든 게임에 참가해라. 그렇게 해서 세 번 지면 네가 지는 걸로."

"그룹의 승패는 신경 안 써도 된다는 말인가요?"

"그래. 키류인의 그룹이 19연패를 해도 네가 아무한테도 안 지면 너의 승리로 봐도 돼."

게임은 총 19번. 그중에 개인적으로 17번 이기는 게 조건이라는 건가.

"두 번은 져도 된다니 아주 친절하시네요."

"무패를 조건으로 걸었다가 첫판부터 지면 흥이 확 식을 거 아냐? 조금이라도 더 오래 남아야 끝까지 재미있지."

어디까지나 자기 재미를 위해 3패라는 선을 정했다고 나구모가 말했다.

"뭐야? 그거 아야노코지 군한테 너무 불리하지 않아? 카드 게임 같은 건 완전 운인데."

"져도 이 녀석이 잃는 건 없거든? 규칙을 정할 권리는 당연히 나한테 있어."

"아아, 그런가…… 음, 그건 확실히 그렇긴 하지만."

불만 있어 보였지만 아무리 가혹한 내용을 들이밀어도 내가 감수할 위험이 없다면 거절할 이유도 없다는 건 과연 일리 있는 말이다.

"내가 원하는 건 아야노코지의 패배뿐이거든. 내가 이길 확률이 높은 쪽으로 요구하는 건 당연하지. 그 대가로 프라이빗 포인트를 주는 거기도 하고."

"졸업을 앞두고 한다는 일이 후배를 멀리서 갖고 노는 거여도 괜찮겠어요?"

"너는 그렇게 다루는 게 딱 좋아."

어떤 형태든 조금쯤은 나구모가 원하는 대로 응해주는 것도 나쁘지 않다.

3월이 되면 나구모도 졸업하니까.

"알겠습니다. 그렇다면 저도 사양하지 않고 그 배려를 받아들이죠."

내가 승낙하자 나구모도 살짝 고개를 끄덕였다.

"물론 키류인에게도 말해 놨어. 네가 모든 게임에 참가한다고 말이야."

내가 받아들인다는 것을 전제로 물밑 교섭이 이미 이루어졌던 모양이다.

"제삼자인 내가 할 말은 아니지만, 싫으면 확실하게 거절해도 되거든? 져도 금전적으로 아무 손해 없다지만 졌다는 사실은 남으니까."

나구모가 바라는 것이야말로 바로 그 『승리』, 『패배』라는 사실인데.

"아야노코지가 받아들이겠다고 했으니 쓸데없는 소리 하지 마라."

방해꾼 취급 받은 아사히나가 불만이라는 듯 볼을 부풀렸다가, 내가 받아들이는 모습을 보고는 그냥 물러났다.

"그런데 선배도 참 무자비하게 멤버를 골랐더라고요. 다른 그룹 사람들도 좀 깬다고 했어요."

그 부분을 지적하자 불만을 드러내기는커녕 당연하다는 미소를 지었다.

"시답잖은 교류회라도 승부는 승부야. 전 학생회장으로서 위엄을 보여야지."

나와의 대결과는 별개로 리더로서 참가하는 교류회에서도 이길 생각 같다.

그 점은 내가 관여할 바가 아니고, 나구모의 자유다.

"만에 하나 네가 연승한다고 해도 내가 직접 지휘할 수 있는 만큼 저지하기도 쉽고."

"우와. 진짜 안 봐준다니까, 미야비는."

"아뇨, 그건 아니지 않을까요. 나구모 선배의 생각이 옳다고 봐요."

자기에게 유리한 상황을 만들어 두고 상대를 그쪽으로 끌고 올 수 있는지에도 실력이 요구된다.

각 그룹과는 한 번밖에 붙지 않는 구조와 이번 교류회의 온도감으로 봤을 때, 특정 개인이 게임에 몇 번 참가했는지는 실질적으로 드러나지 않는다고 봐도 좋다. 그런 부분도 형세로서 바람직하다.

2학년으로서 그룹을 이끄는 위치였다면 나쁜 쪽으로 너무 튀겠지만, 개인적인 대결만이라면 주목을 피할 수도 있다.

자기한테 유리하게 무대를 꾸미면서도 나에 대한 배려까지 잊지 않았다.

"나즈나가 뭔가 착각하나 본데, 우수한지 아닌지만으로 꼭 승패가 결정되는 건 아니야. 유능한 사람을 움직이려면 위에 있는 놈이 더 유능하지 않으면 능력도 제대로 못 발휘하고 그냥 놀릴 뿐이니."

나구모의 말이 옳다.

장기를 둘 때 아무리 많은 말을 가지고 있어도 실력이 안 따라준다면 반드시 이긴다는 법은 없다.

"늦어서 미안. 이미 얘기 다 정리됐어?"

휴게실에 키류인이 모습을 드러냈다.

"어. 순조롭게. 예정대로 나와 아야노코지의 승부다. 너와의 대결을 눈치챈 키류인이 이 역할을 자청했지."

그렇게 됐어, 하고 키류인이 고개를 끄덕였다.

"뭣하면 리더 권한도 너한테 양도할게. 물론 겉으로는 내가 참가자를 뽑는 걸로 해두고. 그렇게 하면 그룹끼리도 대결할 수 있지 않아?"

일석이조라면서 제안했는데, 이건 그냥 키류인은 아무

것도 하지 않고 1열에서 나의 승패를 구경하고 싶은 것뿐 아닌가?

"그렇군요. 좀 마음에 걸리던 부분이었어요. 왜 A반의 그 세 명과 같은 그룹이 됐는지 이제 그 이유를 알겠네요."

하시모토와 모리시타와 셋이 편의점에 갔다가 야마무라를 만났고, 또 그 타이밍에 우연히 키류인도 있었다.

그게 같은 그룹이 된 결정타가 아니었을까.

내게 권한을 넘겼을 때 맴버들과 친해질 수고를 조금이라도 아끼게 하려는 배려였던 것이다.

"난 네 현재 교우관계에 대해 자세히 모르니까. 우연한 만남 그리고 나머지는 적당히 골랐지. 그룹 내에서 불편하게 있으면 본 실력을 발휘하기 어렵잖아?"

하시모토와 히요리가 있는 덕에 대화가 원활하게 풀릴 것 같긴 하다.

"그 배려는 감사하지만, 제안은 사양하죠. 공교롭게도 사람을 잘 못 사귀어서. 후배를 다루기는커녕 가까워지는 것조차 힘에 부쳐요."

유감이라고 대답하는 키류인이었지만 별로 마음에 담는 것 같진 않았다.

"그나저나 이번 일에 키류인 선배가 한몫 거들 줄은 몰랐네요."

나구모와 키류인은 절대 좋은 사이가 아니다. 오히려 부딪치는 사이지.

내가 그렇게 말하자 키류인이 기쁜 미소를 지었다.

"어찌 됐든 승부가 실현될 것 같아서 다행이네, 나구모. 3학년이 직접 게임에 참가 못 하는 것만은 아쉽지만."

교류회에 대한 진짜인지 가짜인지 모를 느낌을 말한 키류인.

"만약 참가할 수 있는 규칙이었으면 진지하게 나왔을 건가?"

"아야노코지가 얽혀 있는 귀한 기회잖아, 당연히 기대에 부응했겠지."

"핫. 너도 참 아야노코지를 높이 사네. 뭣하면 너랑은 이번 교류회에서 안 되면 따로 대결해도 되는데? 같은 3학년끼리니까 봐줄 필요도 없잖아. A반 티켓값이라도 걸어줄게."

"미안하지만 내가 물러날게. 그 티켓값에는 학년 모두의 피와 땀이 배어 있는데. 관여하지도 않은 내가 받기엔 너무 무겁잖아?"

이 키류인 또한 자기가 진다고 생각하지 않는 강한 성격이니까. 말꼬리를 세게 잡는다.

대결하면 자기가 이길 것이라는 의지가 분명하게 담겨 있었다.

"그거 유감이네."

하지만 나구모도 익숙한 일. 3년 내내 알고 지낸 만큼 깊게 상대하지 않았다.

"자, 그럼. 난 일단 리더로서 할 일이 있어서 먼저 갈게.

나중에 또 보자."

짧게 용건만 마친 키류인이 바로 떠났다.

"후카 짱은 여전히 멋있다니까."

"그래봐야 여자지만."

"우왓, 미야비, 그 발언 최악이야. 요즘 시대에 너 말살당해도 할 말 없을걸."

"착각하지 마. 난 동성 중에서 위에 서고 싶은 것뿐이지, 차별이고 나발이고 안 해."

성별이 다르다, 그래서 진심으로 뜨거워지지는 않는다는 소리인가.

"그렇다고 해도 오해의 소지가 있는 말투는 좀 문제야."

그 말도 일리 있다. 조금만 더 잘 포장해서 말해도 될 텐데.

내가 소파에서 일어나자 이어서 나구모와 아사히나도 몸을 일으켰다.

그렇게 셋이 휴게실을 빠져나왔다.

"너도 앞으로 연습이든 뭐든 하면서 대책을 세워야지."

"그러죠."

"아, 드디어 나왔다. 이제 이야기 다 끝난 거죠?"

헤어지기 직전, 복도 끝에서 오래 기다렸다는 듯이 아마사와가 얼굴을 내밀며 다가왔다.

나구모는 아마사와의 등장과 그 말에 혀를 차며 뒤통수를 긁적였다.

"내 지시 못 들었어? 나중에 하라고 말했잖아."

"뭐 어때요. 시험 칠 땐 남들 두 배로 움직이잖아요?"

"아직까진 그 말을 못 믿겠군. 다음에 또 멋대로 굴면 네가 나설 차례는 없다고 생각해라."

"엄해라. 알겠어요, 분부에 잘 따르면 되잖아요."

"미야비, 이 애는…… 음……."

"아마사와야. 1학년 A반."

"아아, 그랬지. 아마사와 짱이었구나. 미야비 그룹에 뽑히다니 우수하나 보네?"

"뭐, 그 정도까진 아니고요."

학력, 신체 능력 모두 OAA 상에서 보기 드문 A이므로 이상한 이야기는 아니다.

하지만 종합 능력 그리고 기지 사고력까지 넣어서 생각해 보면 아마사와는 반드시 뽑히는 필두 후보가 아니다.

"이 녀석은 내가 높이 평가해서 넣은 게 아니야. 어디서 소문을 들었는지 교류회에 대해 이미 알고 있더라고."

"그래서 제가 먼저 어필했죠. 1위에 공헌하겠다고."

"솔직히 뽑을지 말지 좀 고민했지만."

아마사와의 성격 때문인지 아니면 나와의 관계성을 의심해서인지는 구체적으로 말하지 않았다. 결국 뽑은 까닭은 사소한 일이라고 판단해서겠지.

"너도 네 그룹을 잘 이끌어야 하지 않겠어? 나즈나. 그래도 A반이니까 승리를 노려 주라. 계속 우리 일에 상관하고 있어도 괜찮겠냐?"

"앗, 시간이 벌써 이렇게 됐다고?! 난 이만 갈 테니까 어려운 일 있으면 언제든 나한테 의논해!"

스마트폰으로 시간을 확인한 아사히나가 당황하며 뛰어 갔다. 중간에 꽈당 넘어질 뻔하면서도 모퉁이를 돌며 사라졌다.

"나즈나 녀석, 저렇게 해서 그룹을 잘 이끌 수 있나……?"

황당해하며 한숨 쉬는 나구모에게 아마사와가 히죽 웃으며 가까이 다가갔다.

"혹시 아사히나 선배랑 사귀어요?"

"뭐? 안 사귀는데."

"하지만 저한테는 아야노코지 선배랑 중요한 얘기를 해야 하니까 나중에 오라고 해놓고, 아사히나 선배는 곁에 뒀잖아요? 그거, 특별하단 얘기죠?"

특별=연인이라는 건 지나친 비약이라는 생각도 드는데, 과연 어떨까.

"너랑은 상관없는 일이잖아."

"엥~ 상관있죠오. 봐요, 제가 나구모 선배를 노린다면 라이벌이 되잖아요."

"곧 졸업하는 남자를 노린다고?"

"저 인내심 강한 여자여서 장거리 연애에 관대하거든요."

"미안하지만 난 내숭 떨고 아양 떠는 여자는 딱 질색이라."

칼같이 구는 나구모를 보며 아마사와는 상처받았다는 듯 오버 리액션을 취했다. 아마 이런 부분이 싫은 거겠지.

노골적으로 시선을 피했다.

"난 이만 간다. 열심히 해봐라, 아야노코지."

나구모가 떠나고 나와 아마사와만 복도에 남았다.

"미움을 샀을까요."

"일부러 싫어할 소리만 골라서 하면 그렇게 되겠지."

"하지만 왜, 아야노코지 선배도 미움받고 있으니까 같은 편이 되고 싶은걸요."

무슨 편인데, 그건.

"안 사귀는 건 진짜겠지만, 그래도 좀 특별한 느낌이 들지 않아요?"

"뭐, 그렇지. 적어도 친구 이상으로는 보이네."

그 부분은 부정하기보다도 납득이 가서 아마사와의 말에 동의했다.

"그런데 교류회에 대해 미리 알고 있었다고?"

"어떤 교류회를 할 건지 저희는 사전에 상세한 내용을 들었어요."

'저희'에는 그 남자가 준비하고 츠키시로에게 관리하게 한 야가미도 포함되어 있다.

이 학교에 입학할 때 1년 스케줄을 들은 모양이다.

나를 퇴학시키려면 사전 정보를 주는 편이 나으니까.

"굳이 나구모랑 그룹이 되는 걸 선택한 이유를 모르겠지만."

"엥? 그야 단순히 이길 확률이 높아 보이잖아요? 그래도 학생회장이니까. 저도 요새 여자애라 프라이빗 포인트를 받고 싶거든요."

그렇게 대답한 아마사와였는데, 거짓말인 게 뻔했다.

하지만 진짜 속내를 숨길 생각이 딱히 없었는지 바로 말을 고쳤다.

"이제 슬슬 나구모 선배와 아야노코지 선배가 대결하겠다 싶었죠. 아야노코지 선배 편에 붙어서 서포트 하는 것도 좋지 않을까 하는 마음도 한 번 들긴 했는데, 그러면 재미가 없잖아요?"

"그게 이유인가."

"그게 이유예요. 제가 나구모 선배 편에 붙으면 조금은 그럴듯한 승부를 펼칠 수 있을 것 같아서였는데……."

하아, 하고 한숨을 푹 내쉰 아마사와가 뺨을 눌렀다.

"나구모 선배가 실망한 게 눈에 보이네요. 학교에서 준비한 리스트가 정말 죄다 게임뿐이고. 선배랑 가위바위보하거나 카드 게임으로 승부를 겨뤄서 이겨봐야 기쁠 리도 없고. 일부러 적대할 필요도 없었다 싶어요."

"이것만은 어쩔 수 없지."

"나구모 선배한테 먼저 들었는데, 아야노코지 선배가 3패 하면 지는 게 대결 방식이라면서요? 어떤 형태가 됐든 지는 모습이 보고 싶다는 건 잘 알겠더라고요. 어떤 결과가 나올지 기대하고 있을게요."

"기대에 부응하면 좋겠지만 말이야. 허무하게 3연패 해서 질 가능성도 충분히 있어."

실제로 내용에 따라서는 내가 손도 못 대 보고 질 가능성도 크니까.

"적어도 저와 나구모 선배는 그렇게 생각 안 해서."

"나구모의 생각까지 네가 알아?"

"방해되는 제가 이 자리에 오는 걸 거부할 정도였는걸요."

"거부했는데도 인사하려고 여기 왔단 말이야?"

"그럼 안 돼요?"

안 되는 건 아니지만 나구모의 반감을 사면서까지 무리해서 접촉할 이유는 되지 않는다.

같은 그룹이 되어 출전 기회를 많이 얻으려면 능력뿐 아니라 그의 마음에 드는 것도 포인트가 될 텐데.

"그룹이 모인다고 해서 저도 이만 돌아갈게요. 또 봐요."

아마사와가 몸을 휙 돌려 씩씩하게 떠났다.

별로 대수롭지 않은 대화였지만 딱 하나 걸리는 점이 있었다.

아마사와는 츠키시로 측으로부터 이번 교류회에 대해 미리 들었다고 했는데, 그렇다면 조금 전의 대화에 살짝 모순이 생긴다.

"무슨 꿍꿍이지."

조금 알아보는 게 좋을지도 모르겠다.

3

이제 곧 교류회 제1회전의 상세한 내용이 공개되고 게임이 시작된다.

나는 그 전에 같은 방에서 스마트폰을 보고 있는 하시모토에게 이번 일을 말해두기로 했다.

모든 게임에 참가한다는 사실을 굳이 밝히지 않더라도 그 부자연스러운 현상을 하시모토는 이내 알아차릴 것이다. 같은 편끼리 서로 탐색할 필요는 없기에 그것을 피하기 위해서였다.

나구모와 사소한 놀이를 할 예정이다. 가볍게 내용은 말해줬지만, 역시 전 학생회장과의 대결이라는 사실은 다르지 않아서 하시모토는 처음부터 끝까지 놀라움을 감추지 않았다.

그리고 이야기를 다 듣고는 어떤 전개인지 이해했다고 하면서도 거듭 한숨을 내쉬었다.

"내 상상을 훨씬 앞지르네. 넌 말이야."

"내가 바란 게 아니야."

"그래도. 나구모 선배를 상대로 대결이라니, 엄청난 얘기라고. 게다가 그룹전의 결과가 아니라 어디까지나 네 개인 성적이란 부분이 대단하다는 거지. 요구하는 것도 19전 17승이라니."

힘든 전개가 예상될 텐데도 하시모토는 묘하게 기뻐 보

였다.

"그만큼 너를 높이 평가하고 있단 얘기잖아. 내 보는 눈은 역시 틀리지 않았어."

"느슨한 교류회라지만 멋대로 벌이는 행동인 건 다르지 않아. 그룹의 단합을 깨는 행동이지. 그래서 그룹의 연대를 망가트리지 않게 교류를 부탁하고 싶다."

"그게 내 역할이란 말이구나. 무슨 말이 하고 싶은 건지 알겠는데 아마도 걱정할 필요는 없을 거야."

"어째서?"

"생각을 좀 해봐. 이게 즐거운 게임이라면 참가 자리를 두고 모두 경쟁할지 몰라도 고등학생이 압화, 자수 같은 걸 만들어서 대결한다는데 다들 나서고 싶어 하겠어? 아니지."

난 전부 흥미 있었는데 아무래도 다른 학생은 그게 아닌 모양이다.

"그러니까 네가 전부 참가한다고 나오면 오히려 두 팔 벌려 환영할 게 틀림없지."

그 짐작대로 된다면 나야 고마울 따름이다.

"교류회 자체는 이기는 쪽으로 갈 거야? 키류인 선배는 할 마음이 좀 있으려나. 정황상 넌 안다고 봐도 되겠지?"

"그래. 하지만 어떨지 모르겠다. 의욕이 아예 없는 건 아니겠지만, 나구모만큼 넘치는 것도 아닌 것 같아. 여차하면 후배들한테 다 떠넘길 가능성도 있어."

키류인의 관심은 어디까지나 내 대결 성적에 따른 나구모와의 승부뿐.

졸업하기 전에 여흥을 즐기겠다는, 딱 그 정도다.

"난 이번에 획득하는 프라이빗 포인트가 용돈 수준밖에 안 된다고 해도 그만큼 원래 가진 프라이빗 포인트를 잘 활용하는 쪽으로 돌리고 싶으니까, 하나라도 더 높은 순위를 노려서 상금을 따고 싶은 게 솔직한 마음이야."

내외부에 적이 있는 하시모토로서는 과연 군자금이 중요하다.

"어쨌든 아야노코지도 1학년이랑 친해져 두는 게 좋아."

"친해진다라……."

"1학년이랑 화기애애하게 지내는 게 어려워?"

잠시 고민한 내가 고개를 끄덕이니 하시모토가 무릎을 탁 치며 일어났다.

"그래, 결심했으면 바로 실행에 옮겨야지. 일단 내가 밤이 되기 전까지 1학년들 긴장을 풀어주고 친해져 둘게."

하시모토는 1학년들과 거리를 좁히는 데 별 어려움을 느끼지 않는지 바로 호언장담했다.

"그때 정보도 최대한 얻을 생각인데 키류인 선배가 안 움직인다면 아야노코지의 도움이 절대적으로 필요해. 그러니까 밤에 1학년이랑 친해지기 위해 최대한 협조해 줘야 한다?"

대가 없이 요구만 하면 안 되고, 돕는 게 도리라는 이야기.

그룹의 승리를 노리는 하시모토를 조금은 받쳐주는 게 좋을 듯하다.

"그래…… 그야 나도 할 수만 있다면 그렇게 하고 싶어."

단지 자신이 없다는 것만은 빨리 전해두는 게 낫겠지.

그렇게 생각했는데, 그런 감정 따위 하시모토는 다 훤히 알고 있었다.

"그 부분은 나한테 맡기라니까. 이런 건 꽤 잘한다고 자부하니까. 나도 아야노코지의 손발이 되어 움직일 수 있어서 감사해. 공주 씨한테 견제도 되고, 류엔도 무시 못 할 테니."

나에게 협력하면서 자신에게도 이익이 되게 하려고 한다.

이렇게 타산적인 사고방식도 나쁘지 않다.

오히려 이해관계가 명확한 게 단지 선의로 받아들이는 것보다 훨씬 낫다.

"참고로 나구모 선배한테 이기면 축하금으로 얼마 준대?"

"글쎄. 자세한 숫자는 굳이 안 물어봤어."

"3학년 대표라는 걸 고려했을 때 고작 몇천, 몇만은 아니겠지?"

알고 싶은 건 액수가 아니라 그 상금의 행방이겠지.

"알아들었어. 이기면 그룹에 꼭 나눠줄 테니까 안심해도 돼."

"그 말 들으니 마음이 놓인다. 다만 균일하게 나누지 말고 활약상에 따라 차액을 두면 나로선 기쁠 것 같아."

강제는 아니지만 솔선해서 움직이는 자신한테 더 많이 줬으면 좋겠다고 명확하게 말했다.

"음, 그러면 잠깐 갔다 올게. 빈 시간에 조금이라도 얘기를 더 해야지."

1분 1초가 아깝다는 듯 하시모토가 서둘러 방을 빠져나갔다.

4

이렇게 해서 맞이한 교류회 첫날, 첫 번째 게임.

학교 측에서 우리에게 게임 내용과 규칙을 공개했다.

대결 상대는 제9그룹. 호리키타 반에서는 이케와 케세이가 있다.

게임 내용은 『압화 만들기』. 장소는 압화 교실.

이 이야기를 들은 학생 중에는 코웃음 친 사람도 있었을지 모른다.

하지만 나는 진지했다.

압화로 뭘 어떻게 대결하는가 하는 얘기인데, 이번 같은 경우에는 완성도를 요구한다.

다양하게 준비된 꽃 종류를 어떻게 조합하는가.

적절한 수분량을 가진 꽃잎을 찾을 수 있는지, 그리고 크고 작은 적절한 재료 선택했는지.

섬세한 만큼 찢거나 망가뜨리지 않고 잘 마무리할 수 있는지.

종합적인 면에서 승부를 겨룬다는 것이다.

아직 합숙소에 온 지 얼마 되지 않았고 호출 등도 있었기 때문에 아무것도 체험하지 못한 상태로 갑작스레 실전을 맞이했다.

대결에 앞서 가볍게 강의를 들었는데, 상상했던 것보다 훨씬 심도 있어 보였다.

작업 자체는 참가자 모두 동시에 하고 최종적으로 일대일 형식으로 우열을 가린다.

그래서 1번부터 5번까지 누가 맡을지 미리 정했다.

지정된 장소에는 두 그룹의 참가자 총 열 명과 리더 두 명 그리고 하시모토까지 포함해서 몇 명의 구경꾼들이 모여 있었다.

그중에는 나구모의 그룹이자 1학년 A반인 타카하시 오사무도 있었다.

참고로 나는 지시에 따라 세 번째 순서로 참가한다.

"아야노코지 선배가 압화도 만드세요?"

대결 상대에 포함된 1학년 D반 나나세 츠바사가 내게 걸어와 물었다.

"아니 해본 적은 없어. 친구한테 가볍게 배운 게 전부야."

참고로 친구란 히요리를 가리킨다.

옛날부터 압화로 책갈피를 만든 경험이 많은 듯했다.

"그렇군요. 남자 참가자는 아야노코지 선배가 유일해서 잘 만드시는 줄 알았죠."

손재주를 요하는 작업이어서인지 나나세의 말처럼 열 명 중 아홉 명이 여자였다.

남자 참가자는 나뿐이라 혼자 겉도는 모양새다.

나구모와 대결해야 해서——라는 말은, 아무 상관도 없는 나나세에게 할 필요가 없다.

"저도 한두 번밖에 안 해봐서 잘할 수 있을지 모르겠네요."

"살살 부탁한다."

채점 기준이 의외로 중구난방일 가능성도 생각했는데, 시설을 운영하는 압화 담당자가 확실히 배정되어 엄격한 판정을 내려주었다.

다행히 세 번째 순서로 대결 상대가 된 1학년 여학생이 썩 잘하지 못했기 때문에 정면 승부를 펼쳐 승리할 수 있었다.

그리고 그룹의 승패는 다섯 번째까지 엎치락뒤치락하다가 다행히 3승 2패로 이겼다.

"대단해요, 아야노코지 군. 처음 해본다면서 정말 잘 만든 것 같아요."

"히요리가 만든 것과는 비교가 안 되지만."

둘 다 얼핏 보면 예쁜 압화지만, 퀄리티가 하늘과 땅 차이였다.

만약 대전 상대였다면 나의 완벽한 패배였으리라.

"아야노코지 군은 센스가 있어요. 괜찮다면 다음에 같이 만들어봐요."

"그래. 나도 더 잘 만들어 보고 싶던 참이야."

강적이 같은 편이라는 사실에 안도했는데, 어쨌든 개인 전에서 1승을 거둔 것은 크다.

할 수만 있다면 계속 압화 교실에 남아 묵묵히 만들어 보고 싶을 정도다.

뭣하면 사흘 내내 압화만 해도 좋다.

그런 감정도 올라왔지만 아쉽게도 잘 봉인해야 한다.

미안하다 압화야, 다음에 다시 만나…….

첫 번째 대결이 끝나고 키류인이 남몰래 내게 말을 걸었다.

"일단 승리로 스타트를 끊었네. 긴장감은 하나도 못 없었지만."

"뭐, 그렇죠."

그렇게 대답하면서 나는 꽤 진지하게 했다는 사실은 말하지 않았다.

만드는 동안에도 사담 등이 자유였던 만큼, 지켜보는 구경꾼들이 지루하게 느꼈어도 어쩔 수 없는 부분이고.

"하지만 체험 학습에서의 대결이라면 누가 이기든 지든 이상하지 않아. 학교 측의 취지를 생각한다면 정말 재미있는 결정이기도 해. 단순히 OAA 상의 능력이 뛰어난 학생들만 모으는 건 의미 없으니까. 어느 그룹이든 충분히 승산이 있는 거지."

천하의 나구모도 호리키타 그룹이 압화를 잘 만들 수 있는지 없는지 예상하기란 불가능했을 테니.

다만 그건 우리에게도 적용되는 이야기다.

무엇을 잘하고 무엇을 못하는지. 틈새 시간을 활용해 하나라도 더 많이 체험 학습을 해서 기술을 올려야 한다. 원래 리더라면 그런 역할을 맡아야 하는데…….

"하시모토가 움직여서 이 리스트를 만들어 준 덕분에 훨씬 수월해졌어. 생각보다 쓰임새 있는 아이네."

리더로서 귀찮은 일을 피할 수 있어 키류인은 환영하는 눈치였다.

뭐, 딱히 그것도 괜찮겠지. 정색하고 승리를 노리는 게 아니라 사흘 내내 즐기기만 하는 것도 나쁘지 않다.

"이대로 간다면 선배가 지시할 요소는 거의 없는 거나 마찬가지네요."

"나야 고맙지. 내가 보고 싶은 건 아야노코지와 나구모의 대결뿐이라서."

내가 예상했듯 기본적으로 아무것도 할 생각이 없는 듯하다.

"기대에 부응하는 결과가 될 것 같진 않지만요."

키류인과 그런 이야기를 나누고 있는데 이노카시라가 혼자 우리를 보고 있었다.

상황으로 짐작하건대 첫 번째 게임에는 참가하지 않았

으리라.

내 기억이 맞는다면 바느질을 잘한다고 하기도 했고 압화도 좋아할지 모른다.

남은 시간에 압화 체험을 하러 온 건가 싶었는데 그건 아닌 듯하다.

"왜 그래, 이노카시라."

궁금해서 말을 거니 살짝 주뼛거리면서 다가왔다. 그 모습을 보고 편하게 이야기 나누라고 배려하면서 키류인이 한 걸음 뒤로 물러났다.

"저기…… 아, 아야노코지 군은 코엔지 군이랑 사이가, 좋죠?"

"아닌데?"

바로 대답했다. 그 코엔지와 사이가 좋다니 금시초문이다.

"그래요? ……그렇군요……."

"왜?"

"그게, 타테바야시 선배가 코엔지 군을 데려오라고 무섭게 다그쳐서……."

타테바야시는 이노카시라와 코엔지가 속한 그룹의 리더로 3학년 D반이다.

"화가 단단히 났나 보네."

"네……."

같은 그룹이자 같은 반이라는 이유로 기가 약한 이노카세라에게 책임을 밀어붙였겠지.

"아야노코지 군이라면 어떻게든 해줄지 모른다고 생각했는데……."

조금 전 가까이에서 현장을 보기도 했고 눈도 마주쳤으니까.

지푸라기라도 잡는 심정으로 부탁하러 온 거겠지만, 상대를 잘못 골랐다.

"요스케한테 부탁해 보면 어때?"

제일 적절한 해결책을 제시했는데 이노카시라는 고개를 가로저었다.

"그런, 히라타 군한텐 이런 부탁 못 해요…… 너무 미안해서."

나한텐 부탁해도 되고……? 뭐, 배려심 많은 요스케와 비교하면 실례지만. 그 녀석은 부탁하면 다 받아주고, 코엔지가 돌아올 때까지 계속 설득할 가능성이 크다. 이노카시라가 미안하게 생각하는 것도 수긍은 가는데.

"미안. 못 도와주겠다. 도움이 안 될 것 같아서."

"그렇군요…… 죄송해요, 제가 어떻게든, 해볼게요……."

살짝 머리를 숙인 이노카시라가 터벅터벅 걸어갔다.

"이대로 둬도 되겠어?"

"안 됐긴 하지만 그 애는 우리가 원하는 대로 움직이지 않아요. 우리도 2년간 이래저래 시도한 끝에 내린 결론이에요."

"물론 결정하는 사람은 너지. 자세한 사정은 둘째 치고

저 애가 너한테 제일 먼저 부탁하러 왔다는 건 의미하는 바가 커."

"희한한 데서 진지하네요. 부정하진 않겠지만 응할 마음은 안 들어서."

코엔지에 대한 내 생각과 방침은 지난번에 미짱과 함께 접촉했을 때 이미 확고해졌다. 퇴학 위기가 있는 특별시험도 아닌 지금, 쓸데없는 접촉과 소통은 할수록 헛수고일 뿐이다.

"다음 게임 전까지 아직 시간도 남아 있는데 좀 도와주는 건 어때? 보니까 타테바야시 그룹은 자잘한 애들만 모여 있어서 이길 확률이 희박한데, 코엔지에게 실력이 있다면 상황도 조금은 뒤집힐지 모르잖아. 안 그래?"

남 일에 신경 쓰는 사람은 아닌 것 같은데, 내가 이렇게 말하는 것도 좀 아닌가.

다양한 체험을 하고 싶지만, 그럴 기회가 좀처럼 찾아오지 않는다.

"알겠어요. 일단 만나는 보죠. 코엔지도 이기면 프라이빗 포인트를 받을 수 있다는 부분을 좋게 받아들일지도 모르고요."

"그러는 게 좋아."

실제로 코엔지에게서 동기부여를 끌어내려면 그 요소밖에 없다.

골치 아픈 부탁을 받았다는 생각이 들지만, 해볼 만큼

해보기로 할까.

5

인터벌 30분. 그 사이에 코엔지를 찾아내고 싶은데 그리 쉬운 일은 아니다.

코엔지의 방에 가봤지만, 당연히 없었고 로비와 휴게실에서도 찾아볼 수 없었다.

5분 정도 건물 안을 어슬렁거리면서 종종 보이는 지인에게 말을 걸어가며 정보를 모았고, 유력한 단서를 입수했을 무렵에는 다음 게임까지 20분 정도 남아 있었다.

코엔지를 찾아 건물 뒤편과 이어진 산길로 접어든 지 잠시.

옛날에 반려견 놀이터로 사용되었던 탁 트인 운동장에 도착했다.

이미 오래 사용하지 않았는지 무척 황폐했다.

"너 찾느라 이래저래 애먹었다고. 여기 있었냐."

황무지를 마치 말처럼 발로 힘껏 걷어차면서 즐겁게 달리고 있는 코엔지를 찾아냈다.

혼자 뭐하나 하는 생각이 들기도 했지만, 다른 사람도 아니고 코엔지인 만큼 궁금해하는 쪽이 지는 거다.

나타날 확률이 낮은 관객을 발견한 코엔지는 속도를 줄

이더니 내게 다가왔다.

계속 무시할 줄 알았는데 좀 의외였다.

"아야노코지 보이. 이 몸한테 무슨 용건이실까?"

그저 변덕이겠지만 모처럼 온 기회를 그냥 날릴 수는 없다.

"네가 그룹에서 독단적으로 나가는 모습을 가까이에서 봤거든. 무슨 생각인지 좀 물어보고 싶어서."

"그래? 누군가가 내 능력에 의지하려고 해서 날 부르러 온 게 아니면 좋겠네."

역시 이 남자에게 겉치레로 포장할 필요는 없나.

"이노카시라가 난감한 얼굴로 널 찾아다니더라고."

"그래서?"

"돌아가서 조금은 그룹에 협력하는 게 어때?"

"내 대답이 뭔진 잘 알지?"

"모르겠는데. 협력 안 하는 이유는 뭐야?"

"특별히 알려 주지. 1+1=2. 몇 번을 풀어도 답은 바뀌지 않지."

"그건 보기에 따라 달라. 십진법이면 네 말이 맞지만, 이 진법이면 1+1=10인데."

장난 같은 해답에 장난 같은 내용으로 응수해도 코엔지 는 미소를 거두지 않았다.

"후후훗. 그대도 참 유머러스하네. 하지만 그 해답은 난 센스야. 비뚤어진 머리, 단순한 논리에 치우친 사고로 보 니까 그런 해답이 나오는 것뿐이지, 1+1=2가 정답이라고.

이 세상은 언제나 단순 명쾌하거든."

코엔지는 이쪽과 공존할 생각이 없다는 뜻까지 담아서 다시 그렇게 표현했다.

"내 능력 같은 거 없어도 그들이 지휘해서 승리하면 돼. 아냐?"

"너희 그룹에는 그럴 능력이 없어. 그래서 너를 배려한 걸 테고. 여기서 네 존재감을 보여주면 인상도 좋아질 거야. 그러면 너도 앞으로 편해지지 않을까?"

"난 내가 유일하게 최고이자 최강이라고 자부해. 굳이 주위에 보여줄 필요는 없는데. 그대의 질문은 죄다 난센스네."

코엔지가 그렇게 비웃더니 내게서 등을 돌렸다.

"이번에 난 완전히 스위치 끄고 있을 생각이야. 즉, 교류회에는 아예 관여 안 할 거다. 게임도 다섯 명 있으면 순조롭게 되잖아? 이 말 꼭 전해주길 바란다."

하긴 그룹 전원이 모여서 교류회에 참가할 의무는 없다.

코엔지가 비협조적으로 나온다면 설득할수록 시간만 낭비인 셈이다.

"나도 남한테 이런 말 할 입장은 아니지만, 도무지 이해할 수 없게 비협조적인 부분은 어쩔 방법이 없는 건가."

"흠. 이해할 수 없다, 라. 그대는 내가 왜 비협조적인지 이유를 알고 싶은 건가?"

단념하고 돌아가려는데 불러세웠다.

"알려 주려고?"

"난 상관없어. 다만 그전에 내가 먼저 그대에게 약간의 질문을 해도 될까?"

내가 뒤돌아보자, 코엔지가 이야기를 시작했다.

"만약에 여기서 아무 예고도 없이 갑자기 필기시험을 치르게 된다면. 그래, 기초 학력을 요구하는 내용을 치르게 된다면, 나와 그대 중에 누가 이긴다고 생각하지?"

이 질문을 한 사람이 코엔지가 아니었다면 나는 솔직하게 대답하지 않았으리라.

하지만 지금은 진심으로 대답하는 게 최선임을 직감했다.

"내가 이기겠지."

고민 없이 바로 대답했는데도 코엔지는 놀라지 않았다.

오히려 예상했던 대답이라는 듯 바로 이렇게 말했다.

"그대의 그 높은 자신감은 나쁘지 않아. 그러면 지금은 그 대답이 예스라고 치고. 그렇다고 했을 때 나와 그대의 우위성, 우수성, 인간으로서의 가치는 그것만으로 결정된다고 생각해?"

"아니. 그것만으로 결정되진 않지."

어디까지나 기초 학력 때문에 필기시험에서 차이가 생긴 것에 지나지 않으니.

"그럼 다음으로—— 나와 그대가 진지하게 싸운다면 어떤 결과가 나올 것 같아?"

두뇌가 어떻다거나 하는 것들은 다 집어치우고 누가 더 강한지라는 질문.

코엔지 로쿠스케를 지난 2년간 봐오면서 나는 이미 답을 내렸다.

"특정 규칙을 정하고 하는 싸움이라면 코엔지가 유리하다고 보는데."

체격과 근육량 등 육체적 우열만 따지면 틀림없이 코엔지의 손을 들어주겠지.

이건 절대 뒤집을 수 없는 수치다.

여기에 복싱이나 유도 등 규칙이 정해져 있는 범위에서 대결을 강요한다면 코엔지의 스킬이 동등 또는 그 이상일 경우 내가 괴로운 전개를 맞이할 가능성을 부정할 수 없다.

"퍼니한 표현이네. 나와는 다른 답을 내놓았지만, 그대의 생각도 그 나름으로 높이 평가해 줄게."

코엔지의 시점에서는 어디까지나 규칙의 유무와 상관없이 질 리 없다고 보는 모양이다. 물론 실제로 붙어보지 않으면 아무도 그 생각을 부정할 수 없다.

"이런 정보만으로 누가 위고 누가 아래인지 판단할 수 있다고 생각해?"

"어려운 문제네. 하지만 일반론으로 생각하면 제삼자가 객관적이고도 공평하게, 필기시험뿐 아니라 신체적인 부분까지 포함해서 다양하고 종합적인 관점으로 두 사람을 평가해 수치화할 수밖에 없겠지. 그렇게 해도 인간의 가치를 상대화하는 건 불가능하겠지만."

"정답이야. 아무리 객관적으로 봐도 인간의 가치를 가늠

하기란 어렵지. 종합적인 관점 등으로 말한다고 해도 전부 다 보이는 게 아니니까."

"그래도 반드시 비교해야만 한다면 방금 말한 방법을 지지해."

"난 아니야, 아야노코지 보이."

"그럼 넌 인간의 가치를 어떻게 판단할 건데?"

내가 그렇게 묻길 기다렸다는 듯이 코엔지가 입꼬리를 씩 올렸다.

"답은 지극히 심플해. 나인가, 내가 아닌가. 그게 우열을 결정짓는다."

꽤 깊이 생각하게 하는 말을 하고서 결국 착지점은 거기냐.

"그렇게 자부하는 근거는?"

"좋아, 가르쳐 줄게. 그 근원은 적응력에 있지. 난 그 어떤 환경에도 굴하지 않아. 그 어떤 환경에서도 살아남을 자신 있어. 그게 대기업이든 맹수들이 득시글거리는 정글이든 완벽하게 퍼펙트하게 순응할 능력이 있어. 이건 제삼자 따위가 헤아릴 수는 없는 부분이야."

완벽과 퍼펙트라는 단어가 중복된다는 건 당연히 잘 알겠지.

"질문과 대답을 길게 반복한 의미가 없네. 네가 완벽하든 어떻든 협력하지 않는 이유와는 아무 상관도 없지 않아?"

"그렇게 생각한다면 그대의 이해가 못 미친 것뿐. 그대는 아무것도 할 줄 모르는 유치원생들이랑 어깨를 나란히 하고 진지하게 게임에 임할 수 있겠어? 나한테 주변 사람들은 딱 그 정도 차이가 난다고. 일부러 무인도 시험에서 1위 한 것도 그런 유치원생들이랑 거리를 두기 위해서였지."

주위를 아래로 보고 있기에 나란히 서서 경합할 마음이 없다.

그게 코엔지가 비협조적인 이유인가.

"이 학교와는 안 맞네."

"나와 그대는 완전히 다른 존재지만, 다소 비슷한 시각을 가지고 있다고 생각했는데 말이야, 그런 말을 그대한테 들을 줄이야. 나 역시도 이 학교에 들어올 바에는 차라리 중국에 다시 가서 수행에 몸을 던지는 편이 더 유의미하다고 생각하고 있었어. 그렇게 할 수 없는 사정이 나한테도 있지만."

아무리 봐도 벽이네.

결국에 협력할지 말지는 본인이 판단할 일.

자기 뜻만 고집하는 코엔지가 나쁘다고 할 수는 없다, 당연히.

"유감이네, 코엔지. 너라면 지금과는 다르게 좀 더 좋은 형태로 주목받을 수도 있을 텐데."

"주위에서 의지하기 시작하는 지금의 그대처럼 말인가?"

"딱히 난 주목 안 받고 있는데."

서로 할 말은 다 했다.

신기하게도 코엔지와는 이렇게 단둘이 얘기할 기회가 종종 찾아온다.

작년 합숙 때도 비슷한 분위기였던가.

앞에 있는 대상이 한없이 불가해한 존재임을 다시금 인식할 수 있었다.

"나를 컨트롤 할 수 없다는 건 이미 이해했을 텐데?"

"어. 그렇지."

"그런데 왜 내 일에 상관하는 거야. 이번에 난 그대의 그룹도 아닌데."

하긴 이상한 이야기다.

지금 내 모습을 다른 사람들이 본다면 그냥 놔두면 되지 않느냐고 입을 모아 말했을 것이다.

시간 낭비였고, 나구모와의 대결에도 영향을 미칠 수 있다.

"안 된다는 걸 아는데, 그런데도 나도 모르게 시도하고 마는 건——."

"반에서 한 발 튀어 나가면 호리키타 걸을 지킬 수 없으니까. 그래서지?"

내 머릿속에 들어온 듯 코엔지가 말했다.

나는 코엔지라는 존재가, 앞으로 싸워나갈 호리키타를 방해하는 장애물이 될 거라고 본다.

이 남자는 그런 내 생각을 꿰뚫고 있다.

예사롭지 않은 야성적 촉만큼은 진정한 의미에서 내 계

산을 초월한다.

많은 힌트가 주어지지 않았는데도 미래를 피부로 느끼나.

"그럼 망설일 필요 없어. 나를 배제할 수 있는지 언제든 시험해 봐라."

"전에도 그럴 생각 없다고 말했잖아?"

"훗훗훗. 그랬던가, 그럼 어쩔 수 없고."

자기야말로 최고의 인간임을 믿어 의심치 않는 코엔지.

지금까지 몇 명쯤인가, 호리키타 반의 미래를 위해 내가 개선을 촉구했던 사람은 있다.

다른 반이라도 그게 유익하다고 판단하면 똑같이 해왔다.

능력은 과분한데 성격에 결함이 있는 이 남자도 비슷하다.

하지만 코엔지에게 개선을 촉구하지 않는 까닭은 그 과정에서 위험과 수고가 많이 들어간다고 판단했기 때문이다.

무능한 사람을 동전 뒤집기와 같은 단순 작업으로 유능하게 만들 수 없는 것과 마찬가지.

앞에 있는 이 남자는 한두 번의 스텝만으로는 아무것도 바뀌지 않는다.

전력으로 삼기보다는 오히려 방해되기 전에 없애는 게 낫다, 그것이 내가 내린 결론이다.

"그러면 다음에 보자고. 난 자기 계발 시간으로 돌아가도록 하지."

더 이상 이야기할 필요 없다며 코엔지가 다시 달리기 시작했다.

그런 그의 뒷모습을 잠시 바라본 후 나도 이만 돌아가기로 했다.

6

코엔지와 있었던 일을 말해주기 위해, 나는 합숙소 건물 근처까지 돌아왔다.

그런데 정작 중요한 키류인은 보이지 않았고 어디로 갔는지도 알 수 없었다.

몇 명에게 물어봤더니 건물 동쪽에 약간 관리된 듯한 공원이 있는데 거기로 걸어가는 모습을 봤다고 했다.

다음 게임까지 시간도 별로 없는데 그런 데서 뭘 하는 걸까.

그곳은 황폐한 반려견 놀이터와는 달리 평소에도 사용하는 모양이어서, 시소와 평균대 등도 이용할 수 있는 수준으로 보였다.

자, 내가 찾는 키류인은—— 그네 두 개가 나란히 있는 곳에 있었다.

혼자가 아니라 같은 3학년 아사히나도 함께였다.

멀리서 보기만 해선 아사히나가 기쁜 투로 말하고 있고 키류인이 따뜻한 눈빛으로 말을 경청하는 느낌이었다.

보기 드문 조합이라고 생각하면서 코엔지 일을 보고하

기 위해 다가갔다.

"평소에 얘기 나눌 기회가 별로 없어서 뭔가 신선하달까, 진짜 흔치 않은 시간이야."

"나랑 얘기하는 게 그렇게 기쁜가?"

"기쁘지. 후카 쨩은 정말, 늘 멋있다고 할까. 동경하는 여자애들이 아주 많은걸."

남자보다 여자한테 인기 있는 타입인가, 아사히나의 눈이 빛났다.

그만큼 같은 학년이라도 평소에 접점이 없던 학생이겠지.

키류인은 특수한 경우겠지만, 이런 식의 교류도 생기고 있는 모양이다.

"왔네, 아야노코지."

"무슨 이야기 중이었어요?"

코엔지 건은 뒤로 미루는 게 좋겠다. 그런 생각으로 대화 내용을 물었다.

"이것저것 많이 했는데 지금은 진로 얘기 중이었어. 후카 쨩의 진로가 궁금해서."

하긴 전에 만났을 때는 특기생으로 대학에 진학할 거라고 했었지.

"그래서 어느 대학에 갈 건데?"

이제 막 이야기를 시작했는지 아사히나가 그렇게 물었다.

키류인은 숨기지 않고 자기가 진학하고 싶은 구체적인 대학 이름을 알려 주었다.

남들처럼 평범하게 산다면 나도 수없이 들을 기회가 있을 유명 대학이다.

"거기 법학부. 라고 말은 해도 딱히 학부에 연연할 생각은 없지만."

수준 높은 학교여서 아사히나가 자기는 무리라며 몸서리쳤다.

"후카 짱은 그럼 목표가 뭐야?"

"응?? 난 아무 목표도 없어. 아무것도 될 생각이 없어서."

예전에 내게 말해주었듯 지극히 평범한 인간으로 살아갈 것이다.

그렇게 아사히나에게 말했다.

"에엥~. 그러면 너무 아깝지 않아? 후카 짱이라면 뭐든지 될 수 있을 것 같은데."

없는 사람이 들으면 부러워할 재능을 발휘할 생각이 없다니.

아깝기도 하고 최대의 사치이기도 하다.

"뭐든지 될 수 있다고? 물론 그럴 자신이 없진 않지만, 사람은 다 다르고 이런저런 사정이 있으니까."

"그럼 꿈 같은 게 없구나."

"아무것도 안 되는 게 꿈이지. 그걸로는 대답이 안 돼?"

"그것도 꿈이 될 수 있을진 모르겠지만, 아무리 그래도 꿈은 큰 게 좋지 않아? 정말 될 수 있을지, 가능한지와는 별개로 생각은 할 수 있잖아?"

A반으로 졸업이 예상되는 아사히나라면 특히 그렇겠지.
키류인이 이해하며 웃었다.

"그래. 그런 꿈을 단 한 번도 꿔보지 않은 건 아니야."

"그럼 그걸 알려줘. 나도 목표로 삼을지 모르잖아."

아사히나가 계속 눈을 반짝이며 졸라대자 어쩔 수 없다는 투로 키류인이 입을 열었다.

"만약에 뭔가 크게 성공하기 위해 직업을 고른다면 정치인을 목표로 삼을지도."

"정치인?! 우와…… 그런데 보통은 정치인이 되어야겠다는 발상은 잘 안 하는데…… 미야비만 해도 정치인 같은 말은 한 적 없고 주변에서도 본 적 없어."

어떤 과정을 거쳐서 그런 꿈을 품게 되었는지, 궁금하다는 듯 귀를 기울이는 아사히나.

"꼭 말해야 해?"

"안 돼? 진짜. 느긋하게 대화할 기회도 별로 없고…… 듣고 싶어."

그렇게 부탁하는 아사히나에게, 키류인은 이번에만 특별히 이유를 말해주겠다고 했다.

"내가 어렸을 때, 친족과 어떤 관계가 있어서 정치인 선생님들을 만날 때가 많았거든."

"아, 그래서 되고 싶어진 거야?"

"아니? 그런 기회가 있어서 더 정치인만은 되지 말아야겠다고 생각했었지. 나한테 하는 이야기도 다 한 귀로 흘려들었어."

"아, 편견이지만…… 정치인 중에 나쁜 사람이 많은 것 같긴 해."

"맞아. 대부분은 텔레비전, 언론에 나오는 부패한 사람이 많은 인상이었어. 도저히 동경할 만한 직업이 아니야."

그렇다면 적어도 꿈이라고 말하게 된 다른 이유가 있겠지.

"그렇게 썩은 세계여서 더욱 빛나는 사람도 있어. 내가 동경했던 몇 안 되는 사람."

"어떤 정치인인데? 나도 아는 사람일까?"

"키지마 씨. 지금은 완전히 대단해지고 말았지만."

"앗, 키지마라면, 허어억? 그 총리대신?"

고개를 끄덕이는 키류인. 아사히나는 상당히 놀란 눈치였다.

"제일선에서 활약하는 그분과 같은 무대에 서는 걸 꿈꿔도 나쁘지 않겠다고 생각했어."

"그런데 그 꿈을 접었다는…… 말이지?"

"지금은 그렇게 될 계획 없어."

"왠지 후카 쨩이라면 정치인도 될 수 있을 것 같은데."

"이런저런 사정이 있다고 말했잖아?"

눈에 띄면 띌수록 키류인이라는 이름이 따라붙는 게 싫다고 말했었으니까.

"이렇게 된 거 내 꿈을 대신해서 네가 정치인을 목표로 삼아주지 않을래? 아야노코지."

"뜬금없이 얼토당토않은 소리를 하네요. 정치 같은 거 생각해 본 적도 없어요."

"의외로 괜찮겠다고 내 직감이 말해주는데."

"전 평범한 게 좋아요. 어디 적당한 대학에 가서 적당히 취직할 거예요."

"그래? 나도 같은 길을 꿈꾸니까 그건 그것대로 우리 둘 다 꿈을 좇는 사람인가."

"미야비도 그렇고 후카 짱도 그렇고 아야노코지 군을 이렇게 꼬드기네, 역시 특별한가 봐."

"특이해서 눈여겨보는 것뿐이죠. 다음 게임 이제 곧 시작하겠어요."

더 이야기했다간 지각을 면할 수 없다.

"아, 벌써 시간이 그렇게 됐어? 빨리 가야겠네!"

아사히나가 그네에서 뛰어내리더니 급하게 우리에게 손을 흔들었다.

"그럼 이따 봐!"

"서두르다가 넘어지지 말고."

"나도 안다고! 앗, 아차차!"

달려가다가 넘어질 뻔했다.

같은 흐름을 하루에 그것도 짧은 시간 안에 두 번이나 보게 될 줄이야.

"코엔지는 만났어?"

"얘기도 하고 왔죠. 헛수고였지만."

여기 찾아온 목적인, 코엔지를 교류회에 참가하게 만드는 데 실패했다는 소식을 전했다.

"그렇구나. 역시 코엔지 도련님은 컨트롤이 불가능한가."

"일단은 실마리를 찾아보려고 했는데, 씨알도 안 먹히더라고요."

"너도 안 되는 일이 있네, 아야노코지. 기쁘다."

안 되는 부분이 있어서 칭찬받았다.

"혹시 이런 결과를 보고 싶어서 보낸 건가요?"

"안 보고 싶었다고 말하면 거짓말이겠지."

다른 그룹을 도와서 의아했는데, 참 짓궂은 선배다.

"하지만 타테바야시는 입이 험하거든. 후배가 계속 괴롭힘당하는 걸 보고 있자니 약간 참을 수 없었던 것도 사실이야."

"코엔지한테도 세게 나가주면 좋겠는데요, 그 녀석한텐 별로 영향이 미치지 않을 테니까요."

게다가 실력에 압도적인 차이가 있다.

혹시라도 코엔지가 덤빌지도 모른다는 생각에, 타테바야시가 자기 스트레스를 그룹의 다른 멤버에게 풀어도 이상하지 않다.

"어쩔 수 없지. 일단 우리도 2회전에 가볼까."

그 후의 게임 전개는 이렇다.

『도예』

모두 초보자여서 수준이 별로 높지 않은 대결이었다. 손 재주 덕분에 한발 앞서며 승리.

『탁구』×2

벌써 두 번 연속으로 똑같은 게임이 나와버렸는데, 탁구는 학교에서도 몇 번 해본 적 있어서 무난하게 승리할 수 있었다.

『액세서리 만들기』

이것도 압화와 비슷한 체험이라서 어떻게 될지 불안하기도 했지만, 대전 상대도 이번이 첫 경험이었던 덕에 대등 이상의 대결을 펼칠 수 있었다.

압화까지 포함해서 모든 게임에 타카하시가 따라다닌 건 나구모의 지시를 받아 승패를 확인하기 위해서였겠지.

좀 더 운과 관련된 요소가 있는 대결도 강요받을 줄 알았는데, 전체적으로 괜찮았던 첫날이다.

그리고 내가 5연승을 거둔 영향이 있는지, 그룹도 지지 않고 5연승에 성공했다.

○호리키타의 부탁과 아야노코지의 부탁

교류회 첫날 밤.

작년 합숙과 가장 크게 다른 점은 이 부분이리라.

저마다 배정받은 방은 그룹별로 나누어져 있다.

요컨대 1학년과 2학년이 한방에서 자야 한다는 사실.

1학년 입장에서도 2학년 입장에서도 성격에 따라서는 제일 성가신 시간일 것이다.

그렇기에 하시모토는 일찍부터 나서서 서로 마음을 터놓을 수 있는 환경을 만들었다.

그 노력이 통해서, 벌써 1학년들은 하시모토에게 웃으면서 이야기를 나눌 수 있을 정도로 거리가 가까워진 듯했다.

이 방에 있는 여덟 명 중에서는 압도적으로 내가 제일 마음을 터놓지 못했다.

"첫날 다 이겼다는 게 크네요, 하시모토 선배."

"대전 상대가 정해질 때까지 아무것도 모르니까 솔직히 어떻게 될지 예상이 안 됐는데."

토요하시와 야나기가 기뻐하며 말했다.

오늘 3회전과 4회전에서 각각 탁구에 나갔던 영향도 있으리라.

신토쿠와 오보카타도 동감이라는 듯 몇 번 고개를 끄덕였는데 어딘지 조심스러웠다.

"죄송해요, 저희는 아직 한 번도 참가 안 했는데도……."

"마음 쓸 것 없거든? 오늘 보니까 학생 중에 절반은 참가 안 했더라. 솔직히 게임이라는 요소는 그냥 덤이랄까, 참가 안 한 학생은 또 그 학생대로 체험 활동을 해야 하는 부분도 있었고."

체험 학습을 해서 포인트 카드에 스탬프를 모으는 형식. 시스템상 얼마나 잘 될지 반신반의했었는데, 생각보다도 활발하게 참가하는 듯했다. 여기저기서 친구 또는 선후배에게 같이 하자고 권해서 친목을 다지는 시간을 만들 좋은 기회가 되었다.

오늘 있었던 다섯 시합에서 탐욕적으로 승리를 노린 그룹은 내가 아는 한 한 곳도 없었는데, 그러한 자유로움이 영향을 줬는지도 모른다.

그렇다고 해서 1위를 쉽게 차지할 수 있는지 묻는다면 그렇지는 않다.

오늘 게임 전개를 통해 예상하건대 내일 이후부터는 꽤 쉽지 않은 대결이 기다리고 있을 것이다.

5전 5승 한 그룹이 우리까지 포함해서 네 군데. 5전 4승 한 그룹이 세 군데. 5전 5패 한 그룹도 네 군데 있는 등 승패의 편향을 봐도 알 수 있듯 교류회에 대해 양극단적인 방침으로 나가고 있다는 게 눈에 보인다.

1승, 2승 한 그룹 중에는 성실하게 임하고 있는 곳도 있을지 모르겠지만, 내일 이후 상위에 들지 못하면 또 어떻게 될지 모를 일이다.

이틀 차부터 사실상 절반 정도의 그룹과 우승을 놓고 경쟁하게 될 듯하다.

"나구모 선배 그룹은 누가 뭐라 해도 우승 후보네."

2학년 C반 오다 타쿠미가 다섯 번의 게임을 회상하며 중얼거렸다.

"저도 그 생각 했어요. 그쪽도 다 이긴 모양이고요."

그 그룹의 강점은 역시 멤버 대부분이 성실하다는 것이다.

힘 빼고 대충 해도 된다고 생각하는 학생이 한 명도 없다는 것은 이번 규칙상 승률과 직결된다고 말해도 과언이 아니다.

멤버들에게 다양한 체험 활동을 시키고 경험을 쌓게 하고 있다는 게 쉬이 상상이 갔다.

학력 대결이 아닌 만큼 대등한 승부를 펼칠 수 있는 측면도 있지만, 많은 학생이 해보지 않은 게임 내용이 많은 만큼 그렇게 하면 차이를 벌리기 쉽다고도 할 수 있다.

"그렇지, 하시모토 선배, 저희 반 말인데요——."

교류회 이야기뿐 아니라 시시콜콜하고 사적인 내용도 대화 도중에 튀어나왔다.

일곱 명이 나누는 이야기를, 나는 어딘지 남 일처럼 거리를 두고 지켜보았다.

한 그룹이 된 지 아직 몇 시간밖에 안 지났는데도 1학년들은 이미 하시모토를 잘 따랐고, 지금도 하시모토를 중심으로 자연스럽게 흥겨운 이야기꽃을 피우고 있었다.

스스로 잘한다고 자부했던 만큼 역시라고밖에 말할 길이 없다.

마치 예전부터 쭉 알던 사이, 지인이었던 것 같은 관계를 쌓아가고 있다.

요스케 등도 주위에 잘 녹아드는 인물이지만, 그와는 또 다른 유형이다.

조금 납득이 안 가는 건 의외로 오다도 제법 친해졌다는 부분인데…….

"다만, 여러 가지로 의외인 하루였어."

하시모토는 학교 측에서 알려준 각 그룹의 승패를 기록한 메모를 한 손에 든 채 신음했다.

"류엔 그룹이 2패, 사카야나기 그룹은 3패. 잘못하면 당장 내일 우승권에서 멀어진다고."

오늘 우리는 그 두 그룹과 붙지 않아 자세하게는 모른다.

하시모토도 1학년을 이끄는 역할을 자청하지 않았다면 정보를 더 모아 왔겠지만, 거기까지는 힘에 부쳤던 듯하다.

"좀 의외네요. 사카야나기 선배 하면 언제나 강한 이미지로 정착해 있었는데요. 역시 3학년이 지휘하면 사정이 다른 걸까요."

OAA 정보를 봤을 때 이키라는 이름의 3학년 D반 학생은 성적이 전반적으로 좋지 않다. 특히 학력 면에서 D+로 한참 부족한 수치. 이런 점을 보아도 진학조로 참가한 건 아닌 듯했다.

"사카야나기가 이길 생각이 있으면 당연히 3학년이고 뭐고 지휘권을 빼앗을 거야. 나구모 선배나 키류인 선배가 상대라도 전혀 안 밀리잖아. 하물며 이키 선배인데? 아무리 생각해도 속공으로 주도권을 빼앗…… 아니, 그전에 선배는 유능한 팀원에게 전부 맡기고 싶어 할 타입인데."

보아하니 하시모토는 이키라는 사람이 어떤 인물인지 다소 아는 듯했다.

"그럼 단순히 전력 부족, 일까요?"

지금까지 별로 말이 없던 코스미가 그렇게 중얼거렸는데, 토요하시가 바로 부정했다.

"적어도 1학년은 멤버들이 꽤 괜찮아. 2학년도 아마 그렇죠?"

토요하시의 말대로 사카야나기의 그룹은 절대 그렇게까지 나쁘지 않았다. 이키도 이길 가능성을 고려해서 골랐을 테니 나름대로 우수한 멤버가 두 학년 모두 모여 있었다.

그렇기에 오늘 대결에서 수준 이하인 상대에게 진 것에 하시모토가 의문을 느끼는 것도 당연했다.

"특별시험이든 교류회든 이기려고 하는 사람이 사카야나기인데."

곁에서 헌신했던 만큼 누구보다도 그 사실을 잘 안다고 하시모토가 말했다.

3패라는 결과를 보고 하시모토의 머릿속에도 혹시 하는

생각이 떠오르긴 했으리라.

"나도 그렇게 생각해. 뭔가 꾸미고 있는 걸까."

오다도 사카야나기의 3패에 걸리는 부분이 있는지 고민에 빠진 얼굴이었다.

하지만 지금 고민해도 답은 나오지 않는다.

7명은 이윽고 아무 상관 없는 화제를 꺼내며 이야기에 열을 올리기 시작했다.

잠시 후 하시모토는 1학년에게서 떨어져 나와, 거리를 두고 지켜보고 있던 나에게 걸어왔다. 그 도중에 텔레비전 리모컨을 들고 일부러 예능 방송을 틀어서 방을 시끄럽게 만들었다.

"혹시 카무로를 잃은 타격이 커서 그러나?"

3패 한 이유를 짐작해 보면서, 확신을 얻고 싶은 하시모토가 그렇게 물었다.

"그럴지도 모르지."

지금 결과만으로 그렇다고 판단하긴 어렵지만, 부정할 재료도 딱히 찾기 어렵다.

"만약 정말 약해진 거라면 나야 잘된 일이지만. 이 상태로 학년말 시험에 돌입하면 승기도 잡을 수 있어."

그 말대로지만, 이 결과만을 그대로 받아들일 만큼 하시모토도 단순하지는 않다.

"사카야나기가 실제로 어떤 상황인지 알아봐 줄 수 없을까? 아야노코지."

"그런 일은 하시모토 네 전문 분야잖아. 내가 나설 게 아닌데."

바로 거절하려는데, 하시모토가 혹시 모른다며 조용히 귀에다 대고 속삭였다.

"이번만 좀 봐주라. 난 지금 A반이 제일 경계하는 남자잖아? 특히 키토 놈은 화가 꽤 많이 난 눈치라고. 지금은 사카야나기가 아무 말도 안 해서 괜찮지만, 배신이 명확하게 드러나는 날엔 어떻게 나올지 몰라."

상상만 해도 으으, 하고 중얼거리면서 자기 몸을 껴안았다.

하지만 얼굴에는 여전히 어렴풋한 미소가 실려 있었다.

"그렇게 말하는 것 치곤 별로 안 무서워하는 것처럼 보이는데?"

"허세도 못 부려서는 반을 배신할 자격이 없지."

그 말 또한 일리가 있군.

"그리고 난 아야노코지 덕분에 속이 좀 시원해졌어. 그것도 고맙게 생각해."

2자 면담 날 방을 찾아온 하시모토는 자기 이야기를 전부 털어놓았었다.

지금은 그날 덕분에 긍정적으로 임하고 있지만, 효과는 일시적이겠지.

실제로 배신했다는 사실이 영향을 미치기 시작하면 더는 그렇게 할 수도 없을 것이다.

하시모토에게 남은 시간이 별로 많지 않다.

"아야노코지라면 얼굴 패스로 사카야나기와 접촉할 수 있잖아?"

마음이 한결 가벼워진 건 다행인데 그건 그거고 이건 이거다.

"마음대로 이것저것 희망하는 건 네 자유지만, 내가 언제부터 너랑 같은 편이 됐지? 갈등에 낄 생각 없는데."

"그거랑은 분리해서 생각하고 있어. 하지만 적어도 이번 교류회에서는 같은 편 맞잖아. 아무리 3패 했다고 해도 사카야나기가 있는 이상 경계해야 하는 우승 경쟁 후보야. 내일 우리랑 붙을 수도 있다는 걸 고려하면 지금 파악해 두는 건 나쁘지 않아."

그룹전에 별로 연연하지 않는 남자가 겉으로 하는 발언은 용감하네.

"그럴듯한 이유네. 다만 너와 내가 같은 그룹인 이상 평소보다 사카야나기가 경계할 건 똑같아. 유익한 정보는 기대 안 했으면 좋겠다."

"알아, 어디까지나 보너스 정도로 인식할게. 응?"

"……알았어. 일단 할 수 있는 건 해볼게."

"잘 부탁한다."

나도 3패 한 이유는 알고 싶으니까.

얻은 정보를 그대로 다 하시모토에게 전달할지 말지는 또 다른 문제지만.

1

사카야나기와 접촉하는 가장 빠른 방법은 굳이 말할 필요도 없이 본인에게 바로 연락하는 것이다. 다만 그 방법으로는 현재 상태를 자세히 파악하기 어렵겠지. 나에게 진심으로 말하는 부분도 있겠지만, 의도적으로 감추는 부분도 많을 수 있으니까.

다른 방법으로는 사카야나기의 지금 상태를 자세히 아는 사람에게서 간접적으로 정보를 얻는 것도 있다.

하지만 여기에도 위험은 따른다. 내가 사카야나기에 대해 자세히 알고 싶어한다는 게 드러나는 걸 피할 수 없으니. 호리키타 반에서는 혼도와 시노하라가 사카야나기와 같은 그룹인데, 둘 다 입이 무겁다거나 연기를 잘하는 타입이 아니다.

일단 나는 로비에서 천천히 생각을 정리해 보기로 했다.

타이밍에 따라서는 밖에 나가는 사카야나기를 발견할 수도 있겠지.

"아야노코지 군."

로비에 가니 한 학생이 나를 알아보고 다가왔다.

사카야나기와 같은 반인 사나다였다.

막 씻고 나왔는지 머리카락이 젖어 있고 안경에 물방울

이 살짝 맺혀 있었다.

"잠깐만 이야기 나눌 수 있을까요? 만나면 물어보고 싶은 게 있었거든요."

"괜찮아. 궁금한 게 뭔데?"

나도 사나다가 반가웠다.

첫날 사카야나기의 그룹과 게임에서 이겼기 때문이다.

"같은 그룹인 하시모토 군에 대해서, 예요. 여러 가지 소문도 듣지 않으셨나요."

"카무로의 퇴학에 일조했다는 얘기라면 들었지."

"아직 확실하지 않은 이상 경솔하게 물을 생각은 없지만, 진상이랑 상관없이 지금 어떤 상태인지 신경 쓰여서……. 좀 어때요?"

지금 A반은 사카야나기뿐 아니라 하시모토도 크게 주목하고 있을 테니까.

사나다처럼 그쪽을 신경 쓰는 학생이 있어도 이상하지 않다.

"특별히 평소와 다른 점은 없던데. 그냥 센 척하고 있다고 생각하기엔 밝아 보였어."

"그렇군요…… 그렇다면 다행이에요."

"하시모토도 그런데, 사카야나기 쪽은 뭔가 다른 점 없었어?"

말하면서 자연스럽게 사카야나기를 언급해 보았다.

"학교에서 마주쳤던 걸 떠올려 봤을 때는 평소와 똑같은 것 같은데요."

"교류회에서 그룹이 3패 했길래 조금은 영향을 받았나 생각했는데."

"왜일까요. 그런데 그럴지도 모르겠네요. 다만 여기 온 뒤로는 거의 마주친 적이 없어서 자세한 건 잘 모르겠어요."

적어도 사나다는 아직 제대로 파악하지 못했다고 대답했다.

"하지만 오늘 사카야나기 그룹과 게임하지 않았어?"

그 점을 지적했지만, 사나다는 조용히 고개를 가로저었다.

"참가 안 했거든요. 가까이에서 지켜보면서 지시를 내리는 모습도 보이지 않았고요."

어쩌다 그 자리에 오지 않았던 것뿐일지도 모르지만, 교류회 자체에 관여하지 않고 있을 가능성이 지금은 더 높아 보인다.

"아야노코지 군은요? 뭐 아는 거 있어요?"

"유감이지만 아무것도. 사나다가 가진 정보와 별반 다르지 않겠지."

오히려 그 이하라도 말해도 되겠지.

"사카야나기 씨도 그렇지만, 하시모토 군에 대해 조금이라도 신경 써주시면 고맙겠어요."

"같은 그룹으로서 최대한 살필 생각이야. 다만 자세한 사정도 모르는 내가 낄 일은 아닌데, 같은 반 애들은 어떻게 생각하고 있어? 하시모토가 정말 배신했다고 생각해?"

"그건——."

사나다는 질문에 바로 대답하지 못했다.

"애들이랑 직접 말해 본 적도 없어서 여기서 누가, 하고 단정 짓는 말은 못 하겠네요. 하지만 그렇다고 믿는 애들이 있는 건 분명해요."

조금 전 하시모토와 대화할 때 곧바로 떠오른 사람은 키토다.

말수는 적지만 A반에 순응하는 태도를 늘 유지했었으니까.

그리고 카무로와도 자주 같이 있었으니 합이 나쁘지 않았을 터.

그 후에도 사나다와 잠시 이야기를 나누다가 멀리서 우리를 지켜보는 호리키타를 발견했다. 왠지 말을 걸고 싶은 눈치여서, 어느 정도 얘기하다가 대화를 마무리했다.

혼자가 되자 호리키타가 다가왔다. 3학년은 스무 명밖에 없다지만, 그래도 사람이 많으면 누군가를 맞닥뜨릴 가능성도 높다.

"마침 잘 만났어. 부탁할 게 좀 있는데…… 괜찮니?"

다기찬 태도로 운을 떼는 호리키타였는데, 교류회와 관련된 문제는 아닐 것이다.

나구모 그룹이 첫날부터 5연승으로 무탈하게 1위를 유지하고 있다는 건 모두가 아는 사실이다.

"무슨 부탁인데?"

그렇게 되묻자 호리키타가 내 소매를 잡아끌고 로비 구석으로 움직였다.

"큰 목소리로 할 얘기가 아니고…… 아마사와에 관해서야."

"너랑 같은 그룹이잖아. 무슨 일 있어?"

내밀하게 할 이야기라면 가장 먼저 떠오르는 것은 갈등과 관련된 문제다.

그런데 그런 예상이 빗나갔는지 곧바로 부정했다.

"너무 수다스럽긴 해도 특별히 문제 행동은 하지 않았어. 아직은 얌전하게 굴고 있어."

일단 그 말에 안도하면서 호리키타의 이어질 말을 기다렸다.

"그 애가 신체 능력이 뛰어나다는 건 알아? 격투기에도 상당히 정통한 것 같던데."

"격투기는 둘째치고 OAA도 봐서 대충 파악은 하고 있어."

무난하게 맞장구치면서, 아직 전모가 보이지 않아 계속 이어지는 말을 재촉했다.

"아마사와가 말 안 했으면 지금 처음 듣는 얘기일 텐데, 내가 그 애한테 약간의 『빚』이 있어. 평소 학교생활에서는 못 갚을."

격투기 그리고 빚이라는 단어.

직접적인 표현은 피했지만, 아마사와와 어딘가에서 한

번 붙었다는 걸까.

돌이켜보면 깊이 생각할 것도 없이, 무인도 시험 이외에는 그럴 만한 무대가 없다.

"어쩌다가 그렇게 된 건지 상상하기 어렵군."

지금은 이야기를 들으면 평범하게 나올 법한 대답을 해두었다.

"뭐, 이런저런 일이 있어서."

빚에 대해서는 자세히 말해줄 생각이 없는지 그렇게 말을 흐렸다.

나도 억지로 들을 것까진 없어서 계속 귀를 기울이기로 한다.

"그래서?"

"나 나름대로 매일 노력하고는 있어. 하지만 그 애한테 통할 수준인지 잘 모르겠어. 그래서 너한테 내 현재 실력을 평가받고 싶어."

"아마사와한테 빚을 갚고 싶다는 건 잘 알았는데, 좀 위험한 느낌이 드는 얘기네."

"보통은 그렇지. 하지만 그 애는 장난 아니게 강하잖아."

"아니잖아, 라고 말해도 난 아마사와가 얼마나 강한지 모르는데. 도움이 안 될걸."

상대의 정확한 실력을 모르면 잣대를 마련해도 의미가 없다.

——뭐, 사실은 알고 있지만.

그 말은 마음속에만 담아 둔다.

"너 나름대로 내가 얼마나 강한지 판단해 주면 돼. 물론 가능하다면 약간의 조언도 받을 수 있으면 좋겠어."

말투로 봐선 그 조언이 진짜 목적 같기도 하다.

"설욕전을 바라는 건 네 자유지만, 아마사와의 동의는 구했고?"

"그건 아직."

하지만, 하고 호리키타가 곧바로 말을 이었다.

"그 애가 내 제안을 거부하면 억지로 강요할 생각은 없어."

대답은 그렇게 했어도 아마사와가 거부하는 선택지를 고를 거라고 호리키타는 생각하지 않겠지.

굳이 내게 다 털어놓고 특훈을 부탁할 정도니까.

"어때…… 받아줄 수 없을까?"

"받아주기 이전의 문제야."

아마사와와 붙으면 크게 불리하다.

아무리 호리키타가 진 후부터 많이 단련했어도 쉽게 좁힐 수 있는 실력 차이가 아니다.

"그런 거라면 저기 있는 이부키한테 부탁하는 게 어때? 기꺼이 상대해 줄 텐데."

나는 근처에 숨어 엿듣고 있을 인물을 향해 그렇게 말했다.

"쳇, 들켰네."

정말 성가시다는 듯 혀를 차며 통로 모퉁이에서 얼굴을 내미는 이부키.

호리키타도 놀라지 않는 것을 보아 둘이 미리 짠 게 분명했다.

"공교롭게도 이부키랑은 이미 너무 많이 해서 질렸어. 계속 같은 사람하고만 붙어도 성과가 별로 안 나오잖아."

옆에 선 이부키도 같은 빛이 있는지 비슷한 반응을 보였다.

할 수 있는 것을 다 해본 후에 하는 부탁이란 말인가.

"너 강하니까 좀 상대해 주라."

"설마 이부키도 하려고?"

"당연하지. 1학년 꼬맹이 계집애한테 계속 졌는데 참을 수 있겠냐고."

몇 번인가 주먹을 내민 후 깔끔한 상단 발차기를 선보였다.

그렇게 때려주고 싶어서 못 참겠다는 눈치다.

의욕을 불태우는 거야 상관없지만, 꼬맹이 계집애라고 말했어도 아마사와는 한 살밖에 차이 나지 않는 데다 체격이고 뭐고 전부 이부키가 달리는데……

"합숙하는 지금 타이밍이면 싸울 장소를 찾아 헤맬 필요도 없다고 판단했구나?"

"학교에서 다시 붙으면 너무 튀니까."

그렇게 대답하면서 살짝 고개를 끄덕이는 호리키타의 의지는 확고해 보였다. 덧붙여 이부키도.

"어떻게 할래……? 솔직히 너한테는 아무 이익도 없는 얘기이긴 하지만……."

"네 말대로 내가 얻는 건 없네."

"그래도 만약 받아준다면 대가로 프라이빗 포인트를——."

대가를 치를 각오까지 한 모양인데, 그런 걸 받아봐야 아무 소용 없다.

"어디까지 도움이 될진 모르겠지만, 내 조건을 받아들인 다면 응해줄 수도 있어."

나는 호리키타의 제안을 도중에 끊고 그렇게 대답했다.

"저, 정말이야? 기대는 전혀 안 했는데……."

"양측이 합의했다고 해도 학교에서 무턱대고 붙는 건 단점이 클 테니까. 빚인지 뭔지를 갚고 싶다면 절호의 기회를 놓치고 싶지 않겠지. 그래도 야심한 밤에 돌아다닐 수도 없는 거고."

"고마워. 크게 기대하지 않았던 도움이야. 그런데 조건이 뭐니?"

아마사와와의 재대결에 앞서서 반드시 받아들여야 하는 절대 조건이 있다.

"우선 첫 번째는 오늘 안에 아마사와한테 말하는 거야. 네가 같은 그룹이니까 틈을 봐서 말하긴 어렵지 않지. 물론 시끄러워지면 안 되니까 다른 사람은 모르게 해야 해. 타이밍은 반드시 마지막 날 이른 아침. 아마사와가 그 시간에 하는 걸 받아들이게 해."

가능성은 적지만 『거절하겠다』라고 대답한다면 특훈의 의미는 사라진다.

　"당연한 얘기네, 잘 알겠어. 또 다른 조건은?"

　"그건 첫 번째 조건을 클리어하면 말해줄게. 아마사와가 받아들이지 않으면 특훈도 의미 없어. 그리고 한밤중에 합숙소 안에서 할 수도 없는 일 아냐?"

　내가 받아들인다는 전제로 하는 이야기이기 때문에 모든 조건을 밝히지 않아도 이의는 없으리라.

　"난 지금 당장이라도 할 수 있는데?"

　"넌 조용히 해."

　호리키타는 이부키와 달리 상식을 제대로 갖추고 있어서 바로 받아들였다.

　"아마사와의 동의를 구하면 메시지 보낼게."

　"그래. 나도 아침에 움직일 수 있게 준비하고 있을게."

　아마사와라면 걸어오는 싸움을 피할 성격이 아니다.

　이 두 사람이 재대결을 희망한다면 오히려 기꺼이 받아 주겠지.

　이번 합숙이 감시의 눈도 적어 최적의 장소라는 점이야 상대도 잘 알고 있을 테고.

　고개를 끄덕인 호리키타가 자기 방으로 돌아가려는데 좋은 타이밍 같아서 잡아 세웠다.

　"특훈이랑은 다른 얘기인데, 하나 알아봐 줬으면 하는 게 있어."

"뭔데?"

재대결을 요청하는 순간이라면 아마사와의 예민한 후각을 속일 수도 있겠지.

나는 호리키타에게 어떤 부탁을 했다.

"잘은 모르겠지만 그걸 조심하기만 하면 되는 거지?"

"그래. 아마사와한테는 말하지 말고."

"알았어. 그 정도야 별것도 아니네."

흔쾌히 받아준 호리키타에게 가볍게 고맙다고 말한 후 이만 헤어졌다.

"자 그럼……."

조금만 더 사카야나기를 찾아볼까.

하지만 적당히 합숙소 안을 어슬렁거려 보아도 사카야나기를 마주칠 수는 없었다.

저녁 9시가 다 되어가자, 역시 인기척도 줄어들어서 이만 마무리했다.

방에 돌아오니 하시모토, 토요하시, 신토쿠가 목욕하러 갈 준비를 하고 나를 기다리고 있어서 그대로 대욕장으로 향했다.

2

한 시간 정도 대욕장에 몸을 푹 담근 후 목욕팀 셋이 방

근처까지 돌아왔다.

그때 3학년 타테바야시가 어느 방 앞에서 기분 나쁜 투로 서서 오른발을 불안하게 떨고 있는 광경을 목격했다. 화가 잔뜩 난 듯했다.

"빨리도 온다……."

그렇게 말한 타테바야시가 보낸 시선은—— 우리가 아니라 우리 뒤였다.

오늘 온종일 멋대로 행동한 코엔지다.

알고 있던 결과지만, 타테바야시를 보건대 지금까지 한 번도 못 만났겠지. 열받은 선배 따위는 본 척도 하지 않고 자기 방 앞으로 갔다.

"비켜줄래? 걸리적거리는데."

"너 말이야……! 대체 무슨——."

설교가 시작되기도 전에 코엔지가 타테바야시의 어깨를 밀치고 안으로 들어가 버렸다.

우격다짐으로 문을 연 게 아니라 압도적인 체격과 힘의 차이에 의한 것.

3학년들 사이에도 코엔지의 소문은 충분히 나 있겠지만, 실제로 얽힌 경험이 없다면 그냥 열받는 존재로 느끼는 법. 열려 있는 문을 닫으려고도 하지 않고 타테바야시가 방 안으로 사라진 코엔지의 뒤를 쫓았다.

"싸, 싸움 나는 거 아냐?"

1학년 신토쿠가 하시모토를 보며 어떻게 해야 할지 눈빛으로 지시를 기다렸다.

"진짜 코엔지 놈은 어렵다니까. 일단 상황을 지켜볼까."

문이 닫히면 못 볼 수도 있는데 계속 열려 있으니까.

다 같이 아무렇지 않게 안을 들여다보았다.

방에 들어간 코엔지는 이미 제일 구석 이부자리 위에 있었다.

1학년이 세 명 있고…… 2학년은 코엔지 이외에는 다 밖에 나간 모양이네.

무섭게 서서 내려다보는 타테바야시 따위 보이지도 않는다는 듯이 스트레칭을 시작했다.

그 모습을 본 신토쿠와 토요하시는 과연 어떤 감정을 느끼고 있을까.

"나, 코엔지 선배랑 진짜 안 엮이고 싶다……."

"나도……."

생각할 것도 없이 그런 말을 하며 학을 떼고 있었다.

"뭐 했어, 지금까지!"

리더로서 체면도 있는 타테바야시가 그렇게 몰아세웠다.

"나 말이야? 그야 뻔하지, 자기 계발."

"뭐? 자기 계발? 대체 뭐라는 거야!"

아무리 언성을 높여도 무반응으로, 코엔지에게 닿을 리도 없었다.

"내일은 제대로 협조해라! 우리는 벌써 벼랑 끝까지 몰렸으니까!"

"그건 무리인데."

타테바야시를 거들떠보지도 않고 대답하는 코엔지.

구경하는 1학년들이 코엔지에게 보내는 시선은 이제 싸늘해지기까지 하고 있었다.

어지간한 기간으로는 이 남자에게 적응하기 어렵다.

같은 방을 쓰는 후배들도 꼼짝 못 하고 그저 입을 꾹 다물고 있었는데 좌우지간 분위기가 무거웠다.

"무리라니, 그룹을 대체 뭐로 생각하는 거야!"

포기하지 않고 계속 몰아붙이는 타테바야시.

그런 그룹 멤버들을 전혀 개의치 않고 코엔지가 그 자리에서 이불을 젖혔다.

"그럼 난 끝에서 자는 걸로."

"네 멋대로 결정하지 마! 누가 어느 자리에서 잘지는 내가 정하게 되어 있어!"

하시모토가 슬쩍 들어가자 같은 방 1학년들이 타테바야시를 좀 말려달라고 요청했다.

허둥지둥 일어선 하시모토가 타테바야시에게로 달려가 우왕좌왕하면서도 달래듯이 말을 건넸다.

어깨를 들썩이며 씩씩대는 타테바야시도 후배를 알아보고 조금이나마 냉정을 되찾았다.

"알겠어? 리더 지시에 반드시 따라야 하거든?"

하지만——.

"사양할게. 쓸데없는 절차 밟는 걸 싫어서, 이제 조용히 해줄래?"

그 한마디가 마지막이었다.

달래는 후배를 밀치고 타테바야시가 소리를 빽 질렀다.

"싫어해서, 같은 소리 하네! 여기에는 1학년도 있어, 나도 선배로서 기강이 서질 않잖아!"

"젊을 때 고생은 사서도 한다는 말 몰라? 이럴 땐 젊은 사람이 솔선해서 나이 많은 사람한테 좋은 장소를 양보하는 법이지."

"아, 마, 맞아, 요. 저희는 신경 쓰지 마시고…… 네."

2학년한테 양보하라는 소리를 들어버렸으니 1학년 대부분은 따르는 것 말고 다른 선택지가 없었다.

"그러면 3학년인 내가 명령하지. 사서 고생해, 고생 좀 하라고!"

"자, 자, 선배, 진정하세요."

화가 난 나머지 주먹을 번쩍 들어 올리려는 타테바야시의 몸을 부둥켜안으며 하시모토가 말렸다.

그리고 우리 쪽을 보면서 먼저 방에 돌아가라고 호소했다.

"우린 돌아갈까."

"하, 하지만 괜찮을까요?"

"여기는 하시모토가 잘 수습할 거야."

하시모토를 남겨두고 우리는 우리 방으로 돌아왔다.

안절부절못하는 1학년들에게 하시모토가 돌아간 것은 그로부터 10분 정도 뒤였다.

"괜찮았어요?"

"이성을 되찾았어. 필사적으로 나왔던 건 진심으로 이기고 싶었기 때문이야."

3학년 D반은 나구모에게 하는 헌납과 낮은 반 포인트 때문에 자유롭게 쓸 수 있는 돈이 별로 없다. 앞으로 학교 생활도 얼마 남지 않아 조금이라도 더 용돈을 갖고 싶었던 듯하다.

"나구모 선배 같은 상위 반에 좋은 학생이 대부분 가서 마음에 여유가 없었대. 그래서 남은 애 중에 코엔지를 뽑아서 한 방에 역전을 노리려던 결과가 그거였지."

자신이라면 능숙하게 컨트롤 할 수 있을지도 모른다는 옅은 기대가 배신당했으니 화나는 것도 무리는 아닌가.

"아야노코지 선배도 힘드시겠어요…… 저런 사람이랑 같은 반이라서."

난 아무 생각 없는데, 1학년들은 약간 새로운 존경심을 드러냈다.

"자 그럼……."

이제 잘 준비에 들어가야 하는데, 하시모토에게는 아직 해결하지 못한 문제가 있었다.

누가 어느 자리에서 잘 것인가였다.

코엔지와 타테바야시가 싸웠듯 사소해 보이면서도 무시할 수 없는 부분이다.

학생들끼리 알아서 자라고 하면 잠잘 장소를 두고 시끄

러워질 때가 많다고 기억하고 있다.

특히 수학여행에서는 류엔과 키토가 베개 들고 싸우는 바람에 난리가 났었지.

"공평하게 대결해서 정하자. 코엔지 같은 일을 피하기 위해서라도."

사람들이 꺼리는 역할을 자청하며 하시모토가 말했다.

"아니에요, 저희는 정말 어디든 상관없어요. 그렇지?"

"네. 뭣하면 아야노코지 선배가 다음에 정해주셔도 되는데!"

"아니 왜 아야노코지인데. 난 매몰차게 해도 돼?"

살짝 씁쓸하게 웃으며 지적하는 하시모토.

"그런 게 아니라요…… 아야노코지 선배는 저희에게 동경의 대상이거든요!"

"저도요, 아야노코지 선배! 존경합니다!"

신토쿠와 토요하시가 눈빛을 반짝이며 나를 떠받들었다.

"……짧은 시간에 꽤 따르게 됐네."

"아니 그렇게 말해도 말이지……."

누구보다도 당혹스러운 사람은 나다.

불과 조금 전까지만 해도 전혀 이렇지 않았는데.

갑자기 태도가 돌변한 신토쿠와 토요하시를 보며 같은 1학년인 오보카타와 야나기, 코스미도 고개를 갸우뚱거리기만 했다.

○기묘한 위화감

두 번째 날 아침.

시각은 아직 아침 6시 전이다.

어렴풋이 밝아지고는 있지만, 아직 시야가 충분하다고 말하긴 어렵다.

남들 몰래 건물에서 조금 거리가 떨어진 곳에 왔다.

걱정하지 않아도 이런 시간에 굳이 밖에 나오는 특이한 사람도 거의 없겠지만.

잠시 후 약속한 대로 호리키타와 이부키가 모습을 드러냈다.

"흐암...... 졸려. 그리고 추워."

입을 쩍 벌려 하품한 이부키가 몸을 떨며 기지개를 켰다.

"싫으면 얼마든지 방으로 돌아가도 되는데?"

"농담하는 거지? 너만 재대결하게 둘 것 같아?"

아마사와에 대해서라기보다도 호리키타가 원하는 대로 하게 두고 싶지 않은 게 주된 원동력 같다.

"재대결 신청을 흔쾌히 받아준 모양이네."

"응. 두말없이 오케이 했어. 그런데 의외의 부분에서 저항하더라."

"의외의 부분이라니?"

"너랑 약속한 대로 4일 차 아침에 하자고 했는데, 3일 차 아침으로 바꾸면 좋겠다고 나오더라고."

"하루 앞을 희망한다는 말인가."

"물론 네가 도와주는 조건이 4일 차 아침이었으니까 우리도 양보 못 한다고 말해뒀어. 결과적으로는 꺾고 들어왔지만, 계속 내키지 않아 하는 눈치였어. 무슨 일정이라도 있었을까."

"그렇게 이른 아침에? 뭐라고 말할 수 없는 부분이네. 어쨌든 받아들였으니 신경 안 써도 되지 않겠어?"

일찍 일어나는 게 싫어서라면 사흘 차든 나흘 차든 큰 차이가 없다.

"일단 우리가 부탁하는 입장이니까. 개인적인 문제라서 깊이 물어보진 않았는데, 여자들만의 문제도 있고 네가 받아준다면 3일 차로 바꿀 수 없을까?"

하긴 신체 구조상 여자들한테는 자신이 불리할 가능성이 있는 주기가 찾아온다.

하지만 그건 호리키타와 이부키도 마찬가지고, 아마사와가 그걸 핑계로 들 것 같지도 않다.

"상대한테 어떤 사정이 있든 그쪽이 받아들였으면 그대로 가야 해. 특훈 횟수는 못 줄여."

"안 봐주네."

"4일 차 아침이 결전의 날이야. 못 따르겠다면 특훈에서 난 빠지겠어."

"……알겠어. 살짝 죄책감이 남긴 하지만, 이대로 가자.

그럼 되겠지?"

"상대를 배려한답시고 대충 할 생각은 하지 마라?"

살짝 마음에 걸리는 부분이 있었는지 호리키타가 어려워하는 표정을 지었다.

"알아. 그 애도 자기가 진다는 생각은 조금도 안 하겠지. 우리 몸을 걱정할 정도였는걸."

그게 마음에 들지 않았겠지만 도전하는 입장이니 어쩔 수 없다.

"완전 철저하게 짓밟아 주겠어."

옆에서 이부키가 복수심을 불태웠다.

불태우는 거야 개인의 자유지만 과한 것은 큰 문제다.

"얼굴은 건들지 마라? 싸웠다는 게 알려지면 성가셔지니."

"뭐? 상대방의 약점이면 어디든 노려야지. 오히려 아마사와의 얼굴에 발차기를 먹이는 거야말로 내가 제일 처음 해야 할 일인데?"

여기서 아무리 주의를 줘도 실전에서 가차 없이 발로 걸어차겠군.

"의욕적인 건 좋은 일이지."

일단은 긍정적인 자세를 유지하기로 한다.

"바로 본론으로 들어가서 네가 받아들이는 추가 조건을 말해줄래?"

"그래. 남은 조건은 하나뿐이야. 이기기 어렵다는 판단이 들면 바로 1대1이 아니라 1대2로 싸우겠다고 약속해."

미리 정해두었던 조건을 밝히자, 호리키타도 이부키도 바로는 받아들이지 못했다.

"미안해. 그 1대2라는 말은——."

"당연히 호리키타와 이부키 쪽이 2지. 이 조건을 못 받아들이겠다면 난 도울 생각 없어."

그렇게 다시 한번 말하자, 이부키가 땅을 발로 차면서 주먹을 들이밀었다.

"뭐?! 리벤지 매치에서 2대1이라니 뭔 소리야. 너무 꼴사납잖아. 말도 안 돼."

"1대1로 싸우지 말라는 얘기가 아니야. 어렵다는 판단이 들면, 이라고 말했잖아."

"우리한테 승산이 없다는 얘기로 들리는데."

"좋게 포장해 주고 싶지만, 사실은 그래. 미안하지만 아마사와랑 1대1로 붙어서 이길 가망은 0에 가까워. 해 봤자 헛수고인 일에 동참할 생각은 없어서."

솔직히 2대1로 붙는다고 해도 예전과 같은 전철을 밟을 가능성이 더 높지만.

"마음에 안 드네. 받아들일 수 있는 조건이 아니라고."

"나도 이건 좀 마음에 안 들어. 애당초 그 말투를 보니까 넌 아마사와의 실력을 자세히 알고 있다는 듯이 들리는데?"

"그래. 솔직히 말하면 붙어봤다고 말할 정도까진 아니어도 실력이 어떤지 본 적은 있어."

"……그래서 우리랑 그만큼 차이가 난다고?"

내가 고개를 끄덕이자 이부키가 더 기분 나빠졌는지 혀를 차며 눈을 피했다.

"못 해 먹겠네. 난 아야노코지의 도움 따위 필요 없으니까 혼자 하련다. 아니 그리고 호리키타도 그렇게 하는 게 맞지 않아?"

"그건 그래…… 생각지도 못했던 받아들이기 힘든 조건을 내미네."

여기 오기 전까지 웬만한 조건은 다 받아들일 생각이었으리라.

그 마음이 흔들리는 것도 무리는 아니지만 의미 없는 특훈 따위는 할 이유가 없다.

"그럼 그렇게 해. 나도 안 도와줘도 되니까 편하고."

"한 번만 다시 물을게. 너는 아마사와의 실력을 알고 있는 거지?"

"적어도 너와 이부키보다는 잘 안다고 생각해. 참고만 되겠지만, 아마사와의 실력과 비슷하게 내가 상대해 줄 수도 있어."

호리키타는 단순한 대련을 원했겠지만, 싸울 상대와 힘이 비슷한 사람과 싸워볼 수 있다면 구미가 당기겠지.

"──알겠어. 난 그 조건 괜찮아. 하지만 이부키가 거부한다면?"

"이 이야기는 무효지. 둘 다 협력한다는 전제를 깔아야 비로소 가능성이 생기니까."

"하, 그건 강해진 내 실력을 보고 나서 판단하지?"

"그래. 그러면 시험 삼아 해볼까."

나는 천천히 발을 끌어서 작게 원을 그렸다. 거의 지름 1m 정도.

그리고 그 중심에 서서 왼손을 앞으로 내밀고 오른손은 뒤로 뺐다.

"난 여기서 안 나간다. 그리고 공격은 왼손으로만 한다."

"뭐야?"

"이런 나를 고전하게 만든다면 아마사와도 좋은 승부를 겨룰 수 있을 거야."

"지금 날 얕보는 거냐?"

"어떻게 받아들이든 네 자유지만, 일단 해보자고 한 건 너잖아?"

"웃기네. 그러면 그 자만심을 태워서 새카만 숯덩이로 만들어 줄게."

참 재미있게 말하는군.

이부키는 예전에 상대했을 때와 똑같은 스타일로, 발기술을 중심으로 공격했다.

정확도는 올라갔을지 몰라도 솔직히 오차 수준이다.

발끝을 확인하고 재빨리 피했다.

"건방진! 왼팔만 잡으면 내가 이기거든!"

아무래도 이부키는 내 왼팔을 붙잡아 공격 수단을 봉쇄할 계획 같다.

그걸 바란다면 얼마든지 잡혀주지.

　일부러 손이 가기 쉬운 위치로 왼손을 가져가자, 절호의 기회라는 듯 왼쪽 손목을 붙잡았다. 바로 그 순간, 나는 왼쪽 손가락을 쫙 펼치고 왼발을 이부키의 바깥쪽에 내디뎠다.

　그리고 잡힌 손을 왼쪽에서 오른쪽으로 포물선을 그리듯이 떨쳐내면서 왼발을 벌려 벗어났다.

　뿌리쳐진 아부키를, 당사자가 눈치챘으면 말이지만, 내게 등을 보이는 빈틈투성이에 무방비 상태로 내몰았다.

　"으앗——?!"

　이해가 따라가지 않은 이부키의 등을 왼손 주먹으로 가볍게 때렸다.

　"어, 어떻게……?!"

　"합기도의 일종이야. 몇 번을 해도 결과는 똑같을 거다."

　1대1 대련이 확정되었다면 아무리 싸워도 실력 차이를 뒤집을 수 없다.

　그 결과를 뒤집으려면 1대2를 받아들여서 수적으로 상대방을 앞설 필요가 있다.

　"교대할까, 이부키."

　"직접 겪어봐야 이해하겠어?"

　"그런 게 아니야. 방금 그 짧은 대련으로도 네가 얼마나 무시무시한지는 충분히 잘 알았어. 그래서 더욱 이부키한테도 객관적으로 보여주고 싶어. 자기가 뭘 당했는지 모르고 있으면 발전할 수 없으니까."

자기가 나서서 이부키가 경험을 쌓게 해주고 싶다는 듯하다.

"나도 똑같이 네 왼손을 붙잡을 거야. 그래도 나한테는 똑같이 못 하게 할 계획이야."

"그러는 게 좋아. 굳이 똑같은 방식으로 당하려고 드는 건 바보밖에 없으니까."

이부키를 뒤로 물러나게 하고 이번에는 호리키타가 앞으로 나왔다.

"언제든지 시작해."

"그럴 거야."

일단 호흡부터 고르나 싶었는데 그러지 않고 바로 움직였다.

재빠른 동작으로 내 왼쪽 손목보다 더 앞쪽을 움켜쥐려고 시도했다.

이런저런 계산 없이 본능에 따라 시험하려는 거겠지.

하지만 내가 절묘하게 조정해 팔을 빼서 강제로 손목을 잡게 만들었다.

"윽……!"

잡으려고 한 게 아닌데 잡았다. 호리키타도 알았지만 이미 몸을 움직인 상태여서 도중에 멈출 수도 없었다. 불리한 자세임을 머리로는 이해하면서도 이부키와 완전히 똑같이 움직이고 말았다.

노린 곳을 잡은 게 아니라 잡기 싫은 부위를 타의로 잡아버렸다.

인간의 사고란 신기해서, 잡으면 안 된다는 걸 알아도 안 잡는 것보다는 낫다고 뇌에서 판단하고 만다.

안 잡는 것이 더 유리한 경험을 쌓지 못했기 때문이다.

"내가 당한 것도 방금 그 패턴이란 얘기네……."

"맞아."

"……똑같이 못 하게 할 생각이었는데 나도 모르게 그렇게 되고 말았어……."

아쉬워하면서도 호리키타는 강렬한 눈동자로 나를 바라보았다.

"이게 지금의 우리와 아마사와의 실력 차이라는 거지."

"그래. 적어도 내가 스스로 정한 규칙을 깰 수 있을 정도가 아니면 너희한테 승산은 절대 없어."

원 밖으로 한 발이라도 나가게 하거나 오른팔을 쓰게 하거나.

그 둘 중 하나도 달성하지 못한 채 재도전해 봐야 비웃음만 사겠지.

"이제 이해됐어? 1대1로 아마사와와 붙는 게 얼마나 무모한지."

호리키타는 아직 표정 관리가 됐지만, 이부키는 분한 감정을 숨김없이 얼굴에 드러났다.

이제는 쓰러트리겠다고 호언장담하지 않는 만큼 이해했

다고 봐둘까.

"얼마나 나는데……."

"응?"

"나와 아마사와의 차이. 좀 더 알기 쉽게 숫자 같은 걸로 말해주면 안 돼?"

하긴 막연하게 피부로만 느껴서는 계속 동기부여가 유지되기란 어렵겠지.

"신체 능력으로 말하면 호리키타와 이부키를 동률로 보고 50이라고 할 때, 아마사와는 60으로 10 정도 차이가 나려나."

그렇게 대답하니 생각보다 차이가 크게 나지 않아서 놀랐는지 두 사람이 서로의 얼굴을 마주 보았다.

"단, 기술력까지 합치면 얘기가 달라져. 호리키타와 이부키는 한 무술을 집중적으로 쓰지만, 아마사와는 다루는 무술의 숫자가 차원이 다르거든. 그것까지 고려하면 차이는 더 벌어지지."

일단 숫자로 표현하긴 했는데 그래봐야 하나의 기준에 불과하다.

그날 컨디션이나 예측 불가능한 사건, 수를 잘못 읽거나 운에 따라서도 승패는 얼마든지 달라진다. 하지만 기량에 차이가 나면 날수록 막대한 시행 횟수가 필요해지겠지.

"지금부터는 두 명을 동시에 상대할게."

"마음에 안 들어."

"나도 마찬가지야, 이부키. 하지만 해야 한다는 걸 알
잖아?"

"반드시 두 손 다 쓰게 만드는 거야. 알겠어?"

"글쎄. 난 원 밖으로 나오게 하는 게 더 쉬워 보이는데?"

"난 모르겠고 네가 나한테 맞춰."

시작하기도 전에 어떻게 싸울지를 두고 옥신각신했다.

호리키타와 이부키는 물과 기름. 연대할 의사 따위는 애
초부터 머리에 없을 테니까.

지금은 그런 말을 하지 않고 하고 싶은 대로 하게 놔둔다.

"우리가 합을 맞춘다는 것부터 무리인 얘기네. 됐어, 각
자 하고 싶은 대로 공격하자고."

"같은 의견이야."

아무래도 서로 양보하지 않고, 동시에 공격하긴 하는데
각자 알아서 할 작정인가 보다.

1

"이 정도로 할까."

익숙하지 않은 연대 플레이를 강제로 이어간 탓에 둘 다
체력을 크게 소모했다. 끝을 알리자 둘 다 비슷한 타이밍
에 주저앉았다.

"하루 더 해봐야 벼락치기인 건 똑같지만, 그래도 조금

은 나아지겠지."

이런 지도도 없이 바로 아마사와에게 도전한다면 희망조차 가질 수 없다.

"너, 어디서 뭘 해야 이렇게 강해지는 거야……?"

"어릴 때부터 무술을 대충 배웠어. 그뿐이야."

"나도 그랬는데. 적어도 가라테를 주축으로 주변에 지지 않을 만큼은 했다고 생각하는데."

자극이 너무 강했는지도 모르겠다. 경험을 바탕으로 한 호리키타의 자신감에 타격을 줘 버렸나?

급하게 정신적으로도 케어해줘야 하나 고민했는데, 그 걱정은 안 해도 될 듯하다.

"하지만 넌 규격에서 벗어났다고 생각하긴 해. 오빠가 너를 인정했다는 사실이 지금 버팀목이 되어주고 있어."

"흠……."

이부키는 그런 호리키타와는 달리 투덜거리면서 일어나 등을 돌렸다.

"내일은 반드시 두 손 다 쓰게 만들어 줄 테다."

그 말을 남기고 땅을 힘껏 박차며 합숙소로 돌아갔다.

"진짜 어지간히 지기 싫어하네."

나쁜 건 아니지만 그 바람에 시야가 좁은 게 아까울 따름이다.

일련의 동작과 싸움 방식을 잘 흡수했는지 의심스럽군.

"괜찮아. 이따가 쟤랑 의견 나눌 때 오늘 한 경험을 복습

할게. 억지로라도 말이야."

그렇다면 안심이다.

호리키타와 나란히 합숙소로 걸어왔다.

"네가 이렇게 많이 도와줄 줄은 꿈에도 몰랐어. 좀 더 대충이라고 할까, 지장 없는 범위일…… 줄."

여러 가지 이유가 있지만, 역시 실력을 좀처럼 보여주지 않는 가장 큰 요인은 호리키타의 앞날에 있어서 그게 너무 가혹하다고 판단했기 때문이다.

"가끔은 자선 사업도 하는 거지."

"왠지 의아해. 다른 의도가 있는 게 아닌지 의심하고 싶어져."

"그럼 그땐 네가 각오하는 수밖에."

일부러 의미심장한 느낌으로 말하자 호리키타는 어이없어하면서 웃었다.

"그래. 서로 돕는 사이가 되자."

그런 식으로 받아들인 호리키타와 건물 앞에서 헤어져, 각자의 방으로 일단 돌아가기로 했다.

내가 돕고 있다는 사실을 아마사와는 모르는 편이 좋다.

그렇게 방에 돌아온 시각이 7시 전이었다.

마침 하시모토가 잠에서 깬 몸을 일으킨 타이밍이었다.

조용히 대화를 나누는 사이에 1학년들도 얕아져 가던 잠에서 서서히 깨어났고, 얼마 후 방의 멤버들 모두 일어났다.

"웃샤. 그럼 난 아침 목욕이나 하러 갈까. 너희는 어쩔래?"

나도 하시모토를 따라 아침 목욕을 즐겨야겠다.

"아, 아야노코지 선배도 가세요?!"

"그럴 생각인데——."

"야나기, 오보카타, 코스미도 갈까!"

"앗? 그게, 아니 저희는……."

"됐으니까 와! 아야노코지 선배가 부른다고!"

아니, 난 전혀 안 불렀는데.

선배 갑질이라는 오해를 살 만한 말은 안 했으면 좋겠다.

2

아침 목욕을 마친 우리 키류인 그룹은 하시모토의 호령에 따라 여자까지 포함한 나머지 인원과 모두 모였다.

그리고 아침을 먹으면서 오늘 있을 교류회에 대한 의견을 나누었다.

비록 이야기의 반 이상은 하시모토가 하고 나머지는 다른 학생들이 조금씩 발언했을 뿐이지만.

"잘은 모르겠지만 남자들이 이상하게 분위기 띄우는 거…… 좀 별로 같아요."

불쑥 옆에서 속삭이는 모리시타의 계속된 독설.

"그래요? 저는 뭔가, 좀 귀엽다고 생각했는데요."

그것을 중화하는 듯한 히요리의 발언.

귀엽다는 상반된 평가에 모리시타가 다시 1학년 남자들을 응시했다.

귀여운가 아닌가 하는 관점을 제쳐두더라도 과연 이상하게 분위기가 무르익은 것은 분명하다. 그룹이 처음 모인 어제는 선배들 앞이기도 해서 위축된 경향이 강했었는데, 지금은 그런 모습이 하나도 보이지 않았다.

"귀여워요?"

"귀엽게 느껴져요."

"유감이지만 저는 역시 별로예요. 시이나 히요리는 좀 독특하네요."

"그런가요?"

그 대화를 옆에서 보고 있자니 처음 만났을 때와 히요리가 많이 달라졌다는 느낌이 들었다.

지금보다는 더 마음을 보여주지 않는, 감정 기복이 적은 학생, 그런 이미지였는데.

아니, 근본적인 성격이 변했다기보다는 이제 진짜 모습을 보이게 되었다는 표현이 옳을지도 모른다.

"아야노코지 군, 왜 그러세요?"

대놓고 관찰하다가 히요리에게 들키고 말았다.

"아무것도 아니야. 신경 쓰지 마."

그래요? 하고 살짝 고개를 갸우뚱거리면서도 의심스러워하지 않고 웃었다.

"아야노코지 선배! 오늘 밤에도 같이 목욕하러 가도 돼요?!"

"뭐? 아, 아아 그야 전혀 상관없는데."

묘한 압박감(?)을 느끼면서도 그 정도는 힘든 일도 아니라며 승낙했다.

그러자 그것만으로도 1학년들이 또 와글와글 열을 올렸다.

"하루도 안 돼서 이렇게 1학년들을 잘 다루게 될 줄이야. 무슨 마법을 부린 거야?"

먼저 식사를 마친 키류인이 테이블에 팔을 올리고 흥미롭다는 듯 중얼거렸다.

"솔직히 저도 당황스러워요. 특별히 아무것도 한 게 없는데."

"나한테까지 감출 생각이야?"

비밀이라고 생각하는 것 같은데 나는 정말 모른다.

"너 몰라? 네가 왜 후배들의 존경을 모으고 있는지?"

우리의 대화를 훔쳐 듣고, 라고 말하면 실례일지도 모르지만, 안테나를 세우고 있던 하시모토가 말을 걸었다.

"너 자신은 못 느낄지 모르겠지만 나도 동경──은 아니고, 경외하는 부분은 있거든."

"경외?"

경외란 압도적인 힘을 가진 존재가 두려워 떠는 것을 말한다.

공교롭게도 류엔과 호우센처럼 겁박 비슷한 행동을 한 기억은 전혀 없는데…….

"저도 새삼 놀랐달까, 역시 남자 중의 남자랄까…… 1학년이 그걸 알면 이런 태도가 되는 것도 무리는 아니니까요."

"어? 잘 모르겠는데 진짜 흥미롭네. 그게 뭔데?"

"그건 남자들끼리의 비밀이라서. 못 알려드려요, 죄송합니다."

"흠. 남자들끼리의 비밀이라, 그것도 나쁘진 않네."

무슨 일인지 그런 설명을 받아들인 키류인이 의자를 끌며 자리에서 일어났다.

그리고 빈 그릇이 담긴 트레이를 들려고 하는데 하시모토가 말렸다.

"정리는 저희가 할 테니 선배는 편하게 계세요."

"마음은 고맙지만 자기가 먹은 건 자기가 정리해야지. 또 교류회 일로 모일 때 보자."

그렇게 말하고는 트레이를 두 손으로 들고 식기 반납구를 향해 걸어갔다.

"대하기 편한 것 같으면서도 어렵달까, 잘 알 수 없는 선배라니까."

가버린 키류인에 대한 느낌을 솔직하게 털어놓는 하시모토.

사람을 고른다는 의미에서는 그 말이 옳겠지.

"안녕하세요, 아야노코지 군."

식사를 마치고 로비를 지나가다가 소파에 혼자 앉아 있는 사카야나기를 발견했다.

"안녕. 왠지 좀 졸려 보이는데?"

어딘지 멍해서 그렇게 묻자, 부정하지 않고 고개를 끄덕였다.

"네. 전 도저히 남이랑 한방을 쓰는 게 쉽지 않아서, 푹 잘 수 없었어요. 밥도 먹는 둥 마는 둥 조금 쉴까 해서요."

선잠까지는 안 돼도 눈만 감고 있어도 조금은 효과가 있다.

"그렇군. 방에 돌아가도 안정을 취할 수 있다는 보장이 없으니."

"보통 하루에 여덟 시간은 자는데, 며칠은 고생 좀 할 것 같네요."

성격을 고려한다면 계산상 정확히 8시간 잘 가능성도 있어 보인다.

"같은 그룹 애들이랑은 좀 가까워졌고?"

"특별히 친해질 필요는 없다고 생각하지만, 이래 봬도 A반을 맡은 몸. 제가 뭘 할 것까지도 없이 상대가 먼저 다가와서 대화하는 데 어려움은 없어요."

그 부분은 힘들지 않은 듯하니 일단은 다행이라고 할까.

"그쪽은 어때요? 낯선 사람들과 한방을 사용하는 데 문제는 없나요?"

"응, 나름대로 즐겁게 지내고 있어."

"아야노코지 군은 하시모토 군과 모리시타 씨가 같은 그룹이었죠. 하시모토 군은 상태가 어떤가요?"

"평소대로 굴곤 있는데, 뭔가에 겁먹은 것처럼 보여."

"그러고 보니 그에 대해 묘한 소문이 돌고 있더군요. 반을 배신했다나 뭐라나. 뒤통수 조심하라고 충고해 주시면 고맙겠어요."

"내가 충고한다고 해서 도움이 될 것 같지 않지만."

"후후."

피식 웃은 사카야나기였는데, 역시 평소처럼 다부지고 여유로운 느낌이 별로 들지 않았다.

"그룹에는 잘 적응했어?"

"이번에는 특별시험도 아니고 그냥 단순한 교류회라 특별히 아무것도 안 하고 있어요."

"전에 받은 정보랑 좀 다른데. 너라면 어떤 형태든 간에 승리를 노릴 거라고 하시모토가 그랬어."

"그걸 있는 그대로 받아들이다니 아야노코지 군답지 않네요. 아마 제 동태를 살피게 하려고 쓴 구실 중 하나겠죠."

하긴 하시모토의 말에 다소 과장된 표현은 있었을지 모르지만, 완전히 빗나간 것은 아니다.

"물론 마스미 씨가 떠난 직후에는 예상치 못한 타격을 받았어요. 그건 아야노코지 군도 잘 아시는 얘기죠. 하지만 오래 질질 끌 생각은 없어요."

그렇게 여유로운 듯이 대답하는 사카야나기.

"이번 교류회에서 아무것도 하지 않는 이유를 굳이 붙이자면 저의 새로운 수족이 되어줄 인물을 정하는 데 주력하고 있기 때문이랄까요."

하긴 지금까지 가까이에서 그녀를 챙기던 카무로라는 존재가 컸겠지.

그런 그녀가 없어져서 행동에 제약이 생긴 것은 틀림없는 사실이다.

"가까이 둘 분은 최대한 믿을 수 있는 사람이어야 하니까요."

"키토는?"

"충성심은 반에서도 단연 최고지만, 아무리 그래도 성별이 다른 게 좀 걸려서요. 그렇다고 여학생 중에서 고르자니 아직 적임자가 보이지 않아요."

A반에 나와 교류가 있는 여학생은 야마무라, 모리시타 정도. 둘 다 유능한 부분이 있긴 하지만, 사카야나기를 보좌하는 역할로는 맞지 않다.

"정해질 것 같아? 후임은."

"아직이요. 그래서 당분간은 단독 행동을 계속할 것 같아요. 이것도 제 판단 실수가 초래한 결과라고 달게 받아들이려고요."

못 찾고 있다기보다는 본격적으로 찾고 있진 않은 느낌이네.

카무로에 대한 참회라고 말하면 과장이겠지만, 목욕재계하는 의미로 당분간은 불편한 생활을 자청할 생각이겠지.

그 또한 사카야나기의 선택인데, 그것과는 다른 문제도 해결해야 한다.

문득 등 뒤에서 기척을 느끼고 뒤돌아보니 키토가 무서운(늘 그렇듯?) 얼굴로 나를 노려보며 다가왔다.

"안녕."

"……문제는 없어 보이네."

내 인사를 무시한 키토가 사카야나기에게 그렇게 말했다.

"전혀 문제없답니다. 마음 써주셔서 감사해요."

그 대화를 듣고, 키토가 사카야나기를 걱정해서 왔다는 걸 알았다.

지금은 카무로를 잃고 불안정한 시기, 하시모토뿐 아니라 다른 반의 이물질과 접촉한 모습에 예민해져도 무리는 아닌가.

"나쁘게 생각하진 말아 주세요, 아야노코지 군."

"나도 알아. 지금은 깊이 의심하는 게 딱 좋은 때일 테니."

"안녕하세요."

내가 사카야나기, 키토를 상대하고 있는데 아마사와가 그 사이에 몸을 비집고 들어왔다.

"안녕하세요, 아마사와 씨. 아침부터 기운이 넘쳐 보이시네요."

"넘치는 기운은 제 장점이라고 할 수 있으니까요."

키토는 사카야나기에서 한 발 떨어지더니 대화에 끼지 않겠다는 듯 입을 닫았다.

"교류회의 2일 차 일정이 시작되기 전에, 격려를 드리고 싶어서요. 아야노코지 선배는 순조롭게 전승을 거둔 모양인데…… 아리스 선배는 첫날 3패. 벌써 위기가 온 게 아닌지 걱정이 되어버려서."

"공교롭게도 이번에 난 지휘에 일절 관여하지 않는답니다. 3학년에게 일임했거든요."

"흐음? 그럼 져도 어쩔 수 없다고요? 저로서는 이번에 다른 학년과 엮일 귀중한 기회라고 조금은 기대했는데요."

"정해진 틀에 제약을 둘 필요는 하나도 없답니다. 저와의 대결을 바라신다면 저야 언제든 응해드릴 테니 안심하세요."

교류회 따위 무시하고 언제든 덤비라고 사카야나기가 말했다.

하지만 그 말을 들은 아마사와는 솔깃해하기는커녕 웃으면서 한 귀로 흘렸다.

"센 척은. 저번 특별시험 때 져서 꼴찌가 됐다는 건 잘 들었답니다."

2학년의 상황을 확실하게 정보 수집하고 있는지 배려도

없이 들이밀었다.

그리고 직후, 놀릴 작정으로 아마사와가 사카야나기를 건들려고 손을 뻗은 순간.

키토가 방패처럼 나오면서 아마사와의 손목을 거칠게 붙들었다.

"무슨 짓이에요, 키토 선배. 이런 건 류엔 선배나 하는 짓 아닌가요?"

자신을 연약한 여자라고 어필했지만, 키토는 손에 준 힘을 빼지 않았다.

"류엔이든 누가 상대든 필요하면 내가 움직인다. 당연히 그때 필요한 수단도 가리지 않아. 그렇게 알아둬."

웃는 얼굴이었지만 적의를 드러낸 아마사와에게 키토가 그렇게 말을 내뱉었다.

"공주님을 지키는 기사 같은 느낌은 아닌데, 흥미롭네요. 상대가 여자라도 폭력을 잘 휘두를 것 같아서 싫진 않지만…… 제 장난이 좀 심했나요."

진짜로 건드릴 생각은 없었다며 아마사와가 사과했다. 키토가 손에 힘을 풀자마자 뒤로 물러났다.

"다음에 다시 상대해 드릴 테니, 그땐 제대로 전력을 내주시길 바랄게요, 아리스 선배."

뛰어가면서도 몇 번인가 뒤돌아보며 손을 흔들고 사라지는 아마사와.

"차분하던 분위기 다 망쳤네요."

"그럴지도."

그렇게 말하고 시선을 잠시 주고받다가 나는 이만 자리를 뜨기로 했다.

괜히 오래 있는 바람에 사카야나기를 쓸데없이 주목받게 만든 것이 미안해서.

○감시하는 자, 감시받는 자

오전 9시를 맞이해 2일 차 교류회가 시작되었다.

오늘과 내일은 하루에 일곱 개씩 시합을 소화해야 해서 리더에게 게임 참가를 많이 지시받은 학생은 바쁜 시간이 조금 늘어나게 된다.

다만 할 일 자체는 전날과 다르지 않다.

시간이 되면 안내에 따라 대전 상대가 될 그룹과 합류해서 게임을 치른다.

한편 참가하지 않는 사람은 자유 시간이어서 뭘 하든 좋다.

상위 가능성이 높은 학생은 적당히 해도 되기 때문에 체험 학습을 하고 보수를 받기 위해 스탬프를 차곡차곡 모으는 게 좋은 정도일까.

여섯 번째 게임은 『조각 체험』.

학교 미술 시간에 하는 수준과는 당연히 다르고, 기마치이시*를 장인과 똑같은 도구를 사용해 조각하는 본격적인 활동. 정말로 가슴 뛰는 체험 학습이다.

모든 게임에 참가하기로 되어 있는 나로서는 자유롭게 체험할 수 있는 시간이 거의 없다. 그래서 아직 못 해본 것도 많이 남아 있다.

허락만 해준다면 사흘로 끝이 아니라 1, 2주일은 여기

*시마네현 기마치 지구에서만 발견되는 귀한 응회질 사암.

남아 있고 싶을 정도다.

나는 학생들을 위해 준비된 기마치이시 원석과 도구들을 응시하며 그런 생각에 잠겼다.

그런데 모인 두 그룹은 그런 많은 매력이 배어 있는, 아니 흘러넘치는 작품의 원석에는 눈길조차 주지 않고 시시콜콜한 잡담에나 열을 올리고 있었다.

일반 학생들에게는 이 체험 학습도 학교생활의 일부에 불과한 걸까…….

뭐 그렇게 긴장을 풀고 있어야 나도 수월하긴 한가.

특정 인물이 연속으로 게임에 참가하고 있으면 조금은 안 좋은 방향으로 눈에 띌 법도 한데, 흥미로울 만큼 주목하지 않았다. 여기저기에서 항상 체험 학습이 있는 데다가 각 그룹 참가자가 누구였는지 같은 정보를 학교 측에서 제공하지도 않기 때문이다. 열심히 정보를 모으는 학생도 없어서, 내가 몇 연승을 하든 몇 연패를 하든 신경도 쓰지 않는다. 이대로 19개의 게임 전부 참가한다고 해도 그 사실을 아는 것은 개인 성적 체크를 빼놓지 않는 나구모 그룹 정도밖에 없겠지.

"아야노코지의 그룹, 어제 5연승 하고 조짐이 좋아 보이네."

오늘 첫 대전 그룹에 쿠시다가 속해있어서 가까이 다가와 말을 걸었다.

"1학년들이 열심히 했나 보더라고. 그러는 너희도 4승 했던데. 애썼나 봐."

유일하게 진 곳이 우승 유력 후보 나구모 그룹이라는 사실은 이미 조사를 마쳤다.

"승패는 신경 안 쓰기로 했어. 그래도 그건 최선을 다해 임하면서 즐기자는 얘기로 이어지니까. 하지만 다들 편하고 싶은지 나한테만 부탁한다니까. 이래 봬도 벌써 여섯 번 연속 참가야."

그렇게 말한 후 미소를 거의 유지한 채 진짜 속내를 드러냈다.

"진짜 시답잖아. 체험 학습이라니 촌스럽게. 합숙 같은 거 빨리 끝나면 좋을 텐데."

"하는 말이랑 행동이 정반대네."

표정 근육은 거의 움직이지 않고 독설을 내뱉는 것이 대단하지만.

"표정 관리 제대로 안 하면 나만 손해니까. 난 솔직히 이번 교류회 따위 성실하게 할 필요가 없다고 생각해. 방이며, 대욕장이며, 식당이며, 곳곳에 남들 눈이 있어서 마음 편하게 쉴 여유도 없고."

보수 같은 거 필요 없으니까 빨리 돌려보내 달라는 건가.

학교보다 좁은 환경에서 착한 아이를 연기하는 것에 극도의 스트레스를 받는 듯하다.

"스트레스 너무 쌓다가 폭발하지 않길 바란다."

"그건 아직까진 괜찮아. 요즘엔 그 두 사람을 상대하면서 좀 풀고 있기도 하고."

그 두 사람이 호리키타와 이부키를 가리킨다는 것은 굳이 말할 필요도 없다.

"바로 그 호리키타 그룹한테 진 것 같던데."

"멍청하게 성실한 것만이 장점이니까 정색하고 여기저기 참여한 성과 아니겠어? 어제도 카츠라기는 유리 공예 체험이 뜻대로 잘 안되니까 몇 번이나 줄 서서 연습에 몰두하는 것 같았고."

만들기 체험 학습은 가르치는 측의 인재, 재료 수량 같은 문제가 있어서 많은 사람이 동시에 참가하기 어렵다. 교류회의 게임 시간대와 겹치면 자유 참가자는 자리가 거의 없어서 아무래도 대기 줄이 생겨 버리니까.

"나구모는 이길 생각이 그득해서 멤버도 성실한 사람들로 구성했고 방심은 안 하겠지."

"순조롭게 우승할 거라고 생각해?"

"손 쓰지 않으면 그럴 가능성이 높겠지."

그렇게 대답하니 쿠시다가 이상하다는 듯 반문했다.

"음, 하지만 말이야, 손 쓴다고 해봐야 자기들끼리 연습해서 그 성과를 발휘할 수 있는 게임을 고르는 데 성공하는 것 정도지, 달리 할 수 있는 일이 있어? 아니면 리더가 적임자를 잘 선택하는 방법은 있을지 몰라도."

"우승 후보가 되기 위해서 승률을 올릴 방법은 그것 말고도 여러 가지가 있어. 대전할 그룹을 매수해 승리를 양보받는다거나. 금액이랑 성의를 보이면서 부탁하면 충분히 교섭할 여지가 있잖아?"

당연히 효율은 별개의 문제다.

어디까지나 승률을 올리는 방법 중 한 가지 예시에 지나지 않는다.

쿠시다도 대전 상대로부터 교섭이 들어오는 장면을 상상했다.

"그야 1만 포인트라도 준다고 하면 거절할 이유가 더 적고, 기꺼이 승리를 양보할 수 있을 것 같네. 하지만 그런 걸 반복하면 적자 아냐?"

물론 누구에게 얼마나 줄지 교섭하기에 달렸기도 하지만. 예를 들어 1만이라고 치고 대전 상대 5명에게 건네면 5만이지만, 리더한테 뇌물을 먹이고 2만이나 3만으로 싸게 가는 방법도 있다.

그래도 이 전략을 많이 쓸 수 없겠다는 생각이 드는 건 이번 교류회에 좌우지간 이익이 적기 때문이다.

만약 키류인 그룹이 계속 매수해서 순조롭게 16승 17승을 거두더라도 나구모 등과 같이 최선을 다해서 우승을 노리는 그룹은 당연히 매수에 응하지 않고 그대로 충돌하게 될 것이다. 그 결과 2위나 3위로 내려앉으면 매수에 쓴 금액의 회수조차 못 하겠지.

"그러니까 아무도 안 하는 거겠지. 수지타산이 안 맞아서."

손익과 상관없이 우승이라는 타이틀을 원하는 건 나구

모 정도.

"돈을 들이지 않는 방법은?"

"노동력이 들고 멋은 없지만, 체험 학습 몇 개를 못 하게 막아서 라이벌이 연습하지 못하게 만드는 방법도 있지. 인기 있는 체험 학습은 쿠시다도 말했듯이 대기 줄이 있으니까."

라이벌 그룹 학생을 포위해 계속 지연시키는 것도 효과적이다.

"뭔가 류엔이 좋다고 쓸 방법 같네."

"그렇지. 그런데 아직 그런 모습이 보이지 않는 것도 결국은 매수와 비슷한 문제가 생기기 때문이야."

"할 가치가 없다, 타산이 안 맞다, 그 말이지?"

"그렇지."

점프슈트 작업복을 입은 지도자가 등장해 학생들에게 일단 모이라고 지시했다.

"어쨌든 너희 그룹을 응원할게. 호리키타에게 패배를 안겨준다면 좋겠어."

친해졌어도(?) 호리키타의 패배를 원하는 점은 이부키와 하나도 다를 게 없네.

그래서 더욱 세 사람의 관계가 기적의 균형을 이루는 건지도 모르지만.

"응원한다는 말은 이번 게임에서 나에게 승리를 양보한다는 뜻인가?"

"글쎄 어떨까."

귀여운 미소를 짓긴 했지만 대충 하진 않을 눈치다.

쿠시다 그룹과의 게임 결과는 3대2로 우리 그룹의 승리.

나도 다른 학생한테는 없는 예술 활동에 대한 열정 덕인 지(?) 승리할 수 있었다.

그 후에도 오전, 오후 이어서 교류회 게임이 무난하고 조용하게 진행되었다.

『카드 게임』

첫날부터 셌을 때 일곱 번째 게임으로 첫 운이 크게 영향을 주는 대결이다. 게임 결과, 나까지 포함해 그룹 멤버 모두 멋지게 대패하면서 첫 패배를 기록하고 말았다. 이제 져도 괜찮은 게임은 하나밖에 남지 않았는데, 지루한 교류 회였던 만큼 카드 게임은 꽤 뜨거운 열기를 띠어서 지금까지 치른 여섯 개의 게임보다도 훨씬 즐겁게 한 학생이 많았다.

『초크 아트』

분필을 써서 적당한 크기의 칠판에 그림을 그린다. 순수 창작이 아니라 모방해서 그리는 것이 규칙이라 비교적 무난하게 도전할 수 있었다. 색연필이나 크레파스 등 평소에 색깔을 표현하는 도구와는 또 다른 재미가 있었던 분필.

독특한 질감 때문에 고전하긴 했지만, 한편으로는 새로운 아트의 세계를 접하는 순간이기도 했다.

각자 모방 퀄리티를 놓고 겨룬 결과, 개인전도 승리하고 그룹 역시 3승 2패로 이기는 데 성공했다.

『미니 골프』

오전에 실내에서만 하던 교류회와 달리 밖으로 나가 작은 코스를 돌며 골프 체험.

시작 전부터 남자 지원자가 많았는지, 그걸 고려한 리더의 선택으로 참가자 전원이 남자라는 조금 진귀한 현상이 벌어졌는데, 또 모두 미경험으로 시작한 이 게임. 그런 도토리 키재기가 오히려 좋게 작용했는지 카드 게임과 비슷하거나 그 이상으로 뜨거운 열기를 보인 승부 전개가 펼쳐졌다. 개인전에서는 이겼지만 나 말고 다른 네 명이 근소한 차이로 지고 말아 그룹은 2패라는 결과를 낳았다.

『패치워크』

평소에 별로 못 들어봤을지도 모르는 단어다. 패치워크란 작은 천 조각을 이어 붙여서 커다란 한 장의 천으로 만드는 수공예의 일종. 시간 내에 어디까지 완성하는지, 또 그 디자인이 얼마나 우수한지 등을 평가한다. 여기서 대전 상대로 등장한 것은 첫날, 코엔지가 멋대로 굴어서 갈등이 생겼었던 타테바야시 그룹. 지금까지의 전적은 1승 9패.

참가자 다섯 명 모두 여자이고 바느질 경험자도 많은 강적이었다. 게다가 개인전에서는 바느질 경험자 중에서도 특히 실력 좋은 이노카시라와 붙는 불운까지 겹쳐 개인적으로는 2패. 그룹도 3패 하고 말았다.

『양궁』

연패를 피하고 싶은 11번째 게임은 또 밖에서 하는 아웃도어 스포츠.

해본 적은 없어도 규칙 정도는 쉽게 상상할 수 있으리라. 1대1로 과녁을 겨누는 리커브라는 종목 규칙에 따라 겨룬다. 일반적으로 리커브는 70m 앞에 있는 과녁을 향해 활을 쏘는데, 이번 체험 학습에서는 20m로 설정되어 있었다. 한 사람당 주어지는 화살의 개수는 6개이고 총점을 겨룬다. 과녁의 중심이 10점이고 제일 바깥쪽이 1점이다.

참가하겠다고 자발적으로 나섰던 모리시타가 활을 제대로 다루지도 못해서 단 한 번도 과녁을 맞히지 못하는 사소한 사건이 있었지만, 그룹과 개인 모두 연패를 피하는 데는 성공했다.

『유리 세공』

이틀 차 마지막 게임은 유리 세공. 이곳에 꽤 규모가 큰 공방이 마련되어 있었는데, 만든 작품을 가져갈 수 있어서 학생들에게도 인기가 높은 체험 학습이었다. 상대는 승률도 낮은 데다 승리에 별로 연연하지 않고 그저 순수하게 만들고 싶은 걸 마음껏 만드는 느낌이어서, 개인적으로는 완성도와 제작 속도 부분을 잘 평가받았는지 판정에 따라 승리할 수 있었다.

한편 그룹전에서는 히요리가 솜씨를 발휘해 1승에 공헌했다.

중반전인 이틀 차 일정을 마치고 교류회의 그룹 전체 성적은 12전 9승 3패가 되었다.

1

오후 6시 전, 교류회가 끝나고 일단락된 시간.

건물 안에 있는 휴게 공간이 조금 시끌벅적했다.

피곤한 학생들을 격려하기 위한 무료 드링크 코너가 설치되어 있었기 때문이다. 차와 주스 등이 여러 종류 있고, 작은 종이컵이 엎어진 상태로 쭉 쌓여 있었다.

"그룹 쪽은 꽤 순조로워 보이네요."

거의 동시에 휴게실에 들어온 사나다가 그렇게 말을 걸었다.

키류인 그룹은 9승 3패로 현재 공동 6위.

내일 성적에 따라서는 충분히 시상대를 노려볼 수도 있는 위치다.

"믿음직스러운 멤버들 덕을 보고 있어."

특히 히요리는 좌우지간 섬세한 작업을 잘한다는 사실을 명확하게 인식했다.

압화, 유리 세공 등 기술력뿐 아니라 미적 감각도 요구되는 게임에 대한 대응 능력이 다른 학생들보다 훨씬 높다.

체험 학습으로 같이 시간을 보내지 않았다면 계속 몰랐을 부분이리라.

"A반 학생들은 어때요? 잘 돕고 있나요?"

자기 반 아이들이 궁금한지 조심스럽게 물었다.

"하시모토는 게임에는 아직 참가하지 않았어. 굳이 따지자면 주로 후방 지원 쪽이지. 그리고 야마무라는 게임에도 참가하고 있는데 솔직하고 도움이 돼."

다만 요즘 들어 야마무라가 계속 기운이 없어 보인다. 그 부분은 언급하지 않았다.

두 사람의 좋은 부분만 얘기해 주니 마치 자기 일처럼 기뻐하며 귀를 기울이는 사나다.

"그리고 모리시타는…… 뭐, 협조적…… 아니 독창적이긴 해."

"독창적. 하긴 정말 그럴지도 모르겠네요."

모리시타는 히요리와 대조적으로 손재주가 별로 없고, 어느 쪽인가 하면 서툰 편이었다.

진지하게 하고는 있겠지만 성과가 나오지 않는다. 기발하게 만든다는 점에서는 뭔가 아티스트로 통하는 게 있을지도 모르겠지만.

패기 있게 지원했던 양궁도 앞서 말했던 대로 결과가 참담했고.

대화를 나누면서 어느 정도 줄이 있는 곳에 선 나는 종이컵 하나를 들어 차를 따랐다. 사나다는 뜨거운 커피를 골랐다.

"그렇군요. 솔직히 이번에 세 사람이 아야노코지 군과 같은 그룹이 돼서 다행이에요."

빈말도 섞였을지 모르지만, 사나다의 말투가 왠지 걸렸다.

"왜 그렇게 생각해? 그 애들한테 더 살갑게 대해주는 애들이 나 말고도 많이 있을 텐데."

호리키타 반에만 한정해도 요스케와 쿠시다가 훨씬 더 유능하다.

"그야 역시 사카야나기 씨가 어떻게 보고 있는지도 큰 부분이니까요. 아야노코지 군을 특별히 대한다는 건 저라도 알 수 있어요. 저번 시험 이후부터 예민하게 구는 키토 군도, 하시모토 군 옆에 아야노코지 군이 있으니까 아직은 자제심을 컨트롤 할 수 있는 게 아닐까요?"

하시모토로서는 그날 내 방에 찾아온 날부터 계산 밖의 행운이 이어지고 있는 셈이다.

"세 명 다 그룹에 잘 녹아들고 있어요? 하시모토 군이야 잘 처신하겠지만 모리시타 씨나 야마무라 씨는 아닐 것 같은데."

"글쎄. 솔직히 여학생 일은 여학생한테 맡기는데…… 걱정돼?"

아무래도 두 사람에 대해 뭔가 생각하는 게 있는 걸까, 아니면 그저 같은 반 아이를 걱정하는 걸까.

둘 다 성격에 특징적인 부분이 있어 놀랍지는 않다.

"실은 평소에 모리시타 씨를 꽤 신경 쓰고 지켜보고 있거든요."

"여자친구 미야가 들으면 울겠다."

"아, 아앗? 아뇨, 전혀 그런 의미가 아니에요. 전 미야 씨뿐이라고요!"

늘 차분한 사나다가 노골적으로 당황하며 말을 고쳤다.

그런 모습을 봐도 이상한 오해를 받고 싶지 않은 마음이 강하게 전해졌다.

"그냥 1학년 때 자리가 가까웠던 것도 있어서……. 그 애는 겁이 없달까 생각한 걸 전부 입 밖으로 꺼내는 타입이라 사소한 갈등이 적지 않아서."

실제로 제일 최근 이야기를 하자면 하시모토를 쩔쩔매게 하는 발언을 남발하기도 했었지.

"반에서 겉도는 존재가 된 것 같던데."

"그렇죠…… 미안한 말이지만, 정말 그렇게 인지되는 부분이 있어요."

이치노세 반처럼 모두가 친하게 지내는 것도 아닐 테니까. 좋아하는 사람도 있는가 하면 싫어하는 사람도 있을 것이다. 그게 태도에서 다 드러나기도 하겠지. 그것이 일반적이다.

"사정을 자세히 모르는 내가 이렇게 말하는 것도 좀 그렇지만, 모리시타는 별로 신경 안 쓰잖아?"

모리시타가 그 상황, 그러니까 고독을 선호한다면 남이 뭐라고 할 게 못 된다.

그러니까 사나다도 지켜보고 있었다고 표현했겠지.

"네, 뭐. 신경 쓰는 것처럼 보이진 않았지만요……."

"그렇게까지 걱정할 일은 아니라고 생각해. 그래도 사나다가 하고 싶은 말이 뭔지는 잘 알았어. 앞으로 하루하고 반나절, 같은 그룹으로 있는 동안에 잘 보고 있을게."

"……네. 감사합니다."

사나다는 컵에 따른 뜨거운 커피를 후후 분 후 한 모금 마셨다.

겨우 한숨 돌렸다, 그런 느낌이리라.

"사나다 선배!"

나란히 쉬고 있는데 1학년 B반 여학생 미야가 사나다를 발견하고 달려왔다.

그리고 옆에 서 있는 내가 사나다와 대화하고 있었다는 것을 알고 허둥지둥 고개 숙여 인사했다.

"방해될 것 같으니 난 이만 방에 갈게. 또 보자, 사나다."

"네, 그럼 다음에 또."

아직 사귄 지 얼마 되지 않는데 아주 깨가 쏟아지는 것 같다.

취주악부에서도 늘 붙어 있는 걸 쉽게 상상할 수 있고, 학생다운 즐거운 시간을 공유하고 있겠지.

쓸데없이 민폐 끼치지 않도록 얼른 피해주는 게 상책이다.

2

저녁 식사 후, 학생 대부분이 방에 있거나 목욕하면서 여유를 즐기는 시간.

토키토는 스마트폰으로 이시자키의 호출을 받고 조용히 방에서 빠져나왔다.

토키토가 속한 그룹에는 1학년 중에 제일 골칫덩어리인 호우센 카즈오미가 포함되어 있다. 하지만 토키토는 호우센의 존재 자체는 별로 문제로 보지 않고, 오히려 거친 태도에 쓴소리마저 하고 있었다.

싸움을 월등하게 잘하는 것도 아니고 머리가 좋은 것도 말발이 센 것도 아니다.

단지 토키토가 그를 두려워하지 않는 까닭은 류엔의 지배 아래에 있으면서도 꺾이지 않고 잘 버텨온 반골 기질 때문이다. 틀림없이 2년간 쌓은 경험 덕택이다.

목적지인 체험 교실이 모여 있는 구역은 이미 아무도 없이 정적에 휩싸여 있었다.

이시자키가 오라고 한 장소는 도예 교실 앞.

복도에서 창문 안을 들여다보니 학생들이 만든 작품이 쭉 늘어서 있었다.

여기서 만든 도자기 등은 유리 세공 체험과 마찬가지로 희망하면 나중에 구워서 집으로 배송해 주는데, 그중에는 오늘 아침 게임에서 『도자기 그림 체험』을 한 토키토의 작품도 있었다.

"……사람을 불러놓고 아직 안 왔나."

짜증을 내며 스마트폰을 꺼내려고 재킷 주머니에 손을 넣었다. 바로 그 직후였다.

"여어, 기다렸냐."

"무슨 일인데, 이시자키."

느긋하게 걸어오는 이시자키에게 짜증을 드러내며 입을 연 토키토인데, 이시자키는 그 질문에 대답하지 않고 가까이 다가왔다.

"무슨 일인지 모르겠냐?"

"내가 어떻게 알아……. 딱히 용건도 안 썼잖아."

그가 보낸 문장은 『빨리 와라』로 급하다는 뉘앙스를 띨 뿐이었다.

"뭐, 넌 모르겠지. 솔직히 나도 무슨 일인지 몰라."

오라고 연락한 이시자키 본인도 모른다는 이상한 이야기.

"네가 모른다니? 무슨 말인지——."

불만을 드러내려고 한 순간 토키토는 등에 강한 압박을 느꼈다.

그 직후, 알아차렸을 때는 자기 몸이 벽으로 세게 밀렸다는 것을 알았다.

"야. 너 이 자식 대체 무슨 생각이야?"

귀에 대고 마치 악마가 웃듯 속삭였다.

"류엔?! 무슨 생각이냐니, 뭐가…… 이게 무슨 짓이야!"

놀랐지만 동요한 마음을 겨우 최소한으로 가라앉히고 눈만 등 뒤로 보냈다.

"버릇이 좀 없는 것 같아서. 서프라이즈로 등장해 줬지."

강한 힘에 밀린 토키토는 아무리 발버둥 쳐도 빠져나올 수 없었다.

설령 순간적으로 빠져나온다고 해도 옆에서 지켜보고 있는 이시자키가 가세할 게 뻔했다.

"왜, 이러는 거야……."

팔이 꽉 조여들자, 통증이 등을 타고 올라왔다.

"정말 몰라?"

사실은 짐작 가는 게 하나 있었지만 말하지 않고 시치미 뗐다.

"난 아무것도 모른다고……."

"그래? 밑에서 너에 관한 보고가 올라왔는데."

"뭐, 뭐라고? 그, 그게 무슨 소리야?! 뭔데?!"

영문을 모르겠다고 주장했지만, 조바심 때문인지 심장이 미친 듯이 뛰었다.

눈치챘다는 내용이 그것과는 아무 상관 없는 것이길 바

랐으나 그 희망은 바로 산산조각 나버렸다.

"합숙 온 뒤로 총 네 번, 네놈이 사카야나기랑 분위기 좋더라는 목격 정보가 들어왔지."

사카야나기, 라는 이름이 나오자 토키토도 더는 발뺌할 수 없겠다며 단념했다.

"그건 그냥 우연히 마주쳐서 잡담만 나눴던 것뿐이야. 그게 뭐가 문제인지 난 잘 모르겠는데……!"

"그럴듯한 이유지만 공교롭게도 믿어줄 수가 없네."

같은 그룹도 아닌 사람들끼리 접촉한 빈도를 봤을 때, 정말로 우연히 만났다고 둘러대기에는 무리가 있는 횟수다.

"뭐가 문제인지 모르겠다고? 참 웃긴 얘기다."

"윽……."

전부 간파하자 토키토가 시선을 피했다.

그 시선을 쫓듯 류엔이 얼굴을 가까이 들이대며 억지로 눈을 맞췄다.

"그 녀석은 지금 내리막이야. 다음 학년말 시험에서 넘어지면 끝이라고. 그래서 경솔하게 끼어들지 말라고 가르쳐줬잖아?"

류엔은 버스에서 그룹이 발표된 단계에서 사카야나기와 같은 그룹이 된 콘도와 야지마에게 특히 못을 박아뒀었다. 조용한 차 안에서 한 충고를 토키토가 못 들었을 리 없다.

"그냥 잡담한 건데…… 개, 개입이 되는 거야?"

"되지. 그리고 내가 이렇게도 말했을 텐데? 사카야나기를 방치하거나, 가능하면 정신적 타격을 줘서 철저하게 궁지로 내몰라고. 이걸 즐거운 수다라고 해석할 수 있냐? 이시자키."

"절대 할 수 없죠!"

"그렇다는데? 이시자키보다 머리 좋은 너라면 잘 알았을 거 아냐."

뚜껑을 열어보니 토키토는 그 반대.

단순한 잡담 따위가 아니라 사카야나기를 염려하고 도와주는 장면이 몇 차례 보였다는 보고가 올라왔던 것이다.

"대화 장면을 목격한 이소야마한테 비밀로 해달라고 말했다지? 너의 명령과 나의 명령, 어느 쪽을 따를지 뻔한데 말이야."

옆에서 듣고 있던 이시자키가 힘차게 고개를 끄덕였다.

"이제 좀 학습이란 걸 해, 토키토. 그게 편하잖아? 류엔 씨도 용서해 주신다고."

여기서 순종할 것을 맹세하면 적어도 억압에서 해방될 수 있다.

하지만 토키토는 입술을 질끈 깨물고는 계속 벗어나려고 저항하면서 류엔을 노려보았다.

"나는…… 나는 그냥……."

"그냥 뭐?"

더는 감춰봐야 의미가 없다. 아니, 계속 감추고 있는 자신이 바보 같아진 토키토는 화가 실린 감정을 담아 말을 토했다.

"친구가 퇴학당하고 슬픔에 빠진 사카야나기를…… 편하게 해주고 싶었을 뿐이라고……!"

"핫. 그렇게 사카야나기랑 하고 싶냐?"

"아, 아니야! 그런 게 아니라고!"

"그래? 나한테는 그 소리로밖에 안 들리는데."

웃음을 터트린 류엔이 말을 이었다.

"그럼 차라리 덮칠 무대라도 세팅해 줄까? 새침한 그 여자도 너한테 당하면 몸도 마음도 너덜너덜해지겠지."

그런 악마의 속삭임에 순간 분노가 천장까지 뚫고 올라간 토키토는 평소 이상의 힘을 쥐어 짜내 류엔의 구속에서 벗어났다.

"웃기지 마!"

폭발한 감정에 몸을 내맡겨 두 손으로 멱살을 잡으려고 했는데, 웃고 있는 류엔의 모습이 순간 시야에서 사라졌다. 그리고 밑에서 들어오는 발차기를 맞고 이를 악물자마자 다시 몸을 붙들렸다.

"크크큭, 너무 정색하진 말고. 그래도 너한테 그럴 마음이 있다면 사카야나기를 구석으로 내모는 역할을 맡겨줄 수도 있는데?"

"……난 네 말에 따르지 않아……. 이런 방식, 절대 인정 못 해……."

위협에 굴하지 않고 앞으로도 사카야나기를 만나겠다고

선언한 것이나 다름없었다.

그 기백과 각오가 진짜임을 이해한 류엔은 가혹행위를 멈추려고 하지 않았다.

"그러면 몸으로 알게 해줄까?"

"웃기지 마, 그런——."

토키토가 말을 다 마치기도 전에 류엔이 왼손을 불끈 움켜쥐고는 토키토의 배에 힘껏 꽂아 넣었다.

"으으윽……!"

익숙하지 않은 강렬한 통증에 고통스러운 표정을 지으면서 토키토의 무릎이 굽혀졌다.

하지만 류엔에게 붙잡혀 있어서 땅에 주저앉는 것도 허락되지 않았다.

"여기엔 학교의 자랑인 감시 카메라도 없지. 안 그래? 이시자키."

"네! 여기에 없다는 건 이미 확인을 마쳤죠!"

"이딴 놈이나 따르고…… 으윽."

토키토는 이시자키의 태도에도 화가 나 독설을 내뱉었다.

"네가 하고 싶은 말도 모르진 않아, 토키토. 난 반의 전권을 쥐고 휘두르다가 한때 그 자리에서 내려왔었지. 아마도 그때 기분이 좋았던 거겠지?"

"그래…… 벌거벗은 왕을 쫓아낸, 그런 기분이었지…….”

토키토가 거침없이 속마음을 드러내자, 이시자키가 혀를 차며 손으로 이마를 짚었다.

심기 거슬리는 소리를 하면 숙청된다. 그게 일상적으로 몸에 배어 있기 때문이다.

하지만 류엔은 육체적 고통을 더 주지 않고 오히려 즐겁다는 듯 눈을 부릅떴다.

"그거 유감이군. 결국 난 다시 원래 자리로 돌아와 마음대로 하고 있으니. 열받기도 할 거야."

자신을 객관적으로 들여다봤을 때, 아랫사람들이 어떻게 느끼고 있는지는 깊이 생각할 것까지도 없다.

하지만 그렇다고 해서 류엔은 태도를 개선하지도 않는다.

"내가 싫나?"

"죽을 만큼, 싫, 어……."

"그럼 봐주지 마. 네가 힘으로 끌어내려 보라고. 난 도망치지도 숨지도 않을 건데? 단, 한 번 주먹을 들어 올린다면 난 끝까지 널 몰아붙일 거다. 네가 피할 곳이라곤 퇴학뿐이야. 그걸 각오해야 할 거다."

류엔이 패배를 두려워하지 않는다는 건 토키토뿐 아니라 주변 사람들 다 잘 알고 있었다.

그렇기에 반기를 들려면 반드시 쓰러트리겠노라는 굳은 결심이 있어야 한다.

"알겠냐? 이건 내가 하는 충고야. 이해했으면 사카야나기를 돕는 짓은 두 번 다시 하지 마라."

아직은 만회할 수 있다며, 아프게 붙잡은 팔과 대조적으로 다정한 말투였다.

"그 약속을…… 안 지키면……?"

물어볼 필요 없는, 그다음 대답을 요구한 토키토에게 류엔이 기쁨이 흘러넘치는 미소를 지었다.

"나한테 밝히는 거지. 단순한 얘기야."

주먹을 들지 않아도 마찬가지.

자신을 따르지 않는 사람은 철저하게 공격할 뿐이라고 말했다.

"……윽."

그런 협박을 당해도 토키토는 반항심을 잃지 않고 류엔을 계속 노려보았다.

"좋아, 토키토. 너의 그런 부분은 참 흥미로워. 그럼 그 눈빛을 언제까지 유지할 수 있을지 어디 한 번 시험해 볼까."

토키토는 아픈 팔을 내려보면서, 피할 수 없는 상황에 이내 각오를 굳혔다.

"이시자키한테는 가만히 있으라고 할 테니 안심해도 돼."

숨 고를 시간과 선제공격권을 토키토에게 준 류엔이 한 발 뒤로 물러나 두 팔을 펼쳤다.

"응해주지…… 난 너 따위한테 안 져……."

자신에게 그 말을 들려주면서 두 주먹을 맞부딪쳤다.

싸움 실력에는 상당한 차이가 있다.

그냥 반쯤 포기하고, 한 방만이라도 류엔의 얼굴에 주먹을 꽂아 넣을 것이다.

배로 돌려받는 것까지 각오하고 임한다면 못 할 것도 없을 터.

그런 결의를 굳히기 직전, 의외의 인물이 모습을 드러냈다.

"꼬붕한테 간 슨배가 안 돌아와서 찾으러 왔는데 이게 다 뭐야?"

목에 손을 대며 나타난 사람은 1학년 D반 호우센.

중학교 때부터 류엔과도 얕지 않은 인연이 있는 존재였다.

"토키토 슨배. 뭔데?"

"……아무것도 아니야……."

같은 그룹이긴 해도 1학년 후배한테 울며 매달릴 수도 없어서 토키토가 그렇게 대답했다.

하지만 주먹을 쥔 상태로 류엔과 대치하고 있으면서 아무것도 아닐 리가 없다. 후배에게 약한 소리 하기 싫은 선배로서의 의지도 있었지만 이건 반 내부 문제. 이 일을 발단으로 그룹에 불이익을 줄 수는 없다고 생각했기 때문이다.

"방해돼. 꺼져."

흥 다 깨진다며 류엔이 손으로 슬쩍 밀치려고 했다.

"아무것도 아니면 빨리 우리 1학년이 마실 음료수나 사와라."

호우센은 호우센 대로 류엔 따위는 본 척 만 척 무시하고 토키토에게 거친 말을 내뱉었다.

"뭐? 음료수? 대체 무슨……!"

선제공격권을 받은 토키토가 쓰지도 못하고 어이없어하

는 사이, 류엔이 다시 팔을 뻗었다. 그리고 왼팔로 목을 누르며 벽으로 밀어붙였다.

"크헉……?!"

옅은 비명을 내지르며 고통스러워하는 토키토.

"나서지 마라, 호우센. 지금 네놈은 상대 안 할 거니까."

"그딴 건 모르겠고. 난 나대로 토키토 선배한테 말하고 있잖아. 네놈이야말로 제삼자니까 가만히 있어. 죽여버리기 전에."

"──하. 이런 데까지 찾으러 왔다고? 아직 잠이 덜 깼나."

류엔은 호우센의 뒤에 누가 있는 게 아닌지 의심했다.

"호, 호우센은 아무 상관 없어……. 이시자키가, 이리로 오라고, 불렀다고…… 난 그 말만 했을, 뿐이야."

"뭐? 야, 이시자키. 네놈, 대체 뭐라고 써서 보낸 거야."

"예?! 그, 그야 평범하게! 체험 교실 근처로 빨리 오라고, 그 말만!"

방을 비울 때 어디 가는지 알릴 거라는 위험을 전혀 고려하지 않은 이시자키의 큰 실수.

슬쩍 코웃음 치는 류엔을 보자 이시자키도 자기가 실수했다는 것을 깨달았다.

"죄송합니다, 류엔 씨! 야, 호우센, 넌 저리로 가!"

어떻게든 만회해 보려고 호우센의 굵은 오른팔을 붙잡는 이시자키였는데, 바로 뿌리쳐졌다.

"건들지 마라. 죽인다."

"윽……!"

자기가 두려워하는 류엔과는 또 다른 분위기를 띠는 호우센의 강렬한 위압에 이시카지가 겁을 먹었다.

호우센은 가려고 하기는커녕 류엔과 토키토 쪽으로 발을 뗐다.

"놀아주길 바라나 보네. 알베르토, 네가 이놈을 상대해 줘라."

거구에 어울리지 않게 소리도 없이 모습을 드러낸 알베르토가 호우센의 앞을 가로막았다.

"여전히 동생한테 의지 안 하면 아무것도 못 하나 보지."

"바보같이 혼자 달려드는 것만이 싸움은 아니거든."

호우센이 하품을 하나 싶더니 바로 목을 가다듬은 후 바닥에 가래를 퉤 뱉었다.

"알베르토라고 했나. 너랑은 한 번쯤 붙어보고 싶었지, 탁구라도 칠까, 재밌을지도 모르는데."

합숙소라고는 생각할 수 없는 거친 상황에 류엔은 호우센으로부터 시선을 떼고 토키토를 빤히 쳐다보았다.

"이제 방해꾼은 다 사라졌다. 하려던 거 계속──."

"미안한데, 그 손 놓으실래요, 류엔 선배."

"뭐야?"

다시 제재를 가하려는 류엔을 또 막는 한 인물의 목소리.

1학년 C반 우토미야 리쿠였다.

"뭐야, 우토미야, 네놈까지 왔냐."

"어, 어떻게 된 거야?"

동요한 사람은 이시자키 단 한 명이었다.

"뭐야? 그러고 보니 토키토 슨배 이야기를 너도 들었냐?"

"네가 선배한테 손대는 게 아닌지 걱정돼서 보러 왔는데."

"눈깔이 어디 달린 거야. 내가 손댈 리 있겠냐고."

모멸 찬 눈으로 호우센을 보면서도 우토미야는 토키토와 류엔 쪽으로 걷기 시작했다.

그런 그를 이시자키가 막으려고 했지만, 알베르토와 대치 중이던 호우센의 긴 팔에 체육복 소매를 붙잡혀 뒤로 밀려나고 말았다.

막을 사람이 없는 상황. 우토미야는 거침없이 거리를 좁혀, 토키토를 누르고 있는 류엔의 왼쪽 팔뚝을 붙잡았다.

"토키토 선배는 우리 그룹 멤버. 여기서 다치기라도 한다면 내일 영향을 미칠 가능성이 있죠. 아무리 선배 반 문제라 해도 간과할 수 없어, 없습니다."

설명을 굳이 듣지 않아도 분위기상 골치 아픈 상황임을 감지한 우토미야가 중재에 나섰다.

"상관없는데. 이런 개똥 같은 교류회에서 멍멍 짖는 소리 섞지 마라."

"……개똥 같은 교류회에서 자기 위치를 이용해 협박하는 놈이 더 문제 아닌지……."

우토미야는 한발도 물러나지 않고 오히려 분노가 실린 목소리로 류엔에게 말했다.

"뭐야? 그럼 날 막아 볼래?"

"괜찮겠어? 선배로서 동료들 앞에서 창피를 당하게 될 텐데."

이제는 존댓말도 포기한 우토미야는 곧바로 싸울 마음을 먹었다.

"야야야야야! 네 멋대로 류엔이랑 싸움 시작하려고 하지 마!"

그게 마음에 들지 않았는지 호우센이 온 복도가 울릴 만큼 큰 목소리로 화를 냈다.

"시끄러우니까 좀 닥쳐, 호우센. 너한테는 용건 없으니, 쓸데없이 소란 일으키지 마."

"뭐라고? 이 자식. 방금 누구한테 지껄였는지 알고 있냐?"

"덩치 큰 고릴라한테 말해봐야 말도 안 통하나."

토키토를 도우러 온 줄 알았던 우토미야가 호우센에게도 류엔처럼 대했다.

"좋아, 그럼 알베르토 슨배 전에 너부터다."

"몇 번을 말해. 언제든 상대해 주겠다니까."

1학년끼리 싸우는 모습을 본 류엔은 낯선 광경에 무심코 웃음을 터트렸다.

"크크큭. 아주 개판이 됐군, 이 학교도. 처음에 입학했을 땐 죄다 성실하고 시시한 인간들밖에 없다고 생각했는데, 피가 뜨거운 놈들도 나름 나타났잖아. 나로선 대환영이다."

호우센에 우토미야까지 가세하자 류엔은 토키토를 풀어

주었다.

그리고 그 자리에 주저앉아 켁켁대는 토키토에게서 시선을 거뒀다.

"너의 재도전도 지금 받아주마, 호우센. 하는 김에 거기 있는 1학년도 같이 상대해 줄게."

지금은 토키토 따위 아무래도 상관없어진 류엔.

"좋아. 이제 좀 합숙이 즐거워졌네. 그럼 먼저 네놈부터 없어져라!"

호우센의 힘이 실린 주먹을 손으로 받아낸 알베르토의 입술이 굳게 닫혔다.

"오오, 역시 버티네! 그렇게 나온다면!"

이제는 폭력이 아니면 수습 불가능한 분위기였다. 그런 양상을 띠기 시작했는데, 호우센의 쩌렁쩌렁한 목소리 때문에 이제 와서 사태가 단번에 가라앉았다.

"뭐야, 뭐야? 너희 지금 뭐 하냐?"

3학년을 필두 한 남녀 몇 명이 시끄러운 소리를 듣고 체험 교실 구역에 모습을 드러냈다.

"쳇. 막 재미있어질 참이었는데."

"빌어먹을."

자기가 큰 소리를 낸 탓이라고는 생각하지 않는 호우센도 류엔과 똑같이 혀를 찼다.

"설마 싸운 거 아니지?"

"네, 아니에요. 그냥 저희끼리 얘기 좀 나눴을 뿐, 인데요."

우토미야가 바로 3학년 앞으로 가서 둘러댔다.

상황이 좋지 않다고 본 류엔과 호우센은 서로를 노려보면서도 자연스레 뒤돌아 거리를 벌렸다.

"가자, 알베르토, 그리고 이시자키. 네놈한텐 나중에 이런저런 공부를 시켜주마."

"네, 네엡! 감사합니다!!"

세 사람은 자신들을 노려보는 1학년 두 사람과 토키토를 무시하고 자리를 떴다.

가면서 알베르토는 호우센의 커다란 등을 응시하더니 이렇게 중얼거렸다.

"His fighting ability be equal to or greater than Ayanokoji, He's a tremendous freshman."

받은 주먹의 무게가 아야노코지의 것과 손색없이 강렬했다고, 얼얼한 손의 느낌이 말해주고 있었다.

싸우지 않고 끝나서 다행이다, 그런 의미가 담긴 말이었다.

하지만 류엔은 그런 알베르토의 발언에 실소를 감추지 않았다.

"웃기고 있네. 단순히 힘만 보면 그야 네 말대로 놈과 우열을 가릴 수 없을지 몰라도, 강인함 자체는 비빌 수준이 아니거든. 아야노코지의 강인함의 근원은 그런 단순한 걸로는 비교 불가라고."

주먹을 펼쳐 손바닥을 본 알베르토도 옥상 사건을 떠올

리고는 하긴, 하고 고개를 끄덕였다.

진심으로 가볍다 무겁다 같은 차원을 초월한 상대였다는 게 생각났기 때문이다.

"그나저나 토키토 놈, 사카야나기한테 완전히 넘어간 것 같던데……. 그냥 둬도 괜찮을까요? 하시모토처럼 배신하면……."

이시자키의 불안은 굳이 말로 표현할 필요도 없이 류엔이 이미 상상했던 일이었다.

"그렇게까지 바보는 아니야, 토키토도. 더는 안 건드려도 돼, 충분히 못 박았으니."

"……네. 류엔 씨가 그렇게 말씀하신다면야."

"A반에 주력하자. 지금 제일 골칫거리는 사카야나기보다도 키토 놈이야. 잘못하면 그놈이 히트맨이 되어 날뛰어도 이상하지 않으니까."

"뭔가 항쟁 같은 느낌이 드네요."

"항쟁? 하긴 앞으로 무슨 일이 일어나도 이상하진 않으니."

머지않아 시작될 학년말 시험.

파란이 일어날 것임을 알고 있는 류엔은 미리 대비에 들어가고 있었다.

3

류엔과 토키토, 호우센 무리 사이에 다툼이 있었다는 사실을 이때의 나는 알 리도 없어서 목욕 후 로비 소파에 앉아 느긋하게 천장을 바라보고 있었다.

오늘 아침에 사카야나기가 앉아 있던 자리 바로 옆이다.

하시모토에게 부탁받은 탐색. 오늘 아침에 접촉해서 감은 잡았기 때문에 개인적으로는 만족하지만, 특별히 아무것도 보고하지 않아서 아마 성과를 기대하고 있을 것이다. 그럴 생각은 없지만 일단은 비슷한 행동을 해둬야겠다는 생각에 여기 와 있다.

"아~! 아야노코지, 있지, 있지, 잠깐만 내 얘기 좀 들어줄래~?!"

방으로 돌아가려다가 나를 발견한 사토가 방향을 틀고 어딘지 분한 투로 다가왔다.

"무슨 일 있었어?"

"그게 아니라 교류회 얘기야, 교류회. 나 진짜 상위를 노렸는데……."

낙담을 감추려고 하지 않고, 과장된 동작으로 어깨를 힘없이 떨구었다.

"사고 싶은 게 있어서 일단 내 나름대로는 최선을 다했단 말이야. 흑흑."

사토의 그룹은 이틀 동안 총 12번의 게임을 마쳤고 7승 5패를 거뒀다.

충분히 잘했지만 3위 입상은 힘든 국면을 맞이했다.

"이대로 가면 10위 안에 들 가능성은 꽤 높지 않아?"

그것만 잘 유지해도 5,000포인트를 받는다. 나쁘지 않은 금액이다.

"그렇지, 그 목표는 반드시 이뤄야지. 하지만 불안한 건 오늘 결과 때문에 우리 그룹의 의욕이 확 떨어졌달까……."

상위 입상이 목표였다면 과연 낙담해도 어쩔 수 없나.

이번 교류회, 좌우지간 위아래의 격차가 심하게 벌어진 상황이 이어지고 있다.

지고 있는 그룹은 12전 12패, 또는 11패 등으로 좌우지간 이기질 못한다.

그래서 나구모 그룹처럼 진지하게 임하는 곳으로 자꾸만 승리가 모인다.

3위 그룹과 사토의 그룹은 3승 차이가 나는데, 이 차이는 꽤 크다.

"역시 오늘 마지막 게임이 말이지, 아직도 너무 분해."

"마지막에 어느 그룹이랑 했는데?"

사토의 그룹이 어느 그룹과 붙었는지 몰라서 물어보았다.

순간 사토가 살짝 아차 하는 표정을 지었는데, 그래도 알려주었다.

"――미나미카와 선배 그룹이야."

3학년 C반이군. 내 기억이 맞는다면 미나미카와 선배의 그룹에는 오노데라가 있지.

원래부터 사이가 좋지 않던 사토와 오노데라의 불화는 이미 잘 알려진 사실인데, 만약 실언했다고 느낀다면 그게 원인이라고 봐도 될 듯하다.

사토도 오노데라도 내가 접해본 바로는 그냥 평범한 여학생이다.

아무것도 모르는 입장에서는 둘이 사이좋게 지내도 전혀 이상하지 않은데, 그렇게 되지 않는 게 인간관계이기도 하다.

지금도 오노데라가 싫어? 그렇게 묻는 건 간단하지만, 물어서는 안 된다.

"그 감정을 내일까지 가지고 갈 수밖에. 사토가 얼마나 애쓰느냐에 따라 아직 가능성이 남아 있어."

"……그렇지."

그 후 화제를 조금 바꿔서 대화를 나누다가 사토는 그룹 멤버가 부른다며 가버렸다.

이후에도 큰 수확을 얻지 못한 나는 방으로 돌아왔다.

"아무도 없네."

방 안에는 약간 흐트러진 이불만 남아 있을 뿐 아무도 보이지 않았다.

스마트폰을 보니 하시모토로부터 10분 정도 전에 메시지가 들어와 있었다.

『여자 방에 가니까 거기 합류해』

탐색을 의뢰해 놓고 참 태평도 하다.

뭐, 이성의 방에 놀러 가는 것도 합숙이라면 빼놓을 수 없는 것 중 하나일지 모르지만.

어질러진 이불을 제대로 개고 나서 여자 방에 가기로 했다.

하시모토의 메시지를 확인하고 5분 정도 더 지났을 때, 여자 방에 도착했다.

같은 건물에 같은 구조, 같은 가구와 장식품.

당연한 얘기지만 남자가 쓰는 방과 하나도 다르지 않은 공간.

유일한 차이라고 한다면 이성이 지내고 있다는 사실뿐.

그 이상도 그 이하도 아닌데, 왜 이리 다르게 보이는 걸까.

이곳을 좋은 공간으로 받아들일지 좋지 않은 공간으로 받아들일지는 각자에게 달렸다.

1학년부터 3학년 키류인까지, 여학생은 모두 모여 있었다.

1학년 남자는 모두 긴장된 얼굴이면서도 어딘지 기뻐 보였다.

야마무라는 왠지 기운이 없는지 표정이 평소보다 어두웠다. 이번 교류회에서는 게임에 나가지도 않고 어떻게 지내고 있는지, 그룹 멤버 중에 제일 모르겠다.

"왔냐."

"네가 불렀잖아."

예상했던 것보다도 남자들은 더 즐거워 보였다.

그런데 여학생들의 분위기가 생각보다 가라앉아 있었다. 즉, 별로 즐겁지 않은 눈치였다.

순간 두 가지 데이터가 동시에 뇌에 들어왔다.

하시모토가 반강제로 여자방에 남자들을 데리고 놀러온 흐름이겠지.

"좀 난감해서. 뭔가 분위기 띄울 만한 거 없어? 방 분위기가 좀 딱딱하잖아? 이걸 날려버릴 만한 한방 개그라든지."

"공교롭게도 그런 개그는 아는 게 없지만, 작은 화젯거리로 이건 어때?"

나는 체육복 주머니에 찔러넣고 있던 케이스 하나를 꺼내 보여주었다.

"오, 좋은데. 눈치가 빠르잖아?"

체험 학습의 게임 리스트에도 들어 있어서 카드는 산더미처럼 많이 준비되어 있었기 때문에 바로 구할 수 있다.

하시모토는 환영한다는 듯 카드를 빌려달라며 손을 내밀었다.

그리고 건네받아 케이스를 열고 안에서 카드 다발을 꺼냈다.

"카드 게임은 왕도 중의 왕도지, 아야노코지."

의자에 앉아 스마트폰을 보던 키류인이 그 상태로 내게 말을 걸었다.

"예전에 어떤 금발머리 선배가 합숙에는 단연 카드 게임이라고 알려줘서요."

"응? 설마 나구모?"

등받이에 기대고 있던 몸을 일으키고 흥미롭다는 듯 물었다.

고개를 끄덕이며 정답이라고 대답하자, 그 사실이 재밌었는지 키류인이 피식 웃었다.

"그 남자도 뻔한 소릴 할 줄 아네."

"게다가 오늘은 카드 게임 종목에서 처음으로 그룹이 졌잖아요. 복기까지 겸하는 거죠."

"카드 게임인가요."

키류인 근처에서 창밖을 내다보던 모리시타가 우리를 알아차리고 그렇게 중얼거렸다.

그러더니 무릎을 꿇은 상태에서 두 손으로 땅바닥을 밀며 가까이 다가왔다.

"그거 해요, 그거. 마지막에 조커를 가진 사람이 지는 게임."

"눈이 막 반짝거리네…… 혹시 좋아해? 카드 게임?"

"좋아하는지 아닌지 판단하기 어려워요. 해본 적이 없어서."

"해본 적이 없다고? 그런 화석 같은 사람이 정말 실존한다고?"

하시모토가 눈이 휘둥그레지며 놀랐다.

"저랑 카드 게임을 할 만한 사람이 없어서."

그 말인즉슨 지금까지 그런 친구가 없었다는 것일까.

"아니 잠깐만. 그럼 이상한데. 너 '카드 게임 잘한다'에 5점 매기지 않았어?"

과연 모리시타는 카드 게임 항목에 최대 점수인 5점을 매겼었다.

"저처럼 재능 많은 사람이면 경험 안 해봤어도 잘할 거라고 생각해서요. 어차피 그건 잘하는지 아닌지 확인하는 게 아니라 자신 있는지 어떤지를 다섯 단계로 나눠서 평가한 거잖아요? 그러니까 5점이죠."

훗, 하고 의기양양하게 대답했다. 과연 자신감이 흘러넘치긴 하네.

"그게 뭐야……. 하지만 그런 것치고는 오늘 게임에 안 뽑히지 않았나."

왜 뽑히지 않았는지 그 답은 리더 키류인만 알고 있다.

"맞아요. 왜 안 뽑아 주셨나요."

"카드 게임에 자신 있다는 것도 어딘지 수상하잖아? 그래서 제외했지."

작성한 리스트를 보고 그렇게 판단했다는 모양이다. 당연한 의견이겠지.

"뭐, 그건 이제 됐어요. 여하튼 카드 게임 해요. 빨리 나눠 주세요, 아야노코지 키요타카."

뭐가 어찌 됐든 게임하고 싶다는 것만은 느껴졌기에, 카드를 챙겨온 사람으로서는 기분이 나쁘지 않았다. 모두 다는 못 하는데 어떻게 할까.

"그러면 이렇게 하는 게 어때? 한 게임에 네 명씩. 남자는 남자끼리, 여자는 여자끼리 게임하기. 그런 다음에 남녀 섞어서 게임 하기."

판단하지 못하고 망설이고 있다는 것을 알아챈 하시모토가 구성을 짜주었다.

"나쁘지 않네요. 그렇게 해요."

이미 모리시타는 할 생각이어서 전혀 거절하려고 하지 않았다. 시종일관 얌전한 츠바키는 안 하겠다고 할 줄 알았는데, 그런 츠바키까지 포함해 다른 1학년들도 의외로 하겠다고 나섰다.

"야마무라도 이리로 오는 게 어때?"

멀리 떨어진 곳에 혼자 앉아 있던 야마무라에게 말을 붙였지만, 고개를 가로저었다.

"저기…… 저는…… 구경만 할게요."

"그래도 되겠어?"

야마무라는 낄 생각이 없는지 작게 고개를 끄덕이며 사양했다.

"안 하겠다는 사람을 굳이 끼울 필요는 없어요. 자, 자, 얼른 해요."

적극적인 모리시타의 기에 눌리면서 바로 시작한 여자 그룹의 게임 대결.

"이번 교류회 참 좋네요."

"평가 기준이 낮네. 카드 게임 좀 한다고 만족하는 거야?"

책상다리하고 앉은 하시모토가 다리 위에 팔꿈치를 올리며 중얼거렸다.

"만족은 하는데 뒤에서 카드 훔쳐보지 마세요."

"뭐 들고 있는지 딱히 말 안 할 건데."

"하시모토 마사요시는 언제 배신할지 모르니까요."

그렇게 말하면서 카드를 자기 몸쪽으로 가렸다.

불만이라는 듯 씁쓸하게 웃는 하시모토이긴 했지만 실제로 배신자가 맞으니까…….

"그래도 좀 보이네요."

모리시타는 처음 경험해 보는데도 단순히 즐겁기만 한 게 아니라 자기 나름대로 분석하고 있었다.

"이 게임에는 몇 가지 전략이 있네요."

그렇게 말한 모리시타가 카드 한 장만 노골적으로 보이게 잡았다.

"자, 시이나 히요리. 마음껏 원하는 카드를 뽑으세요."

"뭔가…… 좀 마음에 걸리네요, 그 한 장."

"그렇죠? 이거야말로 제가 생각한 고도의 전략이랍니다."

참고로 하시모토에게는 이제 보이지 않지만, 이번에는 내가 앉은 위치에서 모리시타의 패가 훤히 보였다.

고립시킨 그 한 장이 조커였다.

수상하니까 더 조커일 리 없다. 그걸 노렸을까.

전략적 관점에서 보면 나쁜 수는 아닐지 모른다.

확률 자체가 높다는 것을 명확하게 증명할 수는 없지만, 심리적으로 그 한 장이 마음에 걸리게 하는, 뽑아보고 싶어지게 만드는 힘은 확실히 있는 듯하다.

"어떻게 할까요……."

수상해하면서 오른손에 쥔 네 장 쪽으로 달아나려던 히요리가 갑자기 손가락을 멈추었다.

결국에는 왼손에 있는 한 장이 마음에 걸린 듯하다.

"자, 어서 원하는 걸 뽑아요."

감정 기복이 적은 모리시타의 인간성까지 어우러지며 절묘하게 혹하게 만들었다.

오래 고민한 끝에 히요리는 왼손에 있는 한 장에 이끌려 뽑고 말았다.

자기 쪽으로 가져온 카드를 뒤집어 보고는 자기가 뽑은 것이 조커였음을 알고 실망했다.

그 훤히 들여다보이는 표정에 모두 조커가 누구 손에 있는지 눈치챘으리라.

"표정에 드러내다니 아직 한참 멀었네요."

그렇게 몇 번을 돌면서 침묵 속에서 게임이 계속 진행되었다.

가장 먼저 끝난 사람은 1학년 에이쿠라. 그리고 두 번째가 하츠카와.

일찍 조커를 넘긴 모리시타였지만, 그 후에 결국 가진

카드에서 1학년 두 명에게 밀리면서 히요리와 마지막 결전을 앞두게 되었다.

이제 히요리는 두 장, 모리시타가 한 장을 남긴 상황까지 왔다.

"뽑으세요, 모리시타 씨."

카드 두 장을 똑같이 내밀었다.

그것을 응시한 모리시타는 자기 쪽에서 봤을 때 오른쪽에 있는 카드를 손가락 끝으로 집었다.

하지만 바로 뽑지 않고 입을 열었다.

"이거예요?"

"……뭐가요?"

"조커가 아닐까, 싶어서."

"그건 대답해 줄 수 없죠."

"전 조커라고 생각해요."

"그렇군요…… 그럼 피하는 게 좋을지도 모르죠. 다른 쪽을 뽑겠어요?"

"그래도 돼요? 지는데?"

"하지만 실제로는 어느 쪽이 조커인지 모르잖아요."

"아닐하네요, 시이나 히요리. 수수께끼는 전부 풀렸어요."

모리시타는 집었던 카드에서 손을 떼고 왼쪽을 잡아 힘껏 뽑았다.

내 쪽을 향한 모리시타의 카드는── 하트 5.

"제가 이겼네요."

"졌어요."

히요리는 아쉬워했지만, 진 것조차 즐거워 보였다.

한편 모리시타는 좌우지간 이기고 싶다, 그런 마음이 앞서 있었다.

그 후 남자들끼리 게임한 다음 남녀 혼합 게임으로 넘어갔다.

"자, 어서 다음 판 해요, 다음 판."

모리시타는 아직 놀이가 전혀 성에 안 찬 눈치였는데, 그때 내가 줄곧 마음에 걸리던 부분을 언급했다.

"이제 슬슬 야마무라도 같이하지 않을래?"

"……아뇨, 저는…… 됐어요…….."

계속 이쪽을 보고는 있지만, 시선이 게임을 향한 느낌이 아니었다.

마음이 딴 데 가 있고 아무리 봐도 기운이 없었다.

카드 게임이라도 하면 좀 낫지 않을까 싶어서 말을 건 건데, 역시 안 되려나.

"야마무라 씨, 꼭 같이 해요. 재미있어요."

그 타이밍에 히요리가 곁으로 다가가 말을 붙였다.

"하지만……."

"자, 어서요, 어서."

야마무라도 히요리의 부드러운 태도에 차마 거절하지 못했고, 다정하게 등을 떠밀자 결국 게임을 하게 되었다. 하지만 게임이 시작되자마자 생각지 못했던 문제가 계속 일어났다.

"저, 저기. 제 차례…… 예요."

"앗, 미안해요, 야마시타 선배. 자, 뽑으세요."

옆에 있는 신토쿠에게 바로 순서가 넘어갈 뻔한 야마무라가 당황하며 카드를 내밀었다.

이름도 틀렸는데, 그 부분은 이제 체념했는지 정정하지도 않았다.

분명 원형으로 잘 앉아 있건만 야마무라의 카드를 뽑을 차례인 학생이 자꾸만 그녀를 건너뛴다.

어쩌면 이런 게 싫어서 카드 게임을 피했던 건지도 모르지.

한 번이면 실수로 끝나도, 계속 반복되니 구경하는 내 눈에 자꾸 들어온다.

야마무라라는 존재는 상상 이상으로 희미한 걸까.

미행 센스는 예전부터 잘 알고 있지만, 이렇게 딱 보이는데도 놓치는 건 보통 말이 안 되는데.

다만 이게 내가 야마무라를 제대로 인식하려고 마음먹어서인지, 아니면 다른 사람들이 야마무라를 신경 쓰지 않는 탓인지 확실하게 모르겠다.

다음에 누군가에게 물어볼 기회가 생긴다면 한번 물어봐야지.

여자 방에서 돌아오는 길.

스마트폰을 확인하니 소등까지 20분 정도밖에 남지 않아 꽤 늦었다는 사실을 알아차렸다.

"이야, 재밌었다! 아니 왜 여자들 방에는 그렇게 좋은 냄새가 나는 거야?"

"진짜, 진짜. ⋯⋯그런데 츠바키, 좀 귀엽지 않았어?"

"정말? 너 츠바키 파냐?"

그렇게 1학년은 처음 가본 여자 방에 흥분을 감추지 못하는(감출 생각도 없는) 모습이었다.

"즐거웠나 보네, 저 녀석들."

시끄럽게 떠드는 후배들을 보니 데려간 보람이 있다며 하시모토도 만족스러워했다.

하지만 바로 다음 순간 얼굴에서 미소가 사라지고 딱딱하게 굳어갔다.

"미안한데 너희 먼저 갈래? 아야노코지는 조금만 더 나랑 있어 주고."

다른 아이들에게 그렇게 말하자 모두 순순히 알겠다고 한 후 방으로 돌아갔다.

"왜 그래?"

"시간을 봐도 방에 가면 바로 잘 거잖아? 사카야나기에 대해 아직 못 들어서."

"수확을 기대했다면 유감이지만 아무것도 없어."

"그래도 오늘 사카야나기를 만나긴 했잖아?"

물론 오늘 아침에 사카야나기를 만난 것은 사실이다.

어디서 정보를 얻은 걸까, 아니면 단순히 거짓말로 낚으려는 걸까.

떠볼 수도 있지만 굳이 그럴 필요는 없겠지.

이랬든 저랬든 내 대답은 이미 정해져 있기 때문이다.

"이래저래 견제해 보긴 했는데 상대가 사카야나기잖아. 솔직히, 자세한 건 들을 수 없었어. 어려운 상대라는 건 너도 알지?"

무슨 말을 해도 의심의 눈길을 보낼 게 분명한 하시모토에게 담담히 말을 이었다.

"그리고, 느긋하게 대화할 시간이 없었던 것도 있어."

깊이 추궁하면 귀찮아지므로 변명을 섞은 듯한 느낌도 넣어 말했다.

"······뭐, 됐어. 어쨌든 앞으로 나올 결과는 달라지지 않을 테니까."

그 결과가 뭔지 내가 먼저 언급할 것도 없이 하시모토가 바로 말했다.

"사카야나기와 류엔이 2일 차에 우승 후보에서 탈락하다니. 너무 어이없이 담담하게 끝을 맞이한 느낌이야."

사카야나기 그룹은 12전 5승 7패. 류엔 그룹은 12전 3승 9패.

내일 있을 일곱 개의 게임에서 엄청난 대파란이라도 일어나지 않는 한 상위 입상은 절망적이다.

"뭐, 결국 교류회는 버렸단 얘기겠지. 그 두 사람은 그 어떤 체험 학습에도 얼굴을 내비치지 않았어. 처음부터 보수를 받을 생각이 없었다는 거잖아?"

"그렇겠지. 그걸 알았는데도 별로 기뻐 보이지 않네."

"그야 그렇지, 아무리 생각해도 기분이 영 찜찜하단 말이야. 그 두 사람이 싱겁게 졌다는 게."

일단은 의심부터 하고 보는 것이 하시모토의 성격.

단 한 번도 올라오지 않고 두 그룹 다 상위 전선에서 모습을 감추었다.

역시 결과만 보면 하시모토가 경계하고 싶어지는 마음도 이해가 된다.

하지만 그 자체는 기우이리라.

프라이빗 포인트를 중요하게 여기는 류엔인데, 이번 합숙에서 받는 프라이빗 포인트는 미리 고지된 대로 아주 특수해서 쇼핑 말고는 쓸 곳이 한정적이다.

물론 얻는 것만으로도 감사한 일이지만, 류엔이 중요시하지 않아도 무리는 아니라고 할 수 있다.

오히려 사흘간 자유롭게 돌아다니는 편이 정보라는 관점에서 봤을 때는 더 이득인지도 모른다.

지금은 사카야나기의 동태를 자세히 살피는 게 좋을 테고 말이지.

한편, 생존과 탈락의 특별시험에서 진 사카야나기도 이번 교류회는 쿨다운으로 돌리는 게 미래를 위한 길이다.

자연 속에서 여유로운 시간을 보내고 상처를 치유하는 것도 좋은 행동 중 하나다.

그렇기에 하시모토도 침착하게 굴어야 하는데, 실제로는 여유가 없다.

평정을 가장하고 있지만 조바심을 감추지 못했다.

"영리한 사카야나기니까 내 상태가 어떤지 자세히 파려고 할 줄 알았는데……."

이완된 분위기인 교류회 중에도 퇴학을 노릴지 모른다. 그런 위기감을 하시모토도 갖고 있을 터였다.

"토요하시를 비롯한 1학년이 이미 사카야나기한테 넘어간 건 아니겠지?"

일일이 말로 확인하진 않았지만, 하시모토가 제일 먼저 후배와 친해지려고 했던 것도 다 그것을 미리 방지할 목적이 있었을 것이다.

"그룹을 짜기 전부터 사카야나기가 스파이를 심었을 수도 있, 겠지?"

"1학년들과의 관계는 네가 더 잘 알지 않아?"

교류회가 있기 훨씬 이전, 후배가 입학한 직후부터 사카야나기의 다리가 되어 활동했다는 사실은 달라지지 않는다.

"어어…… 아마…… 아닐 거야. 기본적으로 사카야나기는 직접 교섭에 나선 적이 없고, 눈에 띄는 1학년이랑은 기본적으로 내가 사이에서 소통했었거든. 하지만 간접적으로라도——."

얼굴은 필사적으로 미소를 꾸미고 있었지만, 자기 자신을 점점 몰아붙였다.

"특정한 누군가를 특별시험이 아닌 다른 데서 퇴학시키는 건 쉽지 않은 일이야."

좀 진정하라고 다독였지만, 말은 가 닿았어도 전부 받아들이지는 못했다.

"알아. 알긴 아는데…… 그 사카야나기잖아. 내 상상을 뛰어넘는 일을 하고 있을 가능성을 부정할 수 없는걸."

그렇게 말하고는, 자신이 수렁에 빠졌다는 것을 겨우 깨달았는지 자리를 털고 일어났다.

"그만할래. 일단 사카야나기 일은 잊는 게 낫겠어."

"그러는 게 좋아."

하시모토는 볼에 바람을 넣고 후우 깊게 숨을 내뱉으며 호흡을 가다듬었다.

"그래, 난 잠깐 로비 화장실에 들렀다가 갈게. 먼저 가."

"이제 곧 소등 시간이야, 너무 늦지 않게 와."

"그래."

방 화장실은 쓰기 힘들다고 생각했을까, 아니면 다른 목적이 있는 걸까.

하시모토는 혼자서, 이제는 인기척이 끊긴 로비 화장실로 들어가 버렸다.

○조용한 결착

　다른 학년과 함께 지내는 생활도 오늘로 3일째.

　내일 정오 무렵에는 이미 학교로 돌아가는 버스를 타고 있겠지.

　마침내 교류회도 막바지로 접어들고 나구모 그룹과의 대결을 앞두고 있는데, 이른 아침의 이런 시간에 호리키타와 이부키는 빠짐없이 모습을 드러냈다.

　"너, 오늘은 눈 가리고 우리랑 붙어."

　"만나자마자 대뜸 무슨 소리야. 그것도 말도 안 되게 터무니없는 요구네."

　"한 대 정도는 걷어차 주지 않으면 짜증 나서 못 참겠다고."

　그 터무니없는 제안은 역시 받아들일 수 없다. 상대가 격투기에 경험이 없다면 모르겠지만 눈을 가리고서 호리키타와 이부키를 상대한다면 역시 고전을 면치 못할 것이다.

　심지어 방어에만 집중하고 있는 중에는 그저 위험하기만 할 뿐이다.

　"눈을 가리면 특훈이 안 되니까 난 거절할게."

　"너 말 잘했다, 호리키타."

　"부탁할 거면 특훈 끝나고 해."

　"그건 아니지, 호리키타."

1초도 지나지 않아 호리키타의 말을 고쳐주었다.

"아야노코지한테 욕구불만이 쌓여 있다는 건 잘 알겠어. 그래도 지금 당장은 아마사와를 이기는 걸 최우선으로 삼아야지. 안 그래?"

"……뭐 그야 그렇지만."

이래 봬도 아주 헌신적으로 돕고 있는데 말이야……. 말이 너무 심하네.

여하튼 어떻게 해서든 아마사와 복수전에 성공하기 위한 기합은 충분히 들어간 듯하다.

"그럼 바로 시작——."

내가 그렇게 말하려는 순간 이부키가 스톱을 외쳤다.

"화장실."

"미리 안 다녀왔어?"

"괜찮을 줄 알았지. 그런데 추워지니까 좀, 그러니까 잠깐만 기다려."

"진짜……."

어이없어하는 호리키타이긴 했지만, 요의를 참으라고 말하는 것도 심한 얘기다.

만에 하나라도 몸을 활발하게 움직였다가 방광이 터지기라도 하면 큰일이니까.

화장실에 가는 이부키를 지켜보면서 호리키타가 입을 열었다.

"오늘을 맞이하면서 한 가지 안 사실이 있어."

"안 사실?"

"4일 차 아침에 아마사와에 대한 복수전을 하는 걸 네가 절대 조건으로 건 이유 말이야. 특훈 횟수를 늘리려고 그런 게 제일 큰 이유겠지만, 시간을 벌려고 생각했다면 굳이 이른 아침이 아니라도 남들 눈을 피해 얼마든지 할 수 있어. 마지막 날로 정한 가장 큰 이유는 부상 위험 관리 때문이 아니었나 하고. 교류회가 끝나기 전에 멋대로 싸웠다가 다치기라도 하면 진지하게 임하는 사람들한테 좋은 본보기가 되지 않잖아."

이틀 차까지 상위에 오르지 못한 이부키 그룹이라면 모를까 호리키타 그룹은 1위 후보다. 위에 있는 입장이어서 그런 시점을 가질 수 있었던 듯하다.

"네 실력이면 내가 다치지 않게 상대하는 것쯤 식은 죽먹기일 테고."

"만약 그렇다고 해도 내가 다칠지도 모를 가능성은?"

"……있어?"

"없지."

바로 대답하자 살짝 발끈한 표정을 지었다.

"일반인이 그렇게 말하면 틀림없이 빈축을 사니까 조심해. 그래도 나중에는 눈 가리고 상대해 줄 수 없겠니?"

"그건 관둬. 나도 너를 봐 줄 필요는 없다고 생각하니까. 다른 상대였으면 이런 말도 안 해."

"그거 내가 기뻐해도 되는 말이니……?"

"좋겠네, 특별 대우 해주는 거거든."

"하나도 안 좋은 특별 대우야."

요새 와서는 정말로 호리키타와 이런 시시콜콜한 대화를 나눌 때가 많아졌다.

이 세상에는, 과거와 미래까지 포함해 우리와 비슷한 대화를 나누며 서로 웃고 화내는 사람들이 그 밖에도 분명히 있겠지.

"전혀 다른 얘기인데, 주위에서 생각하는 존재감 없는 학생 하면 누가 떠올라?"

그렇게 묻자 잠시 고민한 호리키타가 답을 내놓았다.

"아야노코지."

"……나야?"

"적어도 입학 초기의 너는 반에서도 특히 눈에 띄지 않던 사람이야."

"그건 그래."

입학했을 때 마흔 명이었던 학생 중에서 나는 밑에서 세는 편이 압도적으로 빨랐으리라.

"요즘에는 의외로 존재감이 커지고 있으니, 지금은 해당하지 않는 말이지만."

과연 처음과 비교하면 내가 생각해도 많이 바뀐 것 같다.

주변 환경이 무엇보다도 크게 달라졌다.

"존재감은 어디서 정해지는 걸까?"

"음, 그러게. 존재를 지우고 싶다거나 튀고 싶지 않다거나 그런 생각을 하다 보면 자연스럽게 존재감이 없어지지 않을까? 말수도 적고."

전부 야마무라와 맞아떨어지는 부분이다.

하나하나는 별 게 아니지만 합하면 크게 영향을 줄지도 모르겠군.

"왜?"

"아니, 그냥 궁금해서."

"그래? 아아, 맞아, 너한테 부탁받았던 그 일 말인데——."

호리키타가 특훈 이야기를 꺼낼 때 내가 부탁했던 것.

그 결과를 호리키타가 알려주었다.

"……내가 알아낸 건 그 정도인데…… 도움이 되니?"

"응, 충분히 돼. 알아봐 줘서 고맙다. 부탁은 이걸로 끝이라고 생각해도 돼."

충실하게 따라준 호리키타는 처음부터 끝까지 그 의미를 모르겠지만, 이유를 깊게 물어보려고는 하지 않았다.

"그나저나 이부키가 늦네."

"그러게. 대체 뭘 하는 걸까."

로비 화장실에 갔다 오기만 하는 거라면 그렇게 시간이 오래 걸리지 않을 텐데 말이다.

"설마 방에 가서 자고 있는 거 아냐?"

"아무리 그래도 그건 아니라고 생각하고 싶은데…… 아니라고 단언할 수 없는 사람이 이부키지."

"스마트폰은?"

"방해될 것 같아서 방에 두고 왔어."

"그래? 그럼 너한텐 미안하지만 만약에 이부키가 안 돌아오면 오늘은 여기서 중단한다."

"어쩔 수 없지. 이부키도 같이 싸우는 게 조건이니까."

어제 한 번의 특훈만으로는 언 발에 오줌 누기일 뿐이지만 어쩌겠는가.

다음에 또 합숙이나 무인도같이 감시망이 허술한 곳으로 다 같이 나갈 기회가 있길 기대하면서 연기를 신청하는 것이 최선일지도 모른다.

건물이 있는 방향을 나와 호리키타가 응시하며 이부키가 등장하기를 기다리던 바로 그때.

"빈틈이닷!"

등 뒤에서 그런 목소리가 들리더니 뭔가가 빠른 속도로 가까워졌다. 내가 그 자리에서 몸을 피하자, 직전까지 서 있던 위치에 이부키의 다리가 날아왔다.

주저 없이 기습으로 발차기를 먹일 생각이었던 거다.

"젠장! 빗나갔네! 일부러 멀리 돌아서 왔는데!"

"분통 터트리는 건 괜찮은데 소리치면서 덤비면 안 되지. 이시자키랑 똑같이 구네."

"윽……?! 왠지 그 말은 듣고 싶지 않아……! 하지만 나도 모르게 본능적으로 목소리가 튀어나와버렸다고!"

본능적으로 외친 거면 어쩔 수 없나, 가 아니다.

확실하게 쓰러트릴 것을 안다면 모를까 승산 낮은 상대

에게 그렇게 하면 자기만 불리할 뿐이다.

"이시자키? 너 이시자키랑도 싸운 적 있어?"

"그런 현장을 목격한 적 있을 뿐이야. 난 무관해."

적당히 둘러대면 넘어갈 줄 알았는데 경솔한 판단이었던 듯하다.

"옥상에서 류엔이랑 싸운 적 있잖아? 그때 맞지?"

나는 이부키를 쳐다보았다. 분명 분해하던 표정이 확 바뀌더니 짓궂은 미소를 머금었다.

"흥, 딱히 너한테 입단속 받은 기억은 없거든. 했어도 말할지 말지는 내 자유고."

"딱히 상관은 없지만 여러 가지로 수긍이 가네."

아마사와에게 다시 도전장을 내밀기 위해 나에게 특훈을 받은 것도 그런 부분이 영향을 미친 듯하다.

"일단 다른 사람 앞에서는 모르는 척했지만, 좋은 기회였는지도 모르겠네. 류엔 무리랑 대판 싸운 거, 인정해?"

"이 마당에 인정 안 할 수도 없겠지."

"그렇지. 하지만 난 이제야 정식으로 납득이 가는 느낌이야. 이부키의 이야기를 의심한 건 아니지만 과장과 착각이 섞였어도 이상하진 않으니까."

뭐라고? 하고 고개를 갸우뚱거리더니 흙을 발로 차 호리키타의 무릎에 뿌렸다.

"애처럼 굴지 마."

선생님처럼 나무라면서 호리키타는 이 기회를 기다렸다

는 듯 말을 이었다.

"나한테 또 말 안 한 건 없어? 또 싸운 상대가 있다거나."

"없어."

"정말? ……난 아직 의심스러운 게 몇 개 있는데. 야가미라던지."

"야가미? 왜 여기서 야가미 이름이 튀어나와? 후배한테 폭력 안 쓴다고. 라고 말하고 싶지만, 호우센 사건은 포함하지 말아 주라."

"야가미가 누구야? 그런 애가 있었어?"

"……됐어. 시간도 별로 없으니까 이만 특훈을 부탁해도 되겠니?"

이부키한테 일일이 설명할 시간 없다며 호리키타가 이야기를 끊었다.

그리고 내게서 거리를 벌리고 넓게 퍼졌다.

"기본적으로는 어제와 같은 규칙이야. 중요한 건 내 몸놀림보다 두 사람이 각자 어떻게 움직이는지를 이해하는 데 있어."

과거에 몇 번이나 맞붙었던 만큼 싫어도 상대방의 패턴이 머릿속에 각인되어 있다.

여기서 갈고닦아 생긴 연계력은 틀림없이 저번 아마사와와의 싸움 때보다 향상되었을 것이다.

1

아침 특훈을 마치고 두 사람이 잠시 숨을 골랐는데, 계속 이 자리에 앉아 있게 둘 수만은 없다.

"날이 많이 환해졌어. 그만 돌아갈까?"

"속 편한 소리 하지 마. 그렇게 많이 움직였는데도 하나도 지치지 않은 네 몸은 대체 어떻게 된 거니?"

"사이보그지, 사이보그."

"나도 지쳐. 그냥 표정에 안 드러날 뿐이야."

"어깨도 안 들썩거리면서 그런 식으로 말해봐야 설득력이 전혀 없어."

불만을 토로하면서도 호리키타는 모래를 털며 몸을 일으켰다.

"슬슬 돌아가야 한다는 건 맞네."

그 모습을 보고 이부키도 지지 않겠다는 듯 벌떡 일어나더니 크게 한 번 점프했다.

경쟁심을 불태운 거겠지만 상대해 주지 않았다.

"참, 이부키, 너 오늘은 어떻게 할 거니?"

"뭘 어떻게 해?"

"교류회 게임 말이야. 너희 그룹은 끝까지 해볼 생각이니?"

이부키의 그룹은 이미 2승 10패로 결과가 절망적이니까.

"아아, 그거? 몰라. 난 한 번도 참가 안 해서."

"그러면 스탬프 카드도 새하얗겠네."

흥, 하고 비웃으며 팔짱을 낀 이부키. 보수에 혹하지 않은 건 아니겠지만 하위도 1,000포인트는 받는 만큼 귀찮은 작업을 날리는 쪽을 고른 듯하다.

"시간도 널널한데 호리키타나 따라갈까."

"……왜 그렇게 되는 거야."

"교류회고 자시고 네가 지는 모습을 볼 수 있을지도 모르잖아."

이부키의 원동력은 확실하달까 뭐랄까, 정말로 흔들림이 없다.

쿠시다도 그렇지만, 호리키타의 패배가 그 정도로 보고 싶나.

"뭐? 진짜 따라오려고?"

"당연하지."

"패배 확정이라지만 3학년이 참가하라고 지시하면 순순히 안 따를 거니?"

"안 따라. 누구한테 하라고 하면 되지."

이부키라면 그 역할을 1학년에게 떠넘겨도 놀랍지 않지만.

다른 그룹의 사정은 제각각, 호리키타도 이부키의 생각을 부정할 권리는 없으니까.

"진짜……. 하고 싶은 대로 해도 되지만 이왕이면 아야코노지를 따라가는 게 어떠니? 쟤가 지는 모습도 볼 수 있을지 몰라."

"어제 두 번 졌는데?"

내 정보는 틀림없이 나구모 그룹에 공유되고 있을 터다.

"그러고 보니 나구모 선배가 엄청 기뻐하더라. 잘 나가다가 갑자기 카드 게임에서 졌다느니, 어이없게 연승이 막을 내렸다느니. 그 후에도 무슨 게임에서 졌다며?"

아무래도 그 정도로 자세히 아는 것 같지는 않다. 어쩌면 나구모는 내 개인 성적을 그룹 전체와 공유하지 않고 극히 일부 학생에게만 말한 게 아닐까?

"패치워크에서 이노카시라한테 완벽하게 깨졌어."

"평소 같으면 절대 일어나지 않을 역전 현상이네. 어떤 게임 내용이든 좋으니까 네가 지는 장면을 보고 싶었어."

"너도 이부키랑 다를 바가 없잖아."

그렇게 꼬집자, 살짝 욱했다가 결국에는 웃으면서 고개를 끄덕였다.

즉, 마음에 안 드는 사람이 지는 장면을 보고 싶어서 좀이 쑤신다는 뜻이다.

"얘는 져도 딱히 아쉬워할 사람이 아니잖아? 일부러 질 때도 있는 것 같고."

"일부러는 모르겠지만, 이 애도 의외로 아쉬워할 때가 있어. 보니까 적어도 2패는 진짜로 당한 것 같고. 그렇지? 레서판다?"

"그 얘기 아직도 꺼내냐……."

아니 그리고 별명을 자기 마음대로 레서판다로 정하지 않았으면 한다.

"뭐, 난 호리키타랄까. 아마사와도 좀 봐두고 싶고."

"그렇구나, 그것도 나쁘진 않을지도. 그 애의 의식이 조금이나마 너한테 가 있으면 내일 조금이나마 압박이 될 수 있을지도 모르고."

이부키의 동행에서 이점을 찾아낸 호리키타의 결론이었다.

"돌아갈 거면 빨리 돌아가지 않을래? 추워."

운동으로 몸이 따뜻해졌지만 계속 가만히 있으면 식는 게 당연하다.

"모쪼록 방해는 하지 않길 바라."

"약속은 못 하겠다."

뭣하면 방해해 주겠다, 그런 이부키의 꿍꿍이를 느끼지 않을 수 없었다.

2

15분 정도 뒤에 교류회 3일 차의 첫 대전 상대가 발표된다.

게임 내용은 『장기』.

참가자로 나, 모리시타, 하시모토, 히요리, 츠바키까지 총 다섯 명을 키류인이 골랐다.

그런데 우리 그룹은 한 멤버가 빠진 상태로 게임의 순간을 맞이하려 하고 있었다.

"곧 모리시타 차례인데 어디 간 거야……."

"전화도 안 받아요."

히요리가 귀에 스마트폰을 댄 채, 전화 연결이 안 된다고 알려주었다.

"마지막으로 모리시타를 본 건?"

"저는 조식 먹을 때가 마지막이었어요. 아야노코지 군이 같이 나갔죠?"

다 먹은 시간이 같아서, 같은 타이밍에 식당에서 나간 것은 분명 기억한다.

30분 넘게 지난 일인데 산책하러 간다고 했었지.

혹시 아직도 산책 중일까, 아니면 길을 잃었을 가능성도 있나?

평범하게 잘 지냈다면 길을 잃을 일이 없지만, 만약 무리해서 산에 올라가기라도 했다면 이야기는 달라진다.

모리시타의 성격상 절대 그럴 일 없다고 단언할 수 없나.

"그 녀석, 장기는 완전 자신 있다고 말해놓고서……."

"인터넷 대국으로 많이 연습했다고도 했는데."

"그건 솔직히 못 믿겠지만……."

그 말과 자신감을 보고 키류인도 선택한 것일 테고.

본인도 양궁에서의 오명을 씻고 싶었을 것이다.

"모리시타가 없으면 대역을 세울 수밖에 없는데, 아직 시간에 여유가 좀 있으니까 내가 밖을 좀 둘러보고 올게. 하시모토한테 안쪽 상황을 부탁해도 될까?"

"오케이. 찾으면 연락해."

그렇게 용기 내어 찾으러 나선 지 불과 수십 초 후.

미아(?)는 아니었는지, 허무하게 모리시타를 찾아내는 데 성공했다.

나는 말을 붙이기 전에 하시모토에게 모리시타를 찾았다는 내용의 메시지를 보내두었다.

그리고 가까이 가서 입을 열었다.

"교류회 시간 다 됐는데."

"…………."

내 말에도 모리시타는 아무런 대답도 하지 않았다.

그저 조용히 나무에 손을 얹고 있었다.

선 채 잠든 것도 아닐 텐데, 뭐 하는 걸까.

"모리시타?"

"잠깐만 조용히 해주시겠어요? 지금 저는 숲의 소리를 ──듣고 있었답니다."

조용히 그렇게 중얼거리는 모리시타.

"……응?"

하지만 내 뇌가 그 말을 처리하지 못해서 무심코 되묻고 말았다.

"숲의 소리, 라니?"

"모르나요? 숲은 살아 있어요."

"…………."

"이렇게 큰 나무에 손을 댄 채 눈을 감고 마음을 가다듬으면서 귀를 기울여 봐요. 그렇게 하면 제 말뜻을 이해할 수 있을지도 몰라요."

"……아하?"

과연 지금은 모리시타의 말뜻을 전혀 못 알아듣겠다.

여기서 한 번 체험해 보는 게 좋을지도 모르겠네.

나는 모리시타의 옆에 서서 똑같이 손을 대 보았다.

그리고 눈을 감았다.

이제 마음을 가다듬고 귀를 기울이라고 했지.

"…………."

"어때요? 들려요? 숲의 소리가."

"아니……."

"그럼 아직 잡념이 남아 있나 봐요."

잡념. 공교롭게도 지금은 아무 감정도 없다.

그러니 그런 게 섞여 있을 리가 없는데…….

생각했던 대로였지만, 하나도 안 들린다. 들릴 리도 없고.

"코로 공기를 들이마신 다음에 입으로 내뱉어 보세요."

하지만 모리시타는 계속 시키려고 했다.

"그러는 데 의미가 있어?"

"글쎄요? 전에 감기 걸렸을 때 이비인후과에 갔더니 코로 마시고 입으로 내뱉으라고 하더라고요."

"그건 네블라이저 사용법이잖아……."

어떤 의미에서는 억지로 잡념이 생기고 말았다.

좌우지간 숲의 소리 같은 건 안 들린다.

"난 아무── 뭐해?"

눈을 뜨고 모리시타를 보니, 스마트폰 카메라를 내게 들이대고 있었다.

"저의 거짓말에 넘어간 바보 같은 아야노코지 키요타카를 고화질 모드로 찍고 있었지요."

"야……."

"숲의 소리 같은 게 들릴 리가 없잖아요? 드라마나 영화를 너무 많이 봤나 봐요."

"네가 한 말이잖아. 직접 하고 있었고."

"그렇게 부끄러워하지 말아요. 숲의 소리에 귀를 기울이려고 했다는 건 비밀로 할 테니."

그럼 동영상으로 찍어서 증거를 남기는 짓은 안 했으면 좋겠는데.

"그런데 병원에 있는 그 흡입 기구를 네블라이저라고 하는군요. 쓸데없는 지식이 하나 늘었어요. 고마워요."

쓸데없는 지식이라고 말한 시점에서 진짜 고마워하는 말이 아니라는 건 확실해졌다.

"재미있는 사람이네요. 아야노코지 키요타카는."

오히려 모리시타가 훨씬 압도적으로 재미있는 사람이라고 생각하는 건 나쁜일까.

"그런데 저에게는 무슨 일로?"

"이제 집합 시간 다 됐는데 안 보여서 찾으러 왔지."

"그러고 보니 그러네요. 저한테 잘못이 있었다는 생각이 안 드는 것도 아니네요."

사과인 듯 아닌 듯한 말을 한 모리시타가 나무에서 손을 뗐다.

그리고 키류인이 기다리는 건물 쪽으로 걷기 시작했다.

"하나만 물어봐도 될까요?"

나는 모리시타에게 눈만 돌리고 물어봐도 괜찮다고 암묵적으로 대답했다.

"하시모토 마사요시를 어떻게 생각해요?"

"꽤 깊은 질문이네."

"물어볼 필요가 있는 것 같아서요. 몇 번인가 기회를 엿봤지만 좀처럼 오지 않았어요."

"혹시 나무에 기대 있었던 것도 내가 찾으러 올 거라고 짐작해서?"

"당신이라면 나서서 찾으러 올 것 같았어요."

잘 알 수 없는 성격이지만 책사로군.

"같은 A반으로서는 어떻게 생각하는데?"

"그렇게 물어볼 줄 알았어요. 물론 저는 하루빨리 반이 대동단결해서 제거해야 한다고 봐요."

망설이지 않고, 하시모토가 방해자라고 딱 잘라 말했다.

"내가 하시모토와 한편이라면 그 말은 실언이 되지 않

을까?"

"거짓말을 해봐야 거짓말이 돌아올 뿐이라고 생각했거든요. 지금은 솔직한 게 가장 나은 선택 같아서."

신경전도 벌일 줄 안다.

괜히 겉으로 하시모토를 구제하겠다는 느낌을 풍겨봐야 내가 눈치챈다면 신뢰를 얻지 못한다.

판단이 빠르고 예리하다. 게다가 거침없는 말투.

내가 봐왔던 같은 학년 중에서도 그쪽으로 능력이 탁월하다.

역시 직접 만나서 얘기해 보지 않으면 그런 인간성을 알 수 없는 거네.

"그 솔직함에 보답해 주고 싶지만, 솔직히 다른 반인 나와는 상관없는 문제라고 생각해. 앞으로 사카야나기가 하시모토를 제거하든, 하시모토가 사카야나기를 제거하든 하고 싶은 대로 하면 돼."

"그러니까 하시모토 마사요시를 편들 생각은 없다고요?"

"없지."

곧바로 고개를 끄덕여 그 말이 진실임을 강하게 어필했다.

그런 나의 태도를 의심할지도 모르지만, 정말 거짓이 아니라 진심으로 한 말이다.

"물론 지금은 같은 그룹 멤버로서 적절한 거리감과 협력 관계를 유지할 거지만 말이야."

"그래요? 조금 마음이 놓이네요."

사카야나기 파벌이라기보다 안티 하시모토 쪽이 더 가까운지도 모른다.

"참고삼아서 물어보고 싶은데, 내가 하시모토 편을 들면 곤란해?"

"곤란하죠. 이기는 건 십중팔구 사카야나기 아리스겠지만, 만약에 아야노코지 키요타카가 하시모토 마사요시 편을 든다면 그것도 위험할 수 있다고 생각하니까요."

아무래도 모리시타는 상상 이상으로 나를 높이 사는 듯하다.

"이상한가요? 제가 아야노코지 키요타카를 높이 평가하는 게."

"처음 말했을 때는 그 정도까진 못 느꼈으니까."

물론 눈여겨보고 있다는 건 알았지만 이 정도일 줄이야.

"안 좋은 의미로 전에 한 평판과 실제 내용이 다른 경우가 왕왕 있잖아요. 그래서 기준을 낮췄는데, 주변 시선과 반응을 보니 그게 아닌 듯해서요."

아무래도 직접 뭔가를 보거나 들었다기보다 피부로 느끼고 있다는 걸까.

자신의 높은 지성과 감각으로 내린 평가.

여자판 코엔지, 라고 표현하면 역시 모리시타에게는 실례겠지만, 유형은 아주 조금 비슷한 것 같기도 하다. 거기에 전대미문 같은 부분을 줄이고 이성(理性) 에센스를 몇 방울 더한 듯한……

아니, 그 어떤 표현이든 간에 역시 코엔지를 갖다 붙이는 건 잘못했네.

"그럼 반대로 사카야나기 아리스 편을 들 가능성은 없나요?"

"그것도 없지. 그보다도 내가 참견할 상대도 아니야."

원래 하시모토는 사카야나기에게 몇 수는 아래다. 내가 도와 줄 상황이 아니다.

"다만……."

"다만?"

"하시모토든 사카야나기든, 진짜 힘을 발휘해 싸워야 한다고는 생각해. 양쪽 모두 낼 수 있는 모든 힘을 써서 승패를 결정짓는 게 최고야. 어디까지나 내 생각일 뿐이지만."

아직 주위를 둘러볼 여유 없이 혼자 독주하는 하시모토, 여전히 카무로 사건에 연연해서 본래 가진 힘을 충분히 못 낼지도 모르는 사카야나기.

각자가 가진 문제점을 제거할 수 있다면 대결을 벌이기 전에 제거했으면 한다.

"아야노코지 키요타카의 생각은 잘 알았습니다. 감사해요."

마음에 걸리던 부분이 풀렸는지 모리시타가 살짝 웃으면서 고개를 숙였다.

"이제 저는 최대한 빨리 이 문제가 해결되기를 기도할 거예요. 반년이고 1년이고 내부 갈등이 지속된다면 A반에 마이너스만 될 뿐이니까요."

"그렇지."

그 문제라면 모리시타의 기우로 끝날 것이다.

사카야나기와 하시모토의 문제는 이제 곧 끝을 맺게 될 테니.

모리시타가 나무 아래에서 나와 걸음을 뗐다.

"그만 가죠. 언제까지 숲이랑 놀 거예요. 애도 아니고."

"논 건 너잖아……."

오히려 난 휘말린 피해자에 불과하다.

보태자면, 모리시타는 호언장담했던 대로 장기 실력이 출중했다.

매일 인터넷 대국으로 실력을 연마했다는 말은 역시 허세가 아니었다.

3

이럴 때는 나구모 그룹과 가장 마지막 19번째 게임에서 붙지 않을까.

그런 생각이 들기도 하지만, 예상대로 되지 않는 것이 세상 이치.

개인 성적 2패인 채 맞이한 17번째 게임에서 아직 무패인 나구모 그룹과 붙게 되었다.

게임 내용은 교류회에서 탁구에 이어 두 번째인『양궁』.

만들기라든지 운이 전부인 게임이 아닌 만큼, 볼거리로서는 다행이라고 봐야 할까.

나구모는 리더로서 모습을 드러내긴 했지만 말을 걸어오지는 않았다.

이번에 우리가 개인적인 내기를 했다는 사실은 아는 사람이 별로 없다.

염탐 명령을 받은 1학년들조차 상세한 내용은 모르고 있을 가능성도 있겠지.

"그런데 왜 네가 있는 거야? 모리시타."

"그야 양궁을 하기 위해서죠. 게임하러 왔어요."

어제 참담한 결과를 냈는데도 질리지 않고 참가할 생각인가.

키류인 쪽을 보니 고개를 깊이 끄덕였다. 모리시타의 참가를 받아들인 모양이다.

"그렇게 됐답니다. 절 믿고 부담 없이 해도 된답니다. 아야노코지 키요타카."

"그 말이 허세가 아니길 기대할게."

지도자가 다시 한번, 양궁이 처음인 학생들과 경험자까지 대상으로 안전 이야기부터 꺼내기 시작했다. 올바른 발사 자세를 기억하는 것이 중요하다며 반복해서 설명했다.

정통 규칙과 달리, 한 번씩 교대로 쏘는 게 아니라 여섯

발을 다 쏜 다음에 교대하는 형식이다.

대전 상대인 다섯 명을 둘러본 하시모토가 다가와 내 귀에 대고 속삭였다.

"카츠라기는 어제 연습을 꽤 많이 했다나 봐. 그리고 최고 36점이 나왔어. 그렇게 쏘면 질 가능성도 있다고."

잘도 조사했다고 감탄하면서 나는 어땠는지 되돌아보았다.

어제 내가 쏜 점수는 2점, 2점, 4점, 7점, 6점, 9점으로 총 30점.

걱정하는 것도 이해는 되는데, 분명히 말해서 카츠라기한테는 지지 않으리라.

문제는 다른 곳에 있다. 잠시 후, 대전 편성이 발표되었다.

1번 주자 호리키타 스즈네 VS 야나기 야스히사

2번 주자 히라타 요스케 VS 하시모토 마사요시

3번 주자 아마사와 이치카 VS 아야노코지 키요타카

4번 주자 칸자키 류지 VS 신토쿠 타로

5번 주자 카츠라기 코헤이 VS 모리시타 아이

지금까지 치른 16번의 게임 모두 나는 세 번째 주자에 이름을 올렸다.

내 부동의 위치에, 나구모는 훌륭하게도 상대를 잘 맞춰서 넣은 셈이다.

"잘 부탁해요, 선배."

"네 대결 상대는 1학년 여학생인가. 잘됐네."

아마사와에 관한 정보가 없는지 하시모토가 낙관적으로 말했다.

주위가 지켜보는 가운데, 나구모 그룹부터 일제히 과녁을 겨누기 시작했다.

차분한 모습이라든지 여유로운 표정을 보면 알 수 있다.

어제 아마사와가 양궁 연습을 마쳐서 경험을 충분히 쌓았다는 것을.

망설임 없이, 부드럽게 쏜 화살이 노란색으로 물든 9점 자리에 꽂혔다.

9점, 9점, 10점, 9점, 10점, 10점. 합계 57점.

그 높은 정확도에 참가자뿐 아니라 지도자까지 깜짝 놀랄 정도였다.

"말도 안 돼……."

2위 카츠라기가 쏜 37점도 상당히 높은 점수인데, 그것과 비교가 되지 않았다.

내가 이기려면 전부 10점을 쏠 만큼의 정확도가 필요한가.

동요가 가시지 않은 채로 후공인 키류인 그룹 차례가 되었다.

저절로 조용해진 구경꾼들 속에서 나는 첫 번째 화살을

누구보다도 빨리 쏘았다.

꽂힌 자리는 노란색 자리인 8점.

다른 학생이 아직 준비하는 사이에 나는 두 번째 화살을 쏘기 위해 허락이 떨어지길 기다렸다.

이제 유예 점수는 1점뿐이지만 그런 건 상관없다.

첫 느낌에서 살짝 빗나간 궤도를 바로 수정했다.

두 번째 화살이 정중앙 노란 자리인 10점을 관통했다.

이게 70m 거리였다면 바람의 영향 등도 고려해야 해서 실현 불가능했을지도 모르지만 20m라면 폐해가 없다.

지도자가 화살을 회수하면 바로 또 꽂아 넣는다.

기계처럼 같은 동작을 반복한다.

같은 동작, 같은 위치, 그 반복성을 극한까지 올리기만 하면 된다.

누가 몇 점을 따는지는 개의치 않고, 나는 그저 남은 네 개의 화살을 정중앙에 계속해서 꽂았다.

58대57. 승리를 내 것으로 만들었다.

박빙의 승부를 펼친 아마사와로부터도 힘찬 박수를 받았다.

"역시 선배예요. 아쉽지만 제가 졌어요."

"이래저래 규칙 덕을 봤어. 과녁이 가까웠던 것도 있지만, 정식 규칙에 교대로 쐈다면 누가 이겨도 이상하지 않아."

57점이 확정된 시점에서 아마사와는 더 이상 손쓸 도리가 없다.

그저 내 결과에 맡기는 수밖에 없으니.

"혹시 몰라서 압박했는데 하나도 효과가 없었나요."

주위의 잡다한 요소는 전부 차단했기 때문에 그건 몰랐는데.

"어제 게임 말고 양궁 연습을 따로 하신 건 아니죠?"

"밤에 해설 동영상은 봤지."

양궁뿐 아니라 합숙에 와서 체험한 것 전부, 말이지만.

"그렇게 해서 결과를 내다니 대단하시네요. 나구모 선배한테 혼날지도 모르겠어요."

졌어도 57점을 쏜 아마사와를 나구모가 비난하진 못하겠지.

멀리서 지켜보던 이부키가 대놓고 시시하다는 투로 시선을 피했다.

호리키타도 야나기를 상대로 승리를 거뒀지만, 아마사와는 졌음에도 압도적으로 높은 점수를 쏘았고 그런 아마사와를 내가 이겼으니, 하나도 재미없을 것이다.

"무난했나. 아니 진짜 엄청난 안정감이었어……."

자기 반에 보고하러 돌아간 아마사와를 본 후 하시모토가 감탄했다.

"그래도 상대는 역시 강했네."

나구모 그룹 대 키류인 그룹의 양궁 대결은 1승 4패로 지는 결과로 끝났다.

"그러니까요. 역시 우승 후보다워요. 싸우는 보람이 있었던 강적이었어요. 그래도 아쉬워요."

낼 수 있는 힘은 다 냈다. 그렇게 만족하는 옆모습을 보여주는 모리시타였다.

여담이지만, 이 게임에서 유일하게 총 6점을 쏴서 대패한 사람이 바로 이 모리시타다.

4

그렇게 총 19번의 리그전이 끝났다.

키류인 그룹의 최종 성적은 19전 15승 4패. 내 개인 성적은 17승 2패.

최종 순위 4위로 정말 열심히 했다고 말할 수 있겠다.

그리고 처음부터 우승 후보였던 나구모 그룹은 18승 1패로 1위.

1패는 마지막까지 운이라는 요소를 잘 피해 오다가 끝에 고른 카드 게임에서 지금까지 3승 밖에 못 한 그룹에 진 것이었는데, 참으로 그때그때의 운을 실감하게 하는 마무리였다.

사람들이 다 사라지고 찾아온 휴식 시간.

지금 이 공간에는 나와 나구모 둘밖에 없다.

"2패까지 허용했던 게 나구모 선배의 패인이네요."

"정말 그래. 라고 말하고 싶지만, 12전 이상 참가해서 2패 이하인 놈이 너 말고는 한 사람도 없는 이상, 그 부분을 트집 잡는 건 잘못이겠지."

각 그룹의 리더로부터 언제든지 자세한 정보를 빼낼 수 있는 나구모는 모든 게임의 개인 성적도 파악하고 있는 듯했다. 보기와 다르게 세세한 부분까지 잘 보고 있다.

"제일 잘하는 아마사와를 깔끔하게 저한테 붙인 건 역시 대단했어요."

"웃기지 마. 일부러 세 번째 주자로 나선 거지? 나랑 붙었을 때 조금이라도 납득할 수 있게 차린 밥상인 게 눈에 뻔히 보이던데."

"선배를 조금은 치켜세워 드리려는 후배의 마음을 있는 그대로 받아들이시면 좋겠는데요."

"그럼 더 잘 말해라. 부추기는 소리로밖에 안 들리거든."

그렇군……. 정말 좀 더 자연스럽고 능숙하게 말했어야 했는지도.

"개인 대결은 겨우 아마사와를 이겼지만, 그룹전이라는 관점에서는 정말 완패했어요. 저희 그룹도 다들 진지하게 했는데, 분명 모두 높은 수준으로 게임 했다는 걸 잘 알 수 있었던 시합 전개였습니다."

철저하게 3일 동안 그룹 멤버들에게 경험을 쌓게 했던 것이 우승과 직결했다.

"이기기로 결심했으면 무조건 이기게 해야지. 당연하잖

아. 뭐, 피차 카드 게임은 보기 좋게 당했지만."

"정말요."

굳이 올 필요도 없는 교류회에 얼굴을 내밀었고, 굳이 경비까지 부담하며 실현한 대결. 승패를 따지기 이전에 나구모로서는 납득이 가는 내용이었다고 도저히 생각할 수 없다.

"만약 너와 내가 처음부터 그룹 성적으로 승부를 겨뤘다면 어떻게 됐을 것 같아?"

"결과를 알고 대답하자면 제가 그룹을 이끌었어도 못 이겼겠죠."

솔직하게 패배를 인정했다.

"그럴까? 너라면 이래저래 뒤에서 움직여서 그룹을 더욱 반석에 올리고 탄탄하게 앞으로 나아갔을 수도 있지 않을까?"

하지만 내 패배 선언을 나보다 더 믿지 않는 사람이 바로 앞에 있는 이 남자였다.

"아무것도 안 했는데 그룹이 15승을 했으니 잘됐지만, 다른 걸 가지러 가는 길도 있지 않았어? 아니면 나를 상대로는 진지하게 할 마음이 안 들던가?"

"그런 것과는 상관없어요. 지는 게임을 매수해서 이기려고 해봐야 나구모 선배가 진심으로 나왔다면 매수로 되갚거나 아니면 미리 못하게 막았겠죠. 3학년 전체를 장악하셨으니 그 정도쯤이야 식은 죽 먹기 아니겠어요."

내가 물밑 작업을 한다면 나구모도 당연히 눈치채고 똑같이 물밑 작업에 들어갈 것이다.

자금력 대결은 내가 아무리 용을 써도 이길 수 없는 부분이다.

"만약 세 번 매수에 성공했다고 해도 17번째 게임인 양궁에서 결국 막혔겠죠."

"그것도 진심으로 하는 소리로는 안 들리네."

"뭐── 꼭 이기라고 말한다면 호리키타나 요스케 같은 애들을 포섭해서 제가 이기도록 과녁에서 빗나가게 했을지도 모르지만."

성실한 학생들이지만, 이유에 따라서는 내 편이 되어줄 것이다.

나구모가 설령 계약을 통해 진지하게 하겠다는 확답을 받았더라도 어차피 과녁을 꼭 명중할 수 있다는 보장이 없는 이상에는 그런 쪽으로 배신해도 추궁할 수 없다.

"그렇겠지."

"하지만 전부 내다볼 수 있는 나구모 선배라면 멤버를 바꿨겠죠."

내가 교섭할 수 없는 학생을 고르는 것은 당연한 흐름이다.

"그럼 어떻게 했을 거야── 아니다. 더는 무의미하고 쓸데없는 얘기인가."

허무함을 느낀 나구모가 그렇게 말하며 스스로 이야기

를 매듭지었다.

현실적으로 이건 그냥 교류회.

학교 측도 인정한, 긴장할 필요 없는 체험 학습에 불과하다.

거금을 투입할 만한 것도, 물밑 작업을 해야 하는 것도 아니다.

이런 수읽기는 어차피 공상일 뿐이지 실현하지 않은 것이다.

"저는 진지하게 체험 학습을 즐겼어요. 제대로 된 대결을 실현할 수 없다면 적어도 있는 그대로의 모습을 보여드리는 게 예의 같아서."

나구모는 계속 내 실력을 알고 싶어 했다.

그러니 어떤 형태가 됐든, 쓸데없는 공작 없는 내 진짜 모습을 어느 정도는 피부로 느낄 수 있지 않았을까. 모든 게임에 타카하시 등 나구모 그룹의 학생이 붙어 있었으니까.

그 모습도 동영상으로 촬영해 확인했을 것이다.

"그래. 특히 양궁은 볼만했어. 솜씨가 쓸데없이 정교했다는 사실만은 잘 알았지."

"이런 방식을 나구모 선배가 납득할지 어떨지는 잘 모르겠지만요."

"납득이라. 납득할 리 없잖아."

어이없다는 듯 웃은 나구모가 고개를 갸우뚱거렸다.

"그런데 너도 꽤 말이 많아졌고 말발도 세졌네."

"선배 복이 있어서 잘 공부했죠."

나구모는 스마트폰을 꺼내 화면을 눌렀다.

"네가 이겼는데 쪼잔하게 굴 생각은 없어. 돈 입금했다. 확인해."

"그 부분은 믿어요. 그보다도 괜찮겠어요? 3학년을 구제할 자금원인데."

"내가 A반 자리에 얼마나 오래 군림했다고 생각하는 거야? 내 개인 자금만도 수백만은 여유가 있어. 그 일부에서 떼서 줬는데 뭐가 문제야."

스마트폰을 넣으면서 그렇게 대답한 나구모가 밖을 보았다.

"여기 와서 너한테 한 말, 기억나? 대학 진학 이야기."

"물론이죠."

"너한테 권한 건 의외로 진심이었어. 대학에서는 고도 육성에서처럼 화려한 승부는 못 펼치겠지만, 오히려 어깨를 나란히 하고 이것저것 해볼 기회도 늘어나지. 안 그래?"

"그럴지도 모르죠."

"괜찮다면 나와 같은 대학에 와라. 시시한 네 성격도 좀 더 나아지게 해줄게."

"기억해 두겠습니다."

그렇게 말한 후 나구모는 스쳐 지나가면서 부드럽게 내 오른쪽 어깨를 쳤다.

"그럼 또 보자."

"졸업을 앞둔 나구모 선배에게 한 가지 전언을 부탁드려도 될까요."

"뭐? 전언? 설마 호리키타 선배한테?"

"그것도 나쁘진 않은데, 아니에요."

걸음을 멈춘 나구모에게 나는 어떤 인물에게 하는 전언을 남겼다.

다 들은 나구모는 아직 완전히 믿지는 않는 눈치였지만, 얼렁뚱땅 넘기지 않고 끝까지 귀 기울여 주었다.

"이상한 전언이네."

"전해주실 수 있으면요. 그런 다음에 어떤 결정을 내릴지는 상대에게 맡길 겁니다."

"잘 들었는데, 너 나름으로 내게 주는 이별 선물인가? 입 다물면 어떤 결과가 나올지 모르잖아. 내가 이대로 A반으로 졸업하는 걸 좋게 생각하지 않는 사람도 있어."

"적어도 저는 선배가 A반으로 졸업하기에 충분한 공적을 남겼고 자격을 갖췄다고 생각해요."

그게 나구모에게 전언을 맡긴 이유다.

"내가 한발 앞서 호리키타 선배가 있는 곳에서 제2라운드를 시작하도록 하지."

내키면 너도 와라.

그런 선배의 메시지가 담긴 마지막 한마디였다.

○모두 잠든 밤

소등 시각도 지나고 밤 11시가 넘었다.

방 안에 있는 아무도 아직 자지 않고, 조용히 대화를 나누거나 스마트폰을 들여다보며 시간을 보내고 있었다. 합숙이 시작된 직후에는 낯선 멤버들이라 어딘지 불편하기도 했지만, 지금은 그런 공기도 다 어디로 가버렸는지 전혀 의식하지 않았다.

하시모토와 오다, 후배들의 대화에 종종 끼거나 맞장구도 쳐가면서 패치워크 동영상을 보고 있는데 스마트폰이 한 차례 진동했다.

『아직 안 자요?』

그런 히요리의 메시지가 화면 상단에 떴다.

『응. 남자들은 아직 다들 안 자고 있으니까 너무 신경 안 써도 돼.』

계속 메시지를 보내기 쉽도록 그런 말을 전했다.

『감사해요. 실은 아까 야마무라 씨가 보이지 않는 걸 알게 돼서.』

야마무라가 없다고? 소등 시간이 지난 후에는 방에서 나가는 것이 원칙적으로 금지다.

『밖에 나갔다는 거지? 스마트폰은?』

『방에 두고 간 것 같아요. 지금 찾으러 갈까 말까 망설이는 중인데…… 아야노코지 군에게 도움을 청할 수 없을까 하고』

  아마도 히요리는 빈말이라도 이런 것에 서툴겠지. 게다가 몰래 다닐 자신이 없다면 순찰하는 교사에게 바로 들키는 게 뻔한 결말이다.

  나에게 도움을 청한 건 정답이었다고 할 수 있다.

  이제 곧 합숙도 끝이 나지만, 야마무라는 내버려 두지 않는 편이 나아 보인다.

  어제 카드 게임 때도 표정이 꽤 어두웠다.

  그 이유로 짐작 가는 구석도 있다. 지금은 빨리 찾으러 나서는 게 좋겠지.

『알았어. 내가 찾아보고 올 테니까 히요리는 방에서 기다려 줘. 야마무라가 방에 돌아오면 확인이 필요하니까.』

  나가지 않고 방에 남아 있는 게 더 도움이 된다고 하자 귀여운 동물 스탬프로 『고마워요』라는 답장이 돌아왔다.

  "나 잠깐만 나갔다 올게."

  "엥? 야, 소등 시간 지났는데? 들키면 혼나."

  "찾을 게 있어서. 최대한 안 들키고 돌아올게. 혹시 들키면 같이 혼나주라."

  그렇게 대답하자 하시모토 무리는 강하게 말리지 않고 오히려 재미있겠다는 듯 흔쾌히 보내주었다.

  복도는 당연히 불이 꺼져 있어서 캄캄했고 정적에 휩싸여 있었다.

자…… 우선 어디를 찾아볼까.

정처 없이 돌아 다녀봐야 효율적이지 않겠지.

기본 규칙을 깨는 스타일이 아닌 듯한 야마무라가 방을 빠져나갔다면 두 가지 패턴을 짐작해 볼 수 있다. 누가 불렀거나, 자기 발로 나갔거나. 하지만 이번 같은 경우에는 스마트폰을 두고 간 것을 보아 전자일 가능성은 상당히 낮다.

자기 발로 나간 것으로 한정하고 사고를 확장해 본다.

다음으로 생각할 문제는 왜 소등 시간이 지나고 나갔는지, 나중으로 미룰 수 없었는지다.

늦은 밤이 되면 주위의 정적과 대조적으로 머릿속에 온갖 잡념이 밀어닥친다.

그런 생각으로부터 도망치고 싶어지기도 하겠지.

그리고 그때 마음 편히 있을 수 있는 공간을 무의식적으로 찾아가도 이상하지 않다.

야마무라 미키라는 학생의 사고가 도달할 결론. 그곳을 도출하면——.

나는 소리 죽여 로비로 나갔다.

그 직후 인기척을 느끼고 어둠 속에 몸을 숨겼다.

순찰하는 교사가 마침 손전등을 들고 이 주변을 다니고 있는 듯했다.

시야는 어둡지만 어디를 비추고 있는지는 불빛을 보면 쉽게 알 수 있다.

주위를 꼼꼼히 밝히면서 방을 탈주한 위반 학생을 찾는

느낌은 아니었다.

어디까지나 업무의 일환으로, 좌우지간 의무적인 몸놀림이다.

그래서 그냥 지나치기 아주 쉬웠고, 조금 기다리기만 했을 뿐인데 이내 로비에서 인기척이 사라졌다. 식당 쪽을 살피러 간 듯하다.

루트를 생각해 보면 그 후에는 학생들의 방이나 체험 교실 중 한쪽으로 가겠지.

잠깐의 유예. 그 틈에 나는 머뭇거림 없이 자판기가 있는 곳으로 향했다.

확률이 높다고 보긴 했는데, 바로 답을 채점할 수 있었다.

한 소녀가 쭈그려 앉은 것도 아니고 자판기에 등을 기댄 채 고개를 푹 숙이고 있었다.

복도가 쌀쌀해서 몸을 녹이고 있다——라고 보는 건 아무래도 과한 짐작일까. 언젠가 알아차릴지도 모른다고 생각했는데, 기다려도 나를 알아볼 기색이 보이지 않았다.

뭔가를 떠올리며 표정을 바꾼다거나 한숨을 쉰다거나, 그런 모습도 아니었다.

그저 하염없이 바닥만 응시하면서, 미동도 하지 않았다.

"선생님들도 이런 데 학생이 있다고는 생각 못 하겠지."

계속 보고 있을 수도 없어서 말을 걸기로 결심했다.

"앗…… 엣?!"

흠칫 놀란 야마무라가 내 쪽으로 고개를 들었다.

눈에 공포가 어려 있다가 상대가 나라는 걸 알고 바로 사라졌다.

"왜, 왜왜왜, 여기에……?"

"들키면 혼나잖아. 그전에 데리고 돌아가려고."

"안 들킬 자신…… 있었는데…… 아야노코지 군한테 들켰으니 그런 변명도 못 하겠네요……."

하긴 야마무라라면 교사의 감시를 잘 피해서 방에 돌아갈 수 있을 것 같다.

"……제가 방에 없는걸, 어떻게…… 알았어요?"

"특별한 얘깃거리는 없어. 그냥 네가 없다는 걸 히요리가 알아차리고 나한테 말해줬어. 걱정하더라."

"죄송해요…… 그게, 혼자 좀 있고 싶어서……."

"방을 같이 쓰면 억지로 화장실에 틀어박히기라도 하지 않는 한 혼자 못 있긴 하지."

이해한다고 말하자 살짝 머리를 앞으로 숙이며 수긍했다.

"조금만 더 여기, 이렇게 있으면 안 될까요……?"

"꼭 자판기 옆이어야 해?"

"네. 자판기에서 나는 소리를 듣고 있으면 늘 마음속의 쓸데없는 소리가 사라지거든요……."

이런 행동이 야마무라에게는 자신을 지키기 위해 언제나 하는 방식인가 보다.

"그럼 여기밖엔 없나. 그래서? 그 쓸데없는 소리인지 뭔지는 사라졌어?"

"어, 어째서 그런 걸…… 물어보는 거예요?"

"해소도 안 됐는데 데리고 돌아가 봐야 또 빠져나올지도 모르잖아. 그리고―― 이런 말 미안하지만, 별로 효과 있는 것처럼 보이지 않아서."

"원래라면 금방 사라져서 해결되거든요……. 원래라면 요……."

그러니까 지금은 아니라는 뜻이다. 야마무라의 침울한 표정을 봐도 심각하다는 것을 알 수 있었다.

"무슨 고민이 있으면 나한테 말해도 돼."

"……아니에요. 괜찮아요."

"정말? 벌써 5분 가까이 여기서 널 지켜봤는데 전혀 괜찮아 보이지 않던데."

"5, 5분이나?! 말이에요……?!"

"미안한데 5분은 거짓말이야. 30초 정도."

아무렇게나 말한 시간인데 의심하지 않았다는 부분에서 정말 주변이 하나도 눈에 들어오지 않았던 게 사실이리라.

"다른 사람한테 마음속 고민을 털어놓는 걸 안 좋아해?"

"좋고 싫고의 문제가 아니라 애초에…… 그런 경험이 없어서……."

많이 말하지 않아도 야마무라의 반생을 상상하기란 어렵지 않았다.

어릴 때부터 혼자 있는 시간이 많았고, 입을 여는 것보다 닫고 있는 시간이 길었겠지.

환경과 상황은 크게 다르지만 나와 비슷했음을 엿볼 수 있었다.

"나도 기본적으로는 말을 잘 못하는 편이야. 어떤 사소한 문제가 생겨도 혼자 끌어안거나 해결하려고 하는 스타일이지. 그래서 누군가에게 힘든 일을 털어놓고 의논할 기회도 적어."

"아야노코지 군도요? 하지만 제가 보기엔…… 평범한 것 같은데요. 친구도 많아 보이고, 시이나 씨도 그렇고요. 밝고, 귀엽고…… 부러워요……."

지금 모습만 봐서는 그렇게 느껴도 무리는 아닌가.

하지만 누구나 지금과는 다른 미숙한 일면이 과거에 있기 마련이다.

"재작년 초반쯤에, 내가 어떤 느낌이었는지 알아?"

그때는 아직 사카야나기에게도 협력하지 않았을 테니 알 리 없을 것이다.

"……듣고 보니…… 전혀 모르겠어요."

"그렇지? 그러니까 불특정다수의 인상에 남을 만한 학생이 아니었다는 것만은 분명해. 다행히 활기찬 반 애들이 잘 끌어줘서 어느 정도의 관계는 구축할 수 있었지만 내가 스스로 한 게 아니야."

"그런데 지금은 어떻게 그렇게 될 수 있었어요?"

"뭐가 되는 것처럼 말할 만큼 지금도 주위와의 관계가 막 좋은 건 아니야. 다만 적어도 지난 2년 동안 조금씩 거릴 좁혀보려고 노력하기 시작한 게 영향이 있었겠지. 하고 싶은 말을 할 수 있게 된 게 그 무렵부터야."

야마무라는 아직 그걸 이해할 수 없을 것이다.

"저는—— 아마도 두려운 것 같아요. 제 생각을 말하는 게요. 그리고 제 말이 의도치 않은 형태로 퍼져 나가는 게요. 그게 알려지는 게 무서워서……."

지금까지 야마무라의 스타일은 그 반대였을 테니까.

남의 생각을 뒤에서 주워듣고 제삼자에게 전달하는 일.

아는 측에서 알려지는 측이 되는 것에 강한 저항감을 느껴도 무리는 아니다.

"억지로 강요는 안 해. 자기가 판단하면 되는 거야."

너무 의식하지 않을 정도로 거리를 둔 나는 천천히 자판기 앞에 앉았다.

등에 느껴지는 자판기의 미세한 진동 그리고 들려오는 팬 소리.

고독이 두려운 건 야마무라만이 아니다.

요스케도 케이도, 류엔도 사카야나기라도, 그 이외의 다른 학생들도 인간의 본질은 똑같다.

고독을 견디지 못하고 혼자서는 살아갈 수 없다.

그렇기에 아무런 대가를 바라지 않고 다가와 주는 존재가 소중한 것이다.

나에게는 해당하지 않는다고 느끼면서도 그게 하나의 답임은 이해하고 있다.

내포하는 모순.

아니, 지금은 그런 사실 같은 건 아무래도 상관없나.

앞에 있는 야마무라는 바보가 아니다.

고독을 원하는 것도 아니고, 고독이 옳다고 생각하지도 않는다.

구원의 손길을 잘 내밀어 줄 사람만 곁에 있다면 잘못할 일도 없다.

"──들어, 주실래요?"

적의가 없다는 것을 안 야마무라가 혼자 품고 있던 고민을 꺼내놓기 시작했다.

"저번 특별시험이 끝난 이후부터 제 마음속에 한 가지 의문이 생겼어요⋯⋯."

생존과 탈락의 특별시험 때 A반에 일어난 사건의 상세한 내용이었다.

패배가 확정되고 퇴학자를 가려야 하는 상황 속에서 사카야나기는 제비뽑기를 선택했다. 어떤 방법으로 정하든 찬성과 반대라는 양쪽 주장이 일어나는 건 피할 수 없다.

모두의 능력이 같지 않은 이상, 지목이나 가위바위보를 하더라도 반드시 불만을 느끼는 사람이 나온다.

사카야나기의 눈에는 자신을 제외한 학생들이 모두 똑같은 수준으로 보일 테니, 제비뽑기는 그녀로서는 가장 평등에 가까운 결정이었으리라.

하지만 지금은 그게 악수였음을 본인도 깨달았을 것이다.

주위의 미움을 사더라도 자기한테 유리한 인재를 남겨 뒀어야 했다.

만약 카무로가 남았다면 사카야나기의 약점이 노출될 일은 없었겠지.

하지만 상처 입은 것은 사카야나기만이 아니었다.

여기 있는 야마무라는 제비뽑기에서 최후의 2인, 생과 사를 가르는 저울의 다른 쪽 접시 위에 있었다.

"제가 제비뽑기를 망설이니까 사카야나기 씨가 제비뽑기를 그만두라고 말했었어요. 제비를 뽑을 용기가 없다면 그건 기권이나 마찬가지…… 라면서."

시간을 오래 끌며 제비뽑기를 거부한다면 과연 탈락자로 선택되어도 무리는 아니다.

하지만 장고라고 말하기에는 너무 이른 판단이었다고 야마무라는 느꼈다.

"사카야나기가 카무로를 중요하게 여겨서 너를 버리려고 한 건가?"

야마무라는 조용히 고개를 끄덕였다. 단순한 예상이 아니라 확신이었다.

"그 순간의 사카야나기 씨로부터, 제가 퇴학했으면 좋겠다는, 그런 느낌을 강하게 받았어요."

그리고 이렇게 말을 이었다.

"어쩔 수 없다는 건 저도 알아요. 적어도, 저와 카무로 씨를 비교하면 그 가치는 확연히 드러나니까. 저만 특별히 대해주길 바란 적 없어요. 친구로 여겨주길 바랐다면서, 욕심부릴 생각도 없었어요. 하지만…… 저라는 존재는 한순간에 내쳐도 될 정도에 불과했다는 게, 그게 충격이었어요……. 가치 있는 인간이라고 저를 써놓고…… 말이에요."

줄곧 혼자였던 야마무라를 사카야나기는 찾아내 주고 그녀의 능력을 높이 샀다. 하지만 카무로와 저울에 달아보니 대결조차 안 될 만큼 큰 차이가 있었다는 걸 알아버렸다는 얘기다.

결국 카무로가 선택받을 것은 각오했지만, 그래도 고민은 하리라고 생각했다.

자신을 비하하는 야마무라의 자그마한 소망은 무자비하게도 이루어지지 않았다.

"물론 사카야나기한테 카무로와 야마무라는 차이가 있을지 몰라. 하지만 야마무라를 아무래도 좋다고 생각하는지 아닌지, 그건 다른 문제 아닐까?"

"……그렇게 믿고 싶어요. 하지만……."

그날 이후로 사카야나기가 찾지도 않았겠지.

그래서 쭉 혼자 자문자답하고 있었던 게 틀림없다.

"이번 합숙 내내 사카야나기 씨를 만나보려고 했어요. 하지만 역시 용기가 나지 않아서, 말을 걸 수 없어서……."

몇 번인가 모습을 발견하긴 했지만 결국에는 말을 걸지 못한 모양이었다.

평소에 누가 말 걸어주기만을 기다리는 야마무라로서는

난도가 아주 높았으리라.

"그녀의 주위에 생각했던 것보다 훨씬 많은 사람이 붙어 있더라고요. 그중에서 토키토 군이 문제에 휘말리기도 하고…… 힘들어 보였어요."

야마무라가 알려주었다. 패기가 사라진 사카야나기에게 토키토가 손을 내밀려고 했다는 사실을.

그러다 그 장면을 들켜서 체험 교실에 불려 나가 추궁당했다고.

"결과적으로 토키토 군은…… 류엔 무리의 힘에 눌리고 위협당했어요."

학년말 시험을 앞두고 마음이 급한 류엔 측으로서는 적절한 판단이겠지.

앞으로 싸울 상대가 뜻밖에 약해져 있다면 돕지 말고 방치하거나 더 약하게 만들어야 한다. 너무 과격했다는 점은 무시할 수 없지만.

그만큼 안테나를 바짝 세우고, 다음 학년말 시험에 만전의 태세로 임할 작정인 듯하다.

학년말 시험에서 사카야나기와의 대결이 확정된 류엔의 입장에서는 자극을 줘서 재기하게 만들고 싶지 않은 거야 당연한 흐름이다.

생각지 못한 패배에 발목 잡힌 상황을 이용하려고 안간힘을 쓰고 있다.

바꿔 말하면 그만큼 사카야나기가 약점 없고 방심할 수

없는 상대임을 인정한다는 증거다.

이 흐름 속에서 토키토를 빨리 숙청할 수 있을 줄 알았는데, 마침 그때 토키토와 같은 그룹인 호우센과 우토미야가 끼어들면서 하마터면 난투극으로 번질 뻔했었다고 알려주었다. 결과적으로는 시끄러운 소리를 들은 학생들이 갑자기 등장하는 바람에 해산했고 조용히 무마되었다고 한다.

"그런데 진짜 대단하다. 처음부터 끝까지 다 봤는데 아무한테도 안 들켰다는 게."

"그것밖에 할 수 있는 게 없어서……."

희미한 존재감을 이용해 정보를 수집하는 역할은 야마무라야말로 적임자 같다.

일찌감치 그 능력을 찾아내 이용한 사카야나기의 수완이 새삼 대단하군.

이번에 야마무라가 그 현장을 목격할 수 있었던 건 그녀가 사카야나기를 신경 쓰고 있었기 때문이다.

과연 사카야나기는 지금 한창 내리막에 있다.

"넌 어떻게 하고 싶은데."

"네……?"

"같은 반으로서, 그리고 사카야나기에게 버림받을 뻔하고 나서, 지금 너는 어떻게 하고 싶어?"

"저, 는……."

"네 마음을 들려주면 좋겠다."

"두 가지…… 배부른 소리 같지만, 원하는 건 두 가지예요. 하나는…… 그때 저를 어떻게 생각했는지 그리고 지금은 어떻게 생각하는지, 그걸 알고 싶어요."

"다른 하나는?"

"……그래도 ……사카야나기 씨에게 패배는, 어울리지 않는다고, 생각해요……. 이대로 학년말 시험을 치러 힘들어하는 모습을, 보고 싶지는 않은……. 이겼으면 좋겠다는 생각이 들어요."

자신이 A반에 있으니까 이겼으면 좋겠다, 그런 개인적인 이해타산은 조금도 없고 그저 순수한 마음으로 한 학생을 염려하는 야마무라의 모습이 거기에 있었다.

"그래── 그렇구나."

조금만 더, 사카야나기에게 도움이 필요할지도 모른다. 그것도 빨리.

"그 마음을 전해봐도 되지 않을까? 그 누구에게도 너의 행동을 비난할 권리는 없어."

"만약…… 만약에…… 제 이야기를 들으려고도 안 하면……?"

"그땐, 그래. 어느 자판기 사이에라도 끼어 앉아 고민 상담에 응해줄게."

그렇게 말하자 야마무라는 조금 부끄러운 듯 자판기를 바라보면서 고개를 끄덕였다.

1

합숙 4일 차로 접어든 새벽 1시 전.

소등 시각이 한참 지난 무렵, 나구모는 혼자 조용히 복도를 걷고 있었다.

들키면 다소 주의는 받겠지만, 명확하게 정해진 페널티는 없다.

물론 들켰는데도 방에 돌아가지 않는 등 반항한다면 반드시 그렇다는 보장도 없지만.

리스크를 고려해서 이미 전날까지 다른 학생을 움직여 실제 증명을 마쳤다.

무엇보다 교사들의 순찰도 다음 날이 되는 시점에 끝난다는 사실까지 파악했다.

그래서 나구모는 들킬 걱정을 거의 하지 않았다.

로비 조명이 최소한으로만 켜져 있고, 쭉 늘어선 자판기의 컴프레서 소리만이 거슬리게 귀를 긁는 그런 시간.

사람의 기척은 조금도 느껴지지 않지만, 직감은 작동하고 있다.

바로 앞에 있다, 라고.

"약속대로 와주셨네요."

어둠으로 뒤덮인 식당 안쪽에서 그런 귀여운 목소리가 들려왔다.

"여자가 불러내는 건 지금까지 한 번도 거절한 적 없 거든."

어둠 속에서 입을 열었다.

"으으, 능글맞은 대사. 솔직히 말해서 제가 제일 싫어하 는 스타일이에요."

"안심해. 나도 너 같은 여자는 취향이 아니니까."

코웃음 친 나구모가 양쪽 주머니에 손을 찔러넣은 채 식 당에 발을 들였다.

"그럼 굳이 협박할 필요 없었다는 거네요. 괜한 수고였 나 봐."

눈이 익숙해지자마자 어둠 속에서 여학생이 모습을 드 러냈다.

"아마사와, 그렇게나 나랑 단둘이 있고 싶었냐?"

"전 학생회장이랑 둘만 있을 수 있는 기회, 그리 많지 않 잖아요?"

"일단 확인해 두고 싶은데, 만약 내가 안 왔으면 어쩔 생 각이었지?"

"그야 당연히 나구모 선배한테 소중한 아사히나 선배를 지근지근 밟아줬겠죠."

미소 지으며 대답하는 아마사와의 표정을 본다면 사람 들 대부분은 농담이라며 웃어넘기겠지.

나구모 역시 입꼬리를 올렸다. 하지만 눈은 웃지 않았 고, 눈앞에 있는 1학년이 진심으로 실행에 옮기리라고 확신했다.

"아야노코지랑 붙은 양궁에서 실력을 보여준 것도 협박 재료로 효과를 발휘하게 하려고 그런 거지?"

"네, 뭐. 한다면 하는 아이라는 걸 보여주지 않으면, 모르는 사람은 여자의 협박 따위라면서 가볍게 무시해 버리니까요."

"오케이, 그럼 본론으로 들어갈까. 그래서? 협박까지 해가며 부른 이유가 뭐야?"

"나구모 선배가 아니면 절대 해결 못 하는 문제여서요. 그 이야기를 하려고요."

"교류회 도중에 얼마든지 얘기할 기회가 많았잖아."

그렇게 대답하면서도 나구모는 속으로 정신을 바짝 차렸다.

앞에 있는데도 존재가 희미해, 단순한 여학생이 아니라고 느꼈기 때문이다.

아야노코지와도 닮은 기묘한 분위기를 풍기는 학생.

그리고 양궁에서 엿본, 범상치 않은 실력의 소유자.

그것만으로도 경계하기 충분하다 못해 지나칠 정도였다.

"갑작스럽게 들리겠지만 지금부터 나구모 선배를 많이 다치게 해줄까 생각 중이에요."

"많이 다치게 만들어? 정말 갑작스러운 말이긴 하네."

완전히 뜬금없는 이야기를 꺼내 상대가 동요하는 모습을 즐기려던 아마사와였는데, 나구모는 진심으로 받아들이지 않았는지 황당해하며 웃었다.

"현실미가 너무 없었어요? 아니면 여자한테 질 거란 생각이 안 드나요?"

"글쎄, 어떨까. 둘 다라면 둘 다일지도."

"도망치는 거예요?"

이 상황에서 혹시라도 나구모를 놓치지 않기 위해, 아마사와는 말로써 나구모의 등을 확보했다.

폼 잡기 좋아하는 전 학생회장이 토끼처럼 내빼지 않게 하려는 조치였다.

하지만 나구모는 그런 낌새가 들지 않는, 당당한 태도로 서 있었다.

"일단 이유를 물어봐도 될까?"

"이유요? 음, 그래요. 저의 단순한 화풀이라는 것만 알려 드리죠."

"화풀이라."

"네, 화풀이에요. 자, 괜히 시간 끌었다간 선생님들한테 들킬 거고, 여자한테 당했다는 사실이 창피하지 않다면 나중에 마음대로 학교에 일러바쳐도 되니 이제 시작해도 될까요?"

"혹시 몰라서 확인 하나만 하지. 진심으로 나를 이길 수 있다고 생각하는 거야?"

"아하하, 그 대사, 좀 기다리고 있었어요. 그러면 어디 한번 해 봐요."

"말이야 쉽지만 나한테 아무 이득도 없는데. 화풀이하는 여자를 진짜로 상대해서 때렸다고 하면 그것도 문제고."

"어차피 저항해 봐야 의미 없는데, 가만히 맞고만 있어도 돼요. 그러면 자존심은 잃겠지만 학교의 페널티는 안 받고 끝날 테니 추천할게요."

"퇴학이 두렵지 않나?"

"물론이죠. 퇴학당해 봐야 잃을 것도 없어서요."

"그럼 설득은 불가능한가."

"그렇죠. 저한테는 『가치』 같은 거 하나도 없어서. 요컨대 저는 무적이에요."

나구모는 주머니에서 천천히 두 손을 뺐다.

만약 스마트폰을 손에 쥔다면 그 즉시 아마사와가 달려들어 도움 요청을 막을 것이다.

"스마트폰이라면 안 가져왔어."

"오호……."

살짝 감탄한 아마사와가 천천히 입술을 핥았다.

"녹음이라도 할까 봐 경계했나? 허심탄회하게 대답해, 화풀이인지 뭔지라는 이유를."

"아야노코지 선배랑 손잡고 야가미 타쿠야를 퇴학시켰죠? 그 복수예요."

이래저래 머리를 굴려보던 나구모였는데, 전혀 뜻밖의 이야기에 놀라움을 감추지 못했다.

"야가미? 설마 너, 야가미 여친이었나?"

"그건 아니고, 그런 관계를 뛰어넘은 남매 같은 사이라서."

"그럼 노리는 상대가 잘못되지 않았나? 그 일을 주도한 사람은 내가 아닌데."

"저도 알아요, 그딴 건. 말했잖아요. 이건 단순히 화풀이라고. 유감이지만 제가 아무리 발버둥 쳐봐야 아야노코지 선배한텐 못 이기고, 카루이자와 선배를 흠씬 패거나 퇴학시키는 방법도 생각해 봤는데, 그것도 좀 무서워서."

"무섭다니? 아야노코지가 복수할까 봐? 그 녀석은 카루이자와가 어떻게 되든 신경 안 쓸 거라고 보는데."

"아야노코지 선배한테는 아야노코지 선배의 목적이 있으니까요. 그걸 방해하고 싶지는 않아요."

카루이자와를 퇴학시키면 아야노코지의 계획에 차질이 생긴다.

경우를 아는 사람으로서 그럴 수는 없다고 아마사와는 생각했다.

"나구모 선배 같은 사람은 가장 마지막에 몰락시키는 게 이야기의 결말로 딱 어울려요."

"나한테 어울린다, 라."

만약 평소에 그런 말을 들었다면 나구모는 받아들이지 않고 분노를 느꼈으리라.

하지만 지금은 그런 감정보다도 허무한 감정이 치밀어 올랐다.

더 시간 끌어봐야 소용없다고 생각하고 앞으로 나온 아마사와.

"작년 그리고 재작년, 이 학교에서 언제나 화제의 중심에 있던 건 호리키타 마나부였어."

그런데 갑자기 엉뚱한 이야기를 시작해서 걸음을 멈추었다.

"올해는 아야노코지야. 내가 없는 내년에도 틀림없이 그렇겠지. 나도 분명히 이 학교에 3년 있었는데. 학생회장도 맡았는데. 같은 학년에서는 주목을 모았지만, 아래위로는 전혀 없다고 말해도 좋을 만큼 영향력이 없었어. 이렇게 허무한 일이 또 있을까."

그래서 욱한 마음에 필사적으로 계속 대결을 요청했다.

"난 졸업이 임박해서야 겨우 깨달았어. 호리키타 선배와 아야노코지에게는 잘못이 없다. 그 영역에 도달하지 못한 내 잘못이라는 것을."

그렇기에 몰락하는 게 어울린다는 말을 들어도 화를 낼 수 없었다.

만약 나구모에게 더 강한 힘이 있었더라면.

호리키타, 나구모, 아야노코지의 이름 세 개가 나란히 있었을 것이다.

승부 따위로 결판을 내자고 요구할 필요도 없이 그들과 쌍벽을 이룰 수 있었다는 것을 알았다.

"하지만—— 그것도 본질은 달라. 난 그 상황에도 분명 만족하지 못했겠지."

역시 세 사람이 나란하다면 그 안에서도 우열을 가려 최고가 되고 싶을 것이다.

"그래서 난 승부를 포기하지 않아. 내년에는 또 호리키타 선배와 붙을 거다. 그리고 언젠가는 아야노코지와도 진정한 대결을 펼쳐서 결착을 낼 거야."

아무 상관도 없는 상대, 아마사와여서 솔직해질 수 있었던 부분.

말로는 하지 않았지만, 나구모는 이 상황에 감사했다.

"네가 실행에 옮기기 전에 내가 먼저 너에게 선물을 줄게."

전부 솔직하게 털어놓은 나구모에게 아마사와도 지금까지는 없었던 흥미를 느꼈다.

그래서 가만히 서서 끝까지 경청하고 말았다.

"선물? 저, 관심 없는 남자가 주는 선물은 열어보지도 않고 버리는 스타일인데요."

"그렇군. 그럼 열지 않고 버리면 그걸로 끝이겠지. 어차피 아야노코지의 전언이라서."

"……아야노코지 선배……?"

그 이름을 들으면 싫어도 몸이 굳어 버린다.

"살기 위한 거짓말이라면, 괜히 상처만 늘어나게 될 줄 아세요."

"내 말을 믿을지 말지는 네가 알아서 해. 아야노코지의 전언은 단 한마디, 『너에게는 아직 가치가 있어. 그걸 함부로 버리지 마라』다."

교류회에서 아마사와가 나구모에게 접근한 것은 전부 이 순간의 화풀이를 위해서였다.

아야노코지는 첫날 이미 아마사와의 수상한 점을 눈치 채고 있었다.

츠키시로로부터 미리 모든 정보를 얻었는데도 교류회 규칙을 모르는 것처럼 굴었던 것. 나구모에게 접근한 진짜 이유를 모르게 하려고 한 거짓말 때문에 생긴 모순.

그 전언을 들은 순간, 아마사와는 완전히 전의를 상실 했다.

"이게 단순한 우연인가? 네가 자포자기해서 자기를 『가치 없다』라고 내뱉은 것까지, 마치 다 예견한 듯한 전언인데."

아마사와가 나구모를 노리고 있다는 것, 잃을 게 없다며 폭력적으로 나올 것.

헤어질 때 들은 말들이 정말 나구모의 눈앞에서 벌어졌다.

마음에 안 드는 놈이네. 나구모는 속으로 욕지기를 내뱉 었다.

하지만 어딘지 만족스러운 감정도 아주 조금 싹을 틔웠다.

지금, 아야노코지와 진지하게 붙는 것은 아까운 일이다.

"이제 졸려서 나 먼저 돌아간다. 너도 감기 걸리기 전에 방으로 돌아가."

나구모는 우두커니 선 아마사와에게 그 말을 남기고 식 당을 떠났다.

○내디딜 용기

합숙 4일 차인 일요일. 정든 합숙소와도 오늘로 안녕이다. 10시에는 합숙소를 떠난다.

아마사와와 있을 대결은 조식을 먹기 전인 7시로 세팅되어 있었다.

6시 전에 일어난 나는 아직 어슴푸레한 로비에 와 있었다.

호리키타와 이부키가 방에서 나올 때까지 조금 여유가 있기도 했고, 시간을 보내려고 스마트폰을 보다가, 자는 아이들을 깨울지도 모를 위험을 고려했기 때문이다.

아직 난방을 켠 지 얼마 되지 않았는지 로비의 공기가 싸하고 추웠다.

"보니까 잘 넘어갔나 보군."

적막한 복도에서 나는 혼자 스마트폰 화면을 보며 중얼거렸다. 늦은 밤 도착한 나구모의 메시지에는 『고맙다는 말은 안 한다』라는 한마디만 남겨져 있었다.

만약 아마사와가 폭력을 썼다면 이후의 합숙에서 굉장한 소란이 빚어졌겠지.

잠시 후, 해가 떠오르는 것을 유리창 너머로 바라보고 있는데, 사람이 걸어오는 발소리가 들려왔다.

"역시 일찍 일어나네."

아직 잠이 덜 깬 목소리로 가까이 온 사람은 같은 그룹의 츠바키.

단순한 우연이라기에는 상당한 확률인데———.

"지난 이틀 동안 아야노코지 선배가 아침 일찍 일어났다는 걸 하시모토 선배한테 들어서."

특히 아침 외출은 숨길 수도 없는 일이므로 들었다고 해도 크게 영향이 없다.

츠바키가 특훈을 눈치챘다고 쳐도 아마사와의 귀까지 정보가 흘러 들어갔을 확률은 그리 높지 않다.

"그럼 나를 찾아온 건가?"

"찾았다, 까지는 아니고. 그냥, 있는지 없는지 확인해 보고 싶었을 뿐이랄까."

누구에게나 똑같이 대하는 츠바키이긴 하지만, 나를 보는 눈이 마음에 좀 걸렸다.

"하지만 있으면 얘기가 좀 달라지지."

"나를 만나러 올 이유는 이제 없다고 생각했는데."

"1학년에게만 주어졌던 그 특별시험은 취소됐으니."

나를 퇴학시키는 학생에게 2,000만 프라이빗 포인트가 주어진다.

그것은 츠키시로가 관련된 일이기도 하고, 극히 일부만 아는 신기루 같은 특별시험이 되었다.

"딱히 처음부터 상금 따위는 관심 없었고. 하지만 아쉽기는 하려나. 당당하게 아야노코지 선배를 퇴학시킬 권리가 사라진 건 한스럽달까."

"마음 뒤숭숭해지는 얘기네. 미안한데 츠바키의 원한을 산 행동을 한 기억은 전혀 없어."

다시금 학교생활에서의 접점을 돌이켜 보았지만, 당연히 걸리는 부분이 없었다.

"본인은 깨닫지 못할 때가 많지 않나? 사람이란 자기도 모르게 남의 원한을 사곤 한다는 생각 안 들어?"

츠바키가 하고 싶은 말이 뭔지는 모르는 바가 아니다. 원한을 산다는 걸 알면서 원한을 살 사람이랑 원한을 사는 줄도 모르고 원한을 사는 사람이 다 존재한다는 건 분명한 사실이다.

"농담인지 진심인지 모르겠네."

"여기는 누가 올지도 모르니까 산책 안 할래요?"

"밖이 아직 어두운데."

어렴풋이 밝아오고는 있었지만, 그래도 시야가 나쁘고 꽤 춥다.

"선배만 불편하지 않다면."

"뭐, 상관없나."

어차피 나는 호리키타와 이부키의 마지막 특훈에 함께 하기 위해 밖에 나갈 예정이기도 했고.

그렇게 둘이 로비에서 나와 추운 밖으로 걸어갔다.

"도치기(栃木)현의 산속이면 눈도 꽤 내릴 줄 알았는데 의외로 그렇지도 않네."

"2월은 일교차가 극심하니까. 지난 며칠, 따뜻한 날이 이어지기도 했잖아."

실제로 눈이 아예 없는가 하면 그렇지 않고, 길가에는 적게나마 눈이 아직 남아 있는 곳도 있었다. 이곳 직원의 차에 맺힌 물방울도 살짝 얼어 막을 치고 있을 정도였다.

"선배는 눈, 좋아해?"

"딱히 좋아하지도 싫어하지도 않아. 내리면 내리는 대로, 풍경으로 즐기는 정도랄까. 그러는 츠바키는 눈 좋아해?"

"──좋아한달까. 적어도 선배보다는."

길에 쭈그려 앉아 남은 눈을 손가락 끝으로 살짝 집어 들고 일어났다.

그런 후 손바닥 위에 눈을 올리고 내 앞에 펼쳐 보였다.

"볼래요?"

그 말에 나는 손바닥 위의 눈을 물끄러미 바라보았다.

적은 양이어서 손바닥의 체온에 이내 녹아 없어져 버렸다.

"이 학교에 있으면 바깥세상과 단절되잖아. 내년에 선배가 무사히 졸업하면 제일 먼저 누구를 만나고 싶어?"

"이상한 질문을 하네."

"그럴지도."

나한테 바깥 세계에서 아는 사람 이상인 상대라고는 아버지와 그 주변 관계자들뿐.

그 누구에게도, 만나고 싶다는 일방적 감정 같은 건 느끼지 않는다.

"가족 정도일까."

그래서 지금은 누구에게 말이 전달되어도 놀랄 일이 적고 무난한 대답을 골랐다.

"가족이라……. 그 외에는?"

"딱히. 친한 친구도 별로 없고, 그 정도겠지."

"그렇구나. ……그럼, 하나만 더 이상한 질문을 하고 싶은데."

계속해서 의미가 있는 듯 없는 듯한 질문을 하는 츠바키.

"만약에 아야노코지 선배한테 형이 있는데 그 존재를 부모가 몇 년이나 숨기고 있었다는 걸 몰랐다고 쳐. 그런데 어느 날 갑자기 진짜 가족이라는 얘기를 들으면 그대로 받아들이고 가족으로서 좋아할 수 있어? 물론 100% 한 핏줄이라고 치고."

"어려운 질문이네."

내가 아는 한 나에게는 형제가 없다.

하지만 숨기고 있었다는 설정이므로 실제 가능성으로서는 있을 수 있다.

처음 해보는 생각에 흥미가 일었지만, 그렇다고 해서 엉뚱한 감정까지 나오진 않는다.

만약 그 남자에게 나 말고 또 다른 아들이 있다면……대면했을 때 어떤 생각이 들까.

"아무 생각 안 들지도 몰라. 물론 그쪽 성격과 상황에 크게 좌우되겠지만."

완전히 따로 자랐으니 갑자기 가족으로 받아들이고 대

하기란 힘들 것이다.

"그렇구나. 나도 아마 아야노코지 선배와 비슷한 감정을 느낄 거 같아. 하지만 상대에게 특별한 사정이 있고 슬픈 과거가 있다는 걸 알게 되면 가까이 다가가고 싶은 감정이 생기기 마련이지. 따로 살았던 언니에 대해 더 알고 싶을 거야."

나한테 한 질문에서는 형이라고 했는데 츠바키는 언니로 예를 들었다. 그냥 동성에 빗댔다고 생각하는 게 보통이겠지만, 감정이 많이 실린 것을 보아 자기 경험을 바탕으로 한 이야기처럼 들렸다.

"나는 망설여져. 아야노코지 선배를 이 학교에서——."

그렇게 말하다 말고 츠바키의 시선이 뒤편 건물로 향했다.

약속 시간이 다 되어 호리키타와 이부키가 모습을 드러냈기 때문이다.

그리고 어떻게 된 일인지 쿠시다도 보였다.

"방해가 들어왔네. ……다음에 다시 하는 걸로."

츠바키는 다른 학생에게 이 이야기를 들려줄 생각이 없는지, 추워하며 건물로 돌아갔다.

스쳐 지나갈 때 호리키타 일행을 향해 꾸벅 인사는 했지만 입은 열지 않았다.

"방금 츠바키 맞지? 이런 시간에 무슨 얘기를?"

"우연히 일찍 일어났나 보더라고. 오늘이면 합숙도 끝이고, 그냥 잡담 좀 나눴어. 그보다도 쿠시다는 왜 따라왔는데?"

"여기 있는 이부키가 멍청하게 아마사와 복수전 이야기를 흘려버려서. 멍청하게."

멍청하게를 두 번 강조해 말해서, 얼마나 어리석었는지 어필했다.

"내 잘못 없어! 감언이설로 넘어오게 한 쿠시다 탓이야!"

"이런 걸 돌변이라고 하지."

"시끄러워! 뭐 크게 상관없잖아, 구경꾼이 한두 명쯤 늘어나도."

"그렇게 된 거야. 아마사와랑 싸울 거란 소리를 들으니 궁금하잖아."

"두 사람이 받아들였다면 내가 뭐라고 할 문제는 아니지만, 어느 쪽을 응원할 건데?"

개인적 관심은 그쪽에 있다.

"나야 누가 져도 좋은 느낌?"

문화제 때 아마사와와도 붙었던 모양이니까.

요컨대 어느 쪽이 이기고 지든, 쿠시다로서는 만족할 수 있는 관전이 되는 셈이다.

쿠시다는 이제 보이지 않는 츠바키 쪽으로 몸을 돌렸다.

"아까 츠바키 말인데, 혹시 연애 쪽인가? 전부터 느꼈는데 아야노코지, 의외로 인기가 좀 있는 것 같아."

"그런가?"

츠바키의 목적은 전혀 다를 테지만, 쿠시다는 그쪽으로

오해한 듯했다.

그 말에 동조하듯 호리키타도 입을 열었다.

"그래도 자각 정도는 하지? 카루이자와와도 사귀고 있고."

"그럼 반대로 묻겠는데, 넌 인기를 끌 자신 있어?"

"왜 내가? 난 인기 없어."

"적어도 스도는 호감을 가지고 있잖아."

"그래? 호리키타를? 아하하, 그 바보라면 어울리네."

"스도를 바보 취급하지 마. 지금의 걔는 너보다 몇 배로 똑똑하거든."

"그래도 내 발차기로 넘어뜨릴 수 있어!"

비교 기준을 싸움으로 삼는 이유를 잘 모르겠지만, 진심으로 붙으면 아마 스도가 더 셀 텐데.

"그래도——."

이부키가 나를 아래위로 훑은 다음 목소리에 힘을 실어 말을 내뱉었다.

"얘가 인기 있는 이유, 난 저어어어어어어어어어어어어어어어어어어어어언혀 모르겠는데."

그렇게 『어』를 길게 끄는 녀석은 처음 보았다.

"너도지, 쿠시다."

"어?"

"어? 가 아니지. 그러니까 아야노코지의 장점이 뭔지 모르지? 하고 묻는 거잖아."

"……뭐. 장점이 없는 건 아니지 않아? 주위를 둘러보면 괜찮은 남자가 없다는 건 알 수 있잖아? 그런 어중이떠중이들이랑 비교하면 나아 보이긴 해."

칭찬하는 것 같은데, 아니 아마도 칭찬은 아니겠지.

"내가 보기엔 다 똑같은데……!"

"그럼 이부키가 류엔이랑 아야노코지 중에 한 사람이랑 사귄다면?"

그런 쿠시다의 질문에 이부키는 잠시 침묵했다. 그리고 계속해서 의아한 표정을 지었다.

이윽고 침묵을 깨고 결론을 냈다.

"카레 맛 똥이랑 똥 맛 카레만큼이나 어느 쪽도 못 고르겠는데."

호리키타와 쿠시다가 이부키로부터 슥 거리를 벌려서 휘말리지 않게 피신했다.

누구나 이런 이야기를 큰 소리로 듣고 싶진 않은 법이다.

나는 도망치면 쫓아올 것 같으니까 그냥 제물이 되는 수밖에 없나.

"무슨 비교야, 그건."

일단 꼬집긴 했다.

"무슨은 뭐가 무슨. 말 그대로구만."

어떤 예를 들든 어느 정도는 상관없지만, 방금 한 비교는 좀 상처다.

그러면서 나는 어느 쪽에 해당하는지 생각하다가 말다가.

아니, 둘 다 싫은 건 똑같은데.

하지만―― 하고 지금은 일단 구태여 고민해 본다.

내가 만약 둘 중 하나를 꼭 먹어야 한다면 후자를 고르겠지.

아무리 맛이 그럴싸하더라도 대장균을 대량으로 섭취하는 것은 몹시 위험하다. 반면 후자라면 미각과 후각에 큰 타격은 입지만, 원재료는 어디까지나 카레. 요컨대 인체에 미칠 악영향이 크게 제한적일 터.

다만 후각을 통해 뇌에서 위험하다고 판단할 경우 예상치 못한 건강 피해가 있을 가능성도…….

"뭐야, 아야노코지, 멍하게."

"아무것도 아니야…….."

너무 깊이 생각하니 기분이 가라앉아서 이만 잊어버리기로 한다.

1

오늘은 곧 복수전이 예정되어 있기에 특훈도 워밍업 수준에서 그쳤다.

"할 수 있는 건 다 했어. 이제 실전에서 어디까지 통하는가에 달렸어."

그래서 시간을 요하지 않고 두 사람의 호흡이 차분해졌을 때 입을 열었다.

"그래. 고마워. 네 덕에 가능성이 올라갔을 거야."

정중하게 머리를 숙인 호리키타는 이부키에게도 고맙다고 하라고 재촉했다.

그 말에 따를 생각은 없는지, 딴 데를 쳐다보며 콧방귀 끼는 이부키.

"난 인사 안 해. 언젠가 발차기를 먹이는 게 내 나름의 감사 인사라고 생각하니까."

그런 인사라면 나중에도 받고 싶지 않은데.

"어휴……."

"그럼 난 먼저 돌아갈 테니 힘내라."

"앗? 아야노코지는 안 볼 거야? 완전히 같이 보는 줄 알았는데."

떨어진 곳에서 지켜보던 쿠시다는 계속 같이 있는 줄 알았던 모양이다.

"내가 이 일에 연루되어 있다는 게 드러나면 호리키타와 이부키한테 손해일 뿐이야."

괜히 아마사와가 경계심을 높여버리면 통할지 모를 기습도 통하지 않게 된다.

승률을 1%라도 올리기 위해서는 내가 그 자리에 없는 편이 좋다.

"그렇구나. 그럼 내가 잘 볼게. 스마트폰도 가져왔고."

꼴사나운 장면이 나오면 찍어둬야겠다고 생각하고 있겠지.

쿠시다가 지켜보겠다고 선언했으니 그 역할을 맡기기로

한다.

게다가 나는 오늘 아침에 꼭 해야 할 일이 하나 더 있다.

7시가 되기 조금 전, 당연히 이런 시간에 공원에 오는 학생은 없다.

그렇기에 이곳으로 부른 학생이 벤치에 앉아 내가 오기만을 기다리고 있었다.

"춥잖아. 약속 시간보다 일찍 올 필요는 없었을 텐데."

"신경 쓰지 마세요. 아야노코지 군이 저를 부를 기회는 그리 많지 않으니까요. 기다리는 시간도 즐거웠답니다."

"옆에 앉아도 돼?"

"그러려고 비워뒀지요."

미소 짓는 사카야나기는 여느 때와 다르지 않은 모습으로 나를 맞이했다.

"바로 본론으로 들어갈게. 반려견 놀이터에서 야마무라가 기다리고 있어."

"네? 반려견 놀이터? 야마무라 씨? 그게 다 무슨 소리예요?"

"야마무라의 이름이 나올 줄은 상상도 못 했어?"

"교류회에서 그녀와 같은 그룹이었죠? 무슨 문제라도 일으켰나요?"

사카야나기가 모르는 척하면서 적당한 이유를 생각해냈다.

"잘 알고 있네. 야마무라와 내가 같은 그룹인 걸."

"그 말은 의외네요. 우리 반 학생이 어느 그룹에 속했는 지는 버스에 탔을 때 당연히 다 파악을 마쳤는걸요. 이번 에 저는 철저히 지켜보기만 하고 교류회에 일절 관여하지 않았지만."

물론 사카야나기가 반 아이들의 모든 그룹을 다 파악하 고 있다는 것 정도는 알고 있다.

그래서 다음 말을 하면 사카야나기는 일체 발뺌할 수 없 게 된다.

"합숙 이튿날, 로비에서 얘기 나눴을 때 네가 한 말 기억 해? 『하시모토 군과 모리시타 씨가 같은 그룹이었죠. 하시 모토 군은 상태가 어떤가요?』라고 말했었지. 네가 자부하 듯 A반 학생이 어느 그룹에 속했는지 절대 놓치지 않아. 그런데 왜 그때 야마무라의 이름은 언급 안 했어?"

사카야나기가 무의식중에 야마무라의 화제를 피했다는 것을 증명한다.

"그건——."

뭐라고 변명해도 『피했다』라는 결론은 왜곡할 수 없다.

"……그러, 네요. 그때의 제가 야마무라 씨의 이름을 꺼 내지 않았다는 건 인정할게요. 하지만 아야노코지 군과 상 관없는 일 아닌지?"

"그야 상관은 없지. 지금 내가 하려고 하는 일은 쓸데없 는 오지랖이지."

그러나 나는 계속했다. 사카야나기는 전부 알고 있으므로 에둘러 포장하지 않았다.

　"넌 카무로를 잃었어. 그리고 동시에 마음도 의탁했지. 하지만 그렇게 해서 전부 원래대로 제자리를 찾은 건 아니야. 곁에 둘 사람을 고르는 것조차 아직 못 끝낸 거 아니야?"

　옆에 앉은 사카야나기의 입술 사이로 하얀 숨이 새어 나왔다.

　"아직 못 정한 건 사실인데, 설마 그 역할을 야마무라 씨에게 주라는 말인가요?"

　"그건 아니야. 사람한테는 맞는 일과 안 맞는 일이 있으니까."

　당당한 모습으로 사카야나기를 돕는 야마무라의 모습이 쉬이 상상이 가지 않았다.

　"생존과 탈락의 특별시험. 아직 거기에 붙잡혀 있는 학생도 있어."

　"……그게 저와 야마무라 씨라는?"

　"그래. 야마무라는 너와 처지가 다르지만, 여전히 그 자리에서 계속 괴로워하고 있어."

　생존과 탈락의 특별시험을 아직 마치지 못한 두 사람.

　사카야나기가 A반의 빛이라면 야마무라는 그림자.

　분리할 수 없는 불가분의 관계성에 있다고 말해도 되리라.

　"너도 마음에 그게 계속 걸린다면 이제 그만 풀어야 해."

　"……이상한 말씀을 하시네요, 아야노코지 군."

"이상한 말?"

"당신은 이제부터 방관하실 줄 알았는데요. 너무 과하게 베푸는 게 아닌지?"

"그래. 나도 앞으로는 철저하게 방관해야겠다고 조금 전까지 생각했었지."

사카야나기에게는 더 이상의 도움이 필요 없다.

혼자 힘으로 일어서기를 기다리면 된다고.

하지만 상황은 하시모토가 배신하기로 결심한 특별시험 전부터 크게 변화하기 시작했다.

그래서 지금은 자신에게 필요하다고 생각하는 일을 하고 있다.

"딱히 네가 야마무라와 어떻게 했으면 좋겠다는, 그런 바람은 조금도 없어. 거리를 좁히든 벌리든, 또는 아예 결별하든 자유야. 다만, 대화를 해볼 생각이라면 지금밖에 없어."

양쪽 다 이 문제를 오래 끌어봐야 이득이 없기 때문이다.

"이번 합숙에 전부 두고 돌아가는 게 가장 현명한 선택이지 않을까?"

"……하지만……."

감질나는 사카야나기의 저항.

진짜 내가 할 말은 아니지만, 친구 관계는 나랑 막상막하로 서투르네.

경험이 없으니 어떻게 해야 좋을지 모르는 것이다.

"아까도 말했지만, 야마무라한테 반려견 놀이터에서 기다리라고 했어. 이 추위에 거의 20분 넘게 너를 기다리고 있는 셈이지."

"그렇다면 저희, 짓궂네요, 아야노코지 군. 저와 만나기로 약속한 시각은 7시. 아직 이야기한 지 10분도 채 되지 않았잖아요. 그 전부터 그녀를 기다리게 했다는 얘기 아니에요?"

야마무라로서는 괜히 일찍 나와 기다리고 있어서 힘들 것이다.

사카야나기에게는 야마무라를 기다리게 했다는 죄책감이 엄습하게 된다.

"이것도 내 전략이야."

이런 건 바로 눈치챈다는 점이 역시 사카야나기답다.

"어쩔 수 없네요. 저 때문에 감기 걸리면 안 되니까. 일단 데리러 갈까요."

바로 자신의 약점을 인정하지 않는 사카야나기가 적당한 핑계를 대고 자리에서 일어났다.

지금은 그걸로 족하다.

야마무라와 일대일로 대화하게 하면 서로 진심을 털어놓을 수 있겠지.

"거리는 좀 있지만 사카야나기 너라도 걸어서 5분 정도 걸릴 거야. 잘 다녀와."

나도 일어나면서 그렇게 말했다.

그런데—— 사카야나기가 한 발도 떼지 않았다.

"왜 그래?"

그 질문에 대답이 돌아오지 않고 잠시 침묵이 흘렀다.

그러는 동안에도 사카야나기는 걸으려고 시도했지만 전혀 앞으로 나아가지 않았다.

"……그게…… 다리가……."

다리가? 혹시 아픈가? 순간 그렇게 생각했는데…….

"다리가…… 안 움직여요…… 왜일까요."

신체의 문제가 아니라 정신적 문제라는 게 바로 드러났다.

말은 평소대로 씩씩하게 했는데 몸은 그렇지 않았다는 것일까.

카무로에게 들켰던 마음 변화가 지금도 나타난 것 같다.

"이런 모습을 다른 녀석한테 보일 수는 없지."

"……그렇, 죠……."

나는 걸을 수 없어서 당황한 사카야나기의 왼손을 붙잡았다.

먼저 와서 기다린 것도 있어서 손가락 끝까지 몹시 차가웠다.

"그럼 이번에만 특별히 내가 네 다리가 되어줄게. 그럼 문제없이 걸을 수 있을 거야."

"……죄송해요."

"됐어. 내가 멋대로 참견해서 시작한 일이니."

그렇게 우리는 대화 없이 천천히 움직이기 시작했다.

드디어 보이는 반려견 놀이터.

멀리, 커다란 나무 그늘 밑에 숨어 있듯 서 있는 야마무라를 발견한 사카야나기가 당황하면서도 천천히 손을 들어 자신의 존재를 알렸다. 내가 등을 슬쩍 떠밀자, 지팡이를 짚으면서, 그래도 자기 발로 걸음을 떼기 시작했다.

여기서부터는 내가 들어갈 영역이 아니다.

사카야나기와 야마무라가 둘이 이야기하고, 각자 해결책을 찾을 수밖에 없다.

밝은 미래를 기대해 보며, 나는 뒤돌아 이 자리를 떠났다.

이렇게 3박 4일의 교류회가 끝을 맞이했다.

○도전자는 누구인가

　인간관계에 변화를 불러온 교류회도 끝나고 다시 여느 때와 같은 학교생활이 다시 시작된다.

　최근 들어 아침이면 늘 케이와 방이나 로비에서 만나 함께 통학하는 것이 일상이지만, 오늘은 다르다. 평소보다 20분 정도 일찍 혼자 방에서 나왔다.

　엘리베이터를 타고 로비에 내려와 밖으로 나갔다.

　강한 바람이 불기도 해서 오늘은 유독 춥다.

　이제 곧 2월도 끝난다.

　다음 달이 되면 지금까지와 다르게 바빠지겠지.

　일단 카루이자와 케이 문제를 처리해야 한다.

　이건 특별히 필요한 게 하나도 없다.

　그냥 원래 예정대로, 차근차근 처리하기만 하면 그만이니까.

　그다음에는 이치노세 호나미 문제.

　네 반 중에서도 특별히 뛰어난 게 없어서 앞으로 세 반과 경합하기 어려워 보이는 반의 리더.

　그 짐작은 맞아떨어져서, 2학년이 다 끝나가는 지금 D반으로 전락했다.

　다만…… 케이 문제와 다르게, 궤도 수정이 필요해질지도 모른다.

결론은 학년말 시험 결과가 나온 후에 내려도 되겠지.

이치노세가 어떤 성장을 보여주든 대략적인 변경은 없을 것이다.

원래 계획대로 진행하면 된다고 생각하고 있었다.

그런데──.

딱 하나, 예정에 없던 문제가 발생했다.

이것 때문에 내 계획은 억지로 변경할 수밖에 없어졌다.

그에 의한 폐해도 생기는 걸 피할 수 없지만, 변경이 꼭 나쁜 것만은 아니다.

통학로를 걷기 시작한 지 얼마 되지 않아 나는 한 번 걸음을 멈추었다.

"빠르네."

시선 끝에서 만나기로 약속한 인물을 발견했기 때문이다.

정한 시간까지 아직 좀 남았는데 벌써 와서 기다리고 있다니.

나를 알아차리지 못하고, 이따금 추운 듯 하얀 숨을 토하다가 잠시 후 내 시선을 눈치챘다.

"안녕, 아야노코지."

가까이 다가가니 아침 인사를 건넸다.

"안녕, 아침 일찍부터 미안."

"아니야. 그런데 나한테 할 얘기란 게 뭐야? 전화로 말하기 힘든 얘기?"

같은 반으로서 당연히 서로의 연락처를 알고 있는 관계. 보통은 스마트폰 하나면 접선할 수 있다.

그렇게 하지 않은 것에 약간의 의문을 드러냈다.

"어떤 의미에서는 그럴지도."

호리키타는 내 옆에 나란히 서서 이윽고 보조를 맞춰 걷기 시작했다.

"어떤 의미에서는? 왠지 의미심장하고 무서운 말투네."

"그렇게 경계할 건 없어."

"정말이니?"

의심스러운 눈빛을 보냈지만, 처음 만났을 때의 가시 돋친 느낌은 없었다.

자연스러운 친구 관계라고 표현해도 지장이 없을 것 같은, 부드러움도 내포하고 있었다.

"너와 이야기를 나눌 땐 주로 특별시험이나 우리 반에 관한 내용이지. 하지만 잠시만이라도, 그런 거랑은 상관없는 이야기를 나눠보고 싶기도 해."

"뭐? 미안해, 무슨 말인지 잘 못 알아듣겠어. 무슨 소리니?"

말해놓고 참 그렇지만, 생각했던 것보다 너무 어설프게 말했다며 반성했다.

좀 더 허심탄회한 말도 떠올랐었지만, 받아들이기에 따라서는 난감하게 느낄 수 있다고 판단했기 때문이다.

"이해득실 같은 거 따지지 않고 너랑 무의미한 대화를 해보고 싶었어. 이렇게 말하면 이해가 되려나?"

잠깐 생각하는 모습이었는데, 그래도 이해가 안 된 눈치다.

"호리키타 너랑 모처럼 같은 반이 되었잖아. 얘기 나눌 기회가 영원히 있는 건 아니니까."

"영원이라니 과장은. 물론 맞는 말이긴 하지만, 아직 졸업하려면 1년 넘게 남았는데? 이런 식으로 불러내지 않아도 잡담이라면 언제든 나눠줄게."

"만약에 학년말 시험에서 내가 퇴학당한다면 그럴 수도 없어지잖아?"

"말에 비약이 있네. 네가 퇴학당할 일은 없어……라고 생각하지만, 상식 문제를 쉽게 틀리는 걸 보니까 의외로 가능성이 있으려나……."

진지하게 대답한 후, 자기가 한 말이 웃겼는지 피식 웃었다.

"너, 설마 네가 퇴학당할지도 몰라서 불안한 거니? 그래서 이렇게 아침 일찍부터 얘기하고 싶다고 한 거야……?"

"저번 특별시험 때 트라우마가 생겨서."

"그러면 상식 문제를 좀 더 외워보는 건 어때? 공부 잘하잖아."

약한 부분은 잘 알고 있지? 하고 지적했다.

"그럼 묻겠는데, 너는 게임이랑 애니메이션 용어를 공부

하는 것처럼 똑같이 암기할 수 있어?"

"뭐? ……글쎄. 전에 오니즈카한테 무슨 게임을 강매당할 뻔했을 때 DP…… 뭐라고 했더라, DEF였나, 쿨다운이 뭐라 뭐라 했었는데, 그 단어랑 뜻은 뇌가 기억하길 거부했었어……."

"그거랑 비슷한 느낌이야. 도저히 의욕적으로 외우고 싶지 않다고."

지식 흡수에 탐욕적인 줄 알았는데, 나에게도 그런 기호가 있었던 것이다.

"괜찮아. 편견 다 빼고 순수하게 반이라는 관점에서 봤을 때 너란 존재는 꼭 필요해. 만약에 상식 문제를 만나 고전하게 되면 반드시 보호해 줄게. 즉 네가 퇴학당할 일은 없어."

호리키타가 그렇게 분명히 말했다.

"그렇다면 안심이네."

진지하게 대화에 응해준 호리키타가 왼쪽 손바닥으로 어깨를 때렸다.

"정말로 퇴학당할까 봐 걱정해? 그렇게는 안 보이거든. 본론이 뭐야?"

"실은 내가 아니라 네가 퇴학당할 가능성을 걱정하고 있다거나…… 뭐 그런 거지."

"그게 현실적으로는 더 말이 되네."

욱한 표정을 지었지만, 진심은 아닌지 바로 원래대로 돌아왔다.

입학 초기와 비교해 보면 호리키타의 희노애락도 많이 풍부해졌군.

"저번 특별시험은 카무로가 퇴학당하는 것만으로 끝났어. 다만, 다음엔 그 이상이 될지도 몰라."

"……새 퇴학자가 나올 거라고 보는구나?"

"그래. 학년에서 최소 한 명. 내용과 전개에 따라서는 여러 명으로 늘어날 수도 있어."

"……그렇게 많이?"

"그렇게 생각해 놓고 있는 게 나아. 학교 측에서도 전에 말했잖아, 우리 2학년은 퇴학자가 잘 안 나오는, 적은 상태로 학교생활을 하고 있다고."

"그러니까 퇴학자를 늘릴 시험을 강행한다는 말이니? 그건…… 좀 횡포 같은데. 우리 학년이 그만큼 빈틈이 없었던 거잖아. 원래는 좋은 일이어야 해."

그야 긍정적으로 받아들인다면 그렇다.

하지만 때로는 강제로 추릴 필요가 있는 경우가 있다.

"외부에서 어떻게 보느냐에 달렸겠지. 이를테면 이 학교 운영에 정부도 관여하고 있지. 만약 1년에 10명을 떨어트리는 게 목표로 정해져 있다면 우리 2학년은 그 수준에 도달하지 못한 게 돼. 단순히 우수한 학년이라고 받아주면 좋겠지만 위에 있는 사람이 그 세세한 숫자를 어디까지 파악하고 인정할지가 미지수니까."

"정부가 정한 방침에 따르기 위해 지도를 엄격하게 할 거라고?"

"실제로 작년에는 퇴학자가 나오지 않았다고 억지로 0을 1로 바꾸었어. 학년말 특별시험에서 다수가 퇴학당하더라도 나는 놀라지 않을 거야."

겨울방학에 했던 3학년의 충고. 그것 역시 생존과 탈락의 특별시험에 한한 게 아니지 않았을까. 하지만 실제로는 3학년도 2학년의 이후 향방에 관해서는 듣지 못했을 것이다.

"억측……이라고 생각하긴 힘들까?"

"물론 내 억측이야. 현재까지의 관점에서 그렇게 느꼈을 뿐이지 구체적인 근거는 제시할 수 없어."

"그럼, 그래. 앞으로 너도 열심히 움직여 줘야겠어."

진심 반 농담 반으로 협력을 요구했다.

그에 대한 내 대답은 이미 정해져 있다.

"학년말 때 힘을 보태야 할 상황이 오면 최대한 협력은 할 생각이야."

"그것 또 참 너답지 않은 대답이네. 특훈도 그렇고 요즘 들어서 좀 지나치게 협조적인 느낌이 드는걸. 아마사와 일만 해도 싫은 내색 한 번 안 하고."

"지금까지 전부 떠넘기기만 했던 부분도 많으니. 조금은 힘을 보태야겠지."

"기특한 마음가짐이야. 하지만…… 그래도 역시 너답지 않아. 그런 식으로 협조적으로 나오다니."

"글쎄. 뭔가 함정이 있을지도 모르지."

"웬만하면 그건 참아줘."

여기까지 얘기했을 때 나와 호리키타의 눈이 마주쳤다.

그리고 아마도, 또 동시에 같은 생각을 하지 않았을까.

"후후, 네가 잡담 나누자고 먼저 제안해 줬는데 결국에는 또 시험 얘길 하고 있네."

"그러니까. 이래선 불러낸 의미가 없는데. 자, 그럼 시험 이야기는 끝."

그렇게 말한 나는 일단 이 화제를 마무리 지었다.

"결과는 쿠시다한테 들었는데, 아마사와를 상대로 선전했지만 결국 졌다고."

"역시 강해, 그 애. 창피함을 무릅쓰고 2대1로 싸웠는데도 결국엔 못 이겼어."

하지만 몇 번은 때리는 데 성공해서 아마사와가 두 사람을 높이 평가했다는 이야기를 들었다.

"다음에는 좀 더 나은 대결을 할 수 있을 거야."

"2대1로?"

"싫어?"

"그건 그렇지. 이부키도 그랬어. 두 번 다시는 나랑 힘 안 합칠 거라고."

"괜찮아. 그 녀석은 이런저런 거 바로 까먹으니까."

그건 말이 지나쳐, 하고 말하며 호리키타가 웃었다.

"그러고 보니 싸우기 시작하자마자 아마사와가 네 영향

을 눈치챈 것 같았어. 그런데 꽤 기뻐 보이더라. 너와 그 애는 무슨 사이니?"

"전여친."

"진심으로 하는 말이야? 아니면 농담?"

"짓궂은 농담이지."

"그럼 재미 하나도 없네."

호된 대답이 돌아왔다.

"언젠가 아야노코지 네 입으로 여러 가지 진실을 듣고 싶어."

"고려해 볼게. 하지만 기대는——."

"안 해."

그렇게 대답한 호리키타가 웃었다.

짧은 시간에 눈빛을 바꾸면서도 미소를 보여주는 호리키타.

나도 그런 호리키타에게 많이 배웠겠지.

이런 우리 두 사람의 관계도 머지않아 끝난다.

호리키타는 앞으로, 지금까지 겪어보지 못한 괴로운 경험을 할 순간도 올 것이다.

하지만 계속 불안해할 필요는 없다.

그다음엔 스스로 성장하고, 또 반 친구들이 단단한 버팀목이 되어줄 것이다.

1

호리키타와의 등교 그리고 교류회보다 약간 앞으로 시간을 되돌려 본다.

교류회가 있기 조금 전에, 하시모토가 도움을 청하러 방에 찾아왔을 때의 일이다.

왜 하시모토가 언뜻 봐서는 무모하게도 느껴지는 배신을 저질렀는지.

왜 리스크를 무릅쓰면서까지 그 타이밍이어야 했는지.

그 경위를 당사자의 입으로 거의 다 들을 수 있었다.

"――그 이야기를 하기 전에, 아야노코지한테 꼭 확인하고 싶은 게 있어."

그렇게 운을 뗀 하시모토에게는 남다른 결의가 있었으리라.

확인하고 싶은 것.

그건 바로 내가 지금 얼마나 많은 정보를 가지고 있는가였다.

그 부분이 이 남자에게 절대 빼놓을 수 없는 중요한 요소.

"난 저번 특별시험 그 훨씬 이전부터 류엔에게 배신을 종용당했어. 일시적으로 손을 잡는다거나 그런 수준이 아니라 반을 옮기는 전제로 말이야."

당연하지만 A반에 있는 하시모토가 류엔 반에 이동해서 얻을 이익이 없다.

카츠라기처럼 설 자리를 잃은 경우 등은 예외로 치고, 훨씬 전부터였다면 그 당시 A반은 지금보다 더 안정된 지위를 확립하고 있었을 것이다.

"물론 그런 유혹, 처음에는 진심이라고 생각하지 않았어. 그런데 직후 류엔에게 들었지. 반을 이동하지 않으면 학년말에 내가 반드시 후회하게 될 거라고."

"후회? 류엔이 자기가 이길 것을 확신해서?"

"그렇게 말하는 걸 보니 천하의 너도 모르는 눈치구나. 류엔과 사카야나기가 한 내기 내용에 대해."

"내기? 거기에 해당하는지는 모르겠는데, 지난 무인도 시험에서 뭐가 살짝 오갔다는 소리는 가볍게 듣긴 했어. 공교롭게도 내용까지는 파악 못 했지만."

그렇게 말하니 이걸 사전에 확인하고 싶었음을 증명하기라도 하듯 하시모토가 손가락을 비벼 소리를 냈다.

"다행이네. 그럼 여기에 온 의미도 있었다는 거니까."

이야기의 요점이 합치했다는 것을 이해한 하시모토가 살짝 입꼬리를 올리고 웃었다.

그런 후 두 사람 사이에 어떤 내기가 오갔는지 자세히 들려주었다.

"처음에 이 얘기를 들었을 땐 농담이라고 생각했는데, 그게 아니라 진짜라는 걸 알았지."

"그렇군. 생존과 탈락의 특별시험에서 너에게 배신할 계기가 생긴 게 그 무렵인가."

류엔과 막상막하로, 최종적으로는 자신의 승리를 믿어 의심치 않는 타입이다.

"사카야나기가 그냥 양보한 건지, 아니면 어떤 조건을 달았는지, 둘 중 어느 쪽 같아?"

하시모토는 넘치는 감정을 억누르지 못하고 앞으로 몸을 빼며 물었다.

"둘 다 충분히 가능성은 있지만, 내기 내용은 언젠간 밝혀지게 되어 있으니까. 그것까지 고려하면 후자여야 해. 류엔 쪽에는 프라이빗 포인트를 쌓게 했겠지."

"좋아. 얘기가 빠르네. 그래, 그렇게 하면 조정이 얼마든지 가능하니까."

"이 내기 이야기를 당사자와 하시모토 말고 또 아는 사람은?"

"류엔이 거짓말하는 게 아니어야 해. 너까지 네 명이야. 뭐, 함부로 얘기가 새어나가서 내기가 취소되는 건 둘 다 싫겠지."

그 추측은 아마 맞을 것이다. 공개되는 건 모든 것이 확정된 다음이 바람직하다.

류엔이 덫을 놓기 위해 유일하게 하시모토에게만 흘린 건데, 그것도 상당한 위험을 무릅썼을 것이다.

무인도 시험이 끝난 시점이라면 이후로 반년 정도 시간

이 흘렀다.

"참 길었어…… 이날이 오기까지."

하시모토는 아무에게도 비밀을 말하지 못하고 혼자 계속 고민했던 것이다.

"사카야나기가 이길지 류엔이 이길지. 솔직히 난 판단이 서질 않았어. ……아니, 조금은 사카야나기가 이기지 않을까 생각하긴 했어."

순간 거짓말한 자신을 정정하듯 이내 말을 고쳤다.

"하지만, 그래도 55대45 정도 느낌. 솔직히, 확실하게 결정하기에는 부족하잖아?"

그 말에는 동의한다.

9대1이라든지 못해도 7대3 정도가 아니면 승리가 어느 쪽으로 굴러갈지 알 수 없는 법이다.

"그래서 계속 결정할 수단을 찾았어. 그리고 고른 게──."

하시모토가 천천히 나를 쳐다보았다.

"나라고?"

"아야노코지가 사카야나기 쪽에 붙는다면 더는 망설이지 않고 지금 반과 끝까지 가기로 각오할 생각이었어. 그래서 사카야나기에게 진언한 거고…… 널 끌어들이라고 말이야."

그런데 사카야나기가 거부했다.

"그래서 배신하기로 결심했다……고?"

이야기의 앞뒤가 맞는 것 같으면서도 중심이 여전히 불

투명하다.

사카야나기와 류엔의 대결 결과를 예측할 수 없다는 것은 잘 안다.

내가 개입하면 사카야나기가 이긴다고 생각했다는 것도 잘 알겠다.

하지만 너무 무모하다는 건 변함이 없다.

"난 류엔이 이기게 도울 거야. 학년말 특별시험이 어떤 내용이든 철저하게 어시스트할 거야. 이 기회를 놓치면 제거될 사람은 십중팔구 나니까."

물론 사카야나기도 하시모토를 최대한 경계하고 절대 정보를 주지 않겠지.

그래도 자기 반에 확실한 배신자가 있으면 그만큼 불리해진다.

예컨대 반 인원 모두의 시험 총점이 승부를 좌우할 경우, 하시모토가 의도적으로 0점만 받아도 몹시 힘든 전개가 펼쳐진다.

"사카야나기가 내 지시에 따라줬으면 난 학년말 시험에서 이번엔 류엔을 배신하고 사카야나기에게 붙을 생각이었어. 지난 특별시험에서 배신하기 전인지 후인지를 떠나."

말투에서는 기백이 느껴졌지만 어디까지가 진실인지 모를 일이다.

지금, 하시모토의 말을 들으면서 확실히 느껴지는 건 이 남자가 하는 말이 전부 모호하다는 사실뿐이다.

"류엔을 이기게 할 생각이라는 건 잘 알겠는데, 사카야 나기한테 했던 거랑 같은 제안은 해 봤어?"

"너를 끌어들이라는 거 말이지? 했지, 당연히. 그 대답은 사카야나기와 같았어. 조건부였지만. 학년말 시험에서 사카야나기를 쓰러트리면 너와 나를 자기 반에 넣겠대."

류엔이 그랬다고?

지금까지의 경위를 봤을 때 류엔도 사카야나기와 똑같다.

나를 자기편으로 끌어들여 이기려고 들 사람이 아니라는 것쯤은 잘 알고 있다.

게다가 다른 반 학생 두 명을 영입하려면 4,000만이나 되는 거금이 필요하다.

하시모토가 류엔의 얄팍한 거짓말에 넘어간 걸까?

아니—— 그건 아니겠지.

눈앞에 있는 하시모토는 지금 모든 진실을 다 말하고 있는 게 아니다.

만약 내가 하시모토라면 이 무모한 배신의 이면에 자기가 살기 위한 레일을 깔아두고 틀림없이 만전을 기할 것이다. 아야노코지 키요타카라는 존재가 자기가 생각하는 반으로 이동할지도 모르는데, 배신을 결정하는 수단 따위로 삼진 않을 것이다.

사카야나기를 배신해서 얻는 보상이 막대하지 않다면 이상하다.

2,000만 프라이빗 포인트를 양도하는 계약──.

그거라면 이야기의 앞뒤가 맞아떨어진다.

사카야나기를 학년말 시험에서 쓰러트리는 데 가담해 공을 세우면 그 권리를 류엔으로부터 얻을 수 있다.

이거라면 배신이라는 큰 대가를 감수하고서라도 도전할 만한 가치가 있다.

지금 당장 그 큰돈을 류엔이 마련할 수 없다고 하더라도 매달 반에 들어오는 프라이빗 포인트를 모으면 졸업할 때까지 충분히 낼 수 있는 금액이다.

결국 하시모토는 사실 어느 반이 이길지, 내 소재가 어디에 있을지 같은 건 아무래도 상관없는 일. 최종적으로 A반이 될 수 있는 권리를 자기가 가지고 있다면 그게 바로 하시모토의 승리가 되는 셈이다.

전부 자신을 위해.

수없이 머릿속으로 시뮬레이션한 패턴을 통해 골라낸 답.

하시모토는 생존과 탈락의 특별시험에서 배신함으로써 사카야나기의 진의를 확인했다.

여기서 나를 받아들일 거라고 판단한다면 흐름은 간단하다. A반 모두의 프라이빗 포인트를 모으면 2,000만 포인트는 식은 죽 먹기일 가능성이 높다. 그걸 나에게 제시해서 내가 반 이동을 받아들이면 하시모토는 사카야나기와 나라는 대표적 두 인물과 함께 싸우는 길을 고르면 된다.

거부한다면, 류엔과 밀약을 맺고 2,000만 프라이빗 포인트를 받으면 된다. 단, 후자는 A반으로 졸업한다는 하나의 우위성은 있을지 모르나, 배신으로 인한 퇴학 위험을 부담해야 하는 건 피할 수 없다. 사카야나기가 적이 될 뿐만 아니라 제삼자가 노릴 위험까지 안고 가야 하기 때문이다.

내게 이렇게 접근해서 배신에 대해 자세히 말한 것도 모두 자신을 위해서다.

"그래서 나한테 뭘 원하는데?"

그렇게 묻자, 하시모토는 긴장한 표정을 지으면서도 씩 웃었다.

2

교류 합숙도 끝나고 천천히, 그러나 확실하게 흘러가는 시간 속에서.

진로상담실 소파에 앉아, 기다리는 사람이 올 때까지 조용한 시간을 보내던 사카야나기.

그 옆에는 의아해하면서 팔짱을 끼고 선 담임 교사 마시마도 있었다.

"여기서 대체 누구랑 무슨 이야기를 하려고?"

아무것도 듣지 못한 채 여기까지 따라온 마시마가 대답을 요구하며 쳐다보았다.

사정은 몰라도 평소와 달리 이상한 느낌은 확실히 느끼고 있었다.

"왜 그렇게 안절부절못하세요, 마시마 선생님. 걱정 안 하셔도 곧 알게 되실 거예요."

"하지만……."

두 사람이 입실한 지 벌써 10분 넘게 지났다.

"──왔네요."

그 직후 사카야나기가 알아차렸다.

문에 손을 댄 순간, 그 남자가 왔다는 사실을.

"5분 지각이에요, 류엔 군."

"주인공은 원래 늦게 등장하는 법이야."

상담실 문을 연 사람은 류엔 카케루.

그리고 그 뒤에는 담임 사카가미도 있었다.

"이게 어떻게 된 일입니까? 마시마 선생님."

"글쎄요……. 저도 상황 파악이 안 되고 있습니다."

맞닥뜨린 두 교사가 상황을 받아들이지 못한 채 이상해하며 얼굴을 마주 보았다.

류엔은 사카야나기가 앉은 소파 맞은편에 다리를 쩍 벌리고 앉았다.

학생 둘이 앉고 교사들은 서 있는 이상한 장면이 연출되었다.

"하시모토 군을 꾀어도 그렇지, 아주 과감한 짓을 시키셨더군요."

사카야나기가 묻자, 류엔이 바로 입을 열었다.

"네 밑에 있으면 얼마나 불안하겠어. 무리도 아니지."

"그것만이면 다행인데. 교활한 악당의 달콤한 말에 유혹도 당했겠죠. 거짓을 진실로 믿고, 진실은 거짓으로 알고. 그 또한 희생자일지 몰라요."

교사들을 내버려 둔 채 말싸움이 시작되었다.

"내려앉은 것치고는 아직 팔팔하네."

"물론 지금까지 경험해 본 적 없는 감정을 느낀 건 사실이에요. 하지만 그걸로 끝이라고 생각했다면 시기상조였네요."

"크큭. 아야노코지도 괜한 짓을 했던데."

교류회에서 아야노코지가 사카야나기를 만난 사실을 류엔은 당연히 알고 있었다.

그리고 교류회가 끝난 후에 사카야나기는 재기에 성공했다.

두 사실을 연결 짓기까지 복잡한 추리는 필요하지 않다.

"류엔 군의 말대로——. 저는 그에게…… 아야노코지 군에게 구원받았으니까요."

똑바로 보는 사카야나기의 시선에 류엔은 피부로 느꼈다.

지금까지 남을 내려다보기만 하던 그 눈빛에 변화가 생겼다는 사실을.

반대로 사카야나기도 느꼈다.

앞에 있는 이 남자는 처음 만났을 때보다 훨씬 커진 신념을 품고 있다고.

"당신도 아야노코지 군에게 구원받았군요."

"픕, 웃기고 있네. 너와는 언제까지나 양립할 수 없어. 난 아야노코지에게 구원받은 기억이 없는데. 오히려 증오라면 받았지. 복수하기 위한 증오를 말이야."

철저히 짓밟힌 자신의 실력과 자존심.

절대적 자신감이 있던 무대에서 무참하게 지고 내려왔다.

"그렇군요, 증오인가요. 그게 당신을 여기까지 달려오게 했다는 거네요."

"넌 다르다는 건가?"

류엔이 되묻자, 사카야나기는 무심코 미소 지었다.

"뭐가 웃겨."

"죄송해요. 웃어서 기분 나빴다면 사과할게요. 저는 단지 기뻐서요. 당신이 훌륭하게도, 여기까지 오는 과정에서 아야노코지 군의 실력을 알아차려 준 것이."

하시모토에게 격앙되었던 때와 달리, 앞에 있는 류엔은 직접 몸으로 경험하고 있다.

그렇다면 자격은 있을 거라고 생각했다.

아니, 그게 전부는 아니라며 사카야나기는 방금 한 생각을 바로 고쳤다.

카무로와 야마무라 사건을 기점으로 자기 안의 감정 스위치에 변화가 생겼다고.

"넌 좀 더 일찍부터 눈여겨보고 있었다는 말이냐?"

처음부터 사카야나기가 아야노코지를 주목하고 있었다는 것은 모두가 아는 사실.

하지만 그 최초의 접촉이 어디였는지 모르는 류엔은 알아내려고 했다.

"네. 공교롭게도 이 학교에서 그의 존재를 안 당신과는 달리 저는 어릴 때부터 쭉 이 두 눈으로 그를 쫓아왔거든요."

그 이겼다는 태도에 류엔이 움직임을 멈췄다.

"……흥미로운 얘기네. 그 녀석이 꼬마였을 때를 안다고?"

"잘 알죠. 소꿉친구와 비슷하다고 저는 해석하고 있답니다."

그 말을 듣고 마시마도 예전에 사카야나기가 했던 말을 속으로 떠올렸다.

그리고 이 두 사람 사이에 끼어들 만큼 멋이 없지는 않았다.

"난 아야노코지에게 졌어. 지금까지 몇 번을 져도 마지막에 이기면 된다고 생각했는데, 그 남자는 그런 불굴의 정신을 가차 없이 깨부쉈지. 독기도 다 빠질 만큼 말이야."

하지만 그로부터 1년 넘는 시간을 들여서 다시 그 무대로 돌아오려고 하고 있다.

"동기는 다르지만 기묘하게도 저와 류엔 군의 최종 목표는 똑같다는 거군요. 저는 그와의 대결을 당신보다 훨씬 전부터 바라왔어요. 이제 학교생활은 고작 1년밖에 남지 않았으니. 그전에 방해되는 존재를 제거해야 해요."

"완전히 같은 의견이야. 빨리 너를 쓰러트리고 녀석에게 복수할 거다."

언제나 차가운 눈으로 남을 보던 사카야나기는 확실하게 가슴속이 뜨거워지고 있음을 느꼈다.

류엔에 대해서가 아니다. 그 너머에서 기다리고 있을 아야노코지를 생각하기 때문이다.

그건 류엔도 마찬가지. 사카야나기 다음에 기다리고 있을 아야노코지를 이기기 위해 감정이 고조되었다.

"당신의 복수는 이루어지지 않을 거예요. 그 직전에 걸려 넘어지겠죠."

"너야말로 왕좌에 앉아서 대결을 기다리고 있을 생각이겠지만, 그 계획은 불발할 거다."

과열되는 언쟁에, 더는 기다리고 있을 수 없다며 마시마가 끼어들었다.

"너희 마음대로 이야기를 이어가고 있는데, 이제 그만 상황을 설명하지 않겠나."

"죄송합니다."

살짝 욱한 마시마에게 사카야나기가 부드럽게 사과했다. 그리고 이렇게 말했다.

"더는 시간 낭비 안 하는 게 좋겠죠. 본론으로 들어가도 될까요?"

"그래, 그렇지."

사카야나기는 두 교사가 나란히 서서 자신 쪽으로 몸을

돌리게 했다.

지팡이를 짚으며 일어서는 사카야나기의 앞에서 류엔도 일어나 뒤돌아보았다.

"저희는 지금부터 큰 내기를 할 거예요. 평범한 내기라면 보통 구두로 하겠죠. 신뢰가 가지 않을 경우에는 계약서로 어떤 맹세를 나눌 거고요. 하지만 이번에는 내용이 내용인 만큼 두 반의 담임 선생님이 입회해 주시는 게 확실하다고 판단했습니다."

대화를 들은 경위도 있어서 마시마와 사카야나기는 긴장했다.

"너희 사이에 뭔가를 정하려는 거군."

사카야나기가 그 내기 내용을 선언했다.

"학년말 시험에서 패배한 사람이 이 학교를 떠난다──입니다."

"패배한 사람이, 떠나……? 무슨 소리야. 아직 시험 내용도 규칙도 발표되지 않았어. 지금 단계에서는 퇴학자가 나오는 구조인지 어떤지도 모르는데."

혼란스러워하면서도 대결한 쪽에서 퇴학자가 나온다는 보장이 없다고 거친 말투로 대답했다.

"마시마 선생님, 뭔가 착각하시는 거 아닌가요? 내용과 규칙 같은 건 아무 상관 없어요. 어디까지나 저희가 내기

대상으로 삼는 건 학년말 특별시험에서의 승패뿐. 그 결과 진 사람이 알아서 퇴학한다. 그게 전부입니다."

"너희 교사를 증인으로 삼은 건 확실성을 갖추기 위해서라고. 사카야나기가 울며불며 매달려도 계약대로 퇴학 처리를 하라는 거야. 물론 만에 하나 내가 져도 똑같이 하고."

두 사람이 100% 퇴로를 차단하고, 졌을 때 퇴학을 받아들인다는 위험한 조건.

지체없이 수행하기 위해서는 강제력이 있는 학교 측의 협력이 필요하다.

사태를 파악한 마시마가 무슨 말을 하려고 했지만 바로 나오지 않았다.

"정말 그런 내기를 할 생각인지? 너에겐 프로텍트 포인트가──."

마시마에 비해 차분한 사카가미가 의문을 드러냈다.

"자주 퇴학에 프로텍트 포인트는 아무 의미 없어요. 일단 공평성을 기하기 위해 프로텍트 포인트라는 차이를 메우는 차원에서 프라이빗 포인트를 추가로 요구하기로 정했는데, 금액은 최소한으로 했어요. 돈까지 빼앗기면 그의 반엔 정말 아무것도 남지 않으니까요."

"김칫국 마시기는. 네가 지면 돈 계산 같은 거 다 쓸데없거든."

이게 농담이 아니라 앞으로 할 계약이 진짜임을 이해한 마시마.

자세를 바로하고 엄격한 표정을 지었다.

"두 사람, 정말 괜찮은 거겠지? 우리가 받아들이면 학년 말 결과에 따라 강제적으로 퇴학 집행을 해야 하게 돼. 둘 다 반에서는 리더 역할을 맡은 중요한 포지션이야. 큰 혼란을 피할 수 없다."

"네. 진 반을 다시 세우기란 몹시 힘드니 사실상 회복 불가능하겠죠. 요컨대 3학년 진급을 코앞에 두고 4파전에서 탈락해 버리는 걸 피할 수 없어요."

그 말을 입에 담으면서 사카야나기는 다시금 아야노코지를 떠올렸다.

아야노코지가 이상적이라고 보는 네 반의 경합은 류엔과의 내기가 결정된 시점에서 불가능해졌다. 만약 아야노코지가 반을 옮겨 전력의 균형을 잡는 쪽으로 방향을 튼다고 해도, 몰락하고 있는 이치노세 반까지 고려한다면 손이 부족하다.

"무승부로 내기가 무효가 되길 바라거나 하진 말아 주세요?"

"무승부 따위 인정 못 하지. 만약 그렇게 된다면 네가 카무로를 내쳤듯이 제비뽑기라도 해서 정하면 돼."

"그것도 하나의 재미겠네요. 기대하고 있을게요."

퇴로를 막은 두 사람이지만 무승부라는 결과 따위는 처음부터 가정하지 않았다.

오직 승리하느냐 패배하느냐.

표리일체의 관계뿐.

사카야나기와 류엔이 인정했고 두 담임이 파악한 시점에서 내기는 정식으로 성립했다.

패배자가 사라진다.

퇴학을 건, 도망칠 데 없는 학년말 특별시험이—— 이제 곧 막을 연다.

후기

이번에는 여차저차 4개월 만에 출간할 수 있었네요, 디스크로 고생 중인 키누가사입니다.

여러분, 올해도 모쪼록 잘 부탁드립니다.

1년이 정말 빨리 흘러간다고 할까요, 정신을 차려보니 올해 봄에 제 아이 중 하나가 초등학교에 입학합니다.

어린이집과 유치원에서 매일 최선을 다해 노는 것이 아이의 사회적 역할이라고 생각하는데요, 드디어 공부를 포함한 사회에 진입하게 되다니……. 부모로서는 기대 반 걱정 반입니다.

제 이야기는 일단 여기까지 하고 『실지주』 이야기도 잠깐 해볼까요.

전 권에 이어서 2학년 편 3학기 이야기에 돌입했습니다. 전 권의 약간 하드한 전개와 달리 이번에는 조금 느슨한 느낌으로 여러분에게 보여드리게 되었습니다.

그리고 다음에는 마침내 2학년 편 마지막 특별시험, 학년말 특별시험 편이 됩니다.

이미 본편을 다 읽으신 분은 이해하실 줄로 알지만, 지금까지의 메인 캐릭터에도 큰 영향을 미치는 스토리가 예정되어 있습니다.

그리고 현재 『실지주』 TV 애니메이션 3rd Season이 방영 중인데요.

같이 봐주시면 정말 기쁘겠습니다!

자, 그럼 마지막으로…… 처음에도 썼지만 목 디스크 상태에 대하여.

이것만큼은 정말 어쩔 도리 없는 나날이 이어지고 있는데, 작업 속도도 상당히 느려진 상황입니다. 통증이 심해서 의자에 앉아 있기도 싫어지곤 합니다.

건강할 때 작업 시간이 6, 휴식 시간이 4인 비율이었다면, 지금은 작업이 9, 휴식을 1로 해서 속도를 많이 낮춰 겨우 커버하고 있습니다. 하지만 언제까지 이 비율을 유지할 수 있을 리는 없어서 과연 몸에도 한계가 온 듯한…….

그래서 앞으로 잠시 완전하게 휴식을 취해 회복에 전념하는 쪽을 검토하고 있는 참입니다. 그렇게 된다면 다음 권 발매가 늦어지는 것을 피할 수 없을지도 몰라요.

부활하면 지금보다 몇 배로 열심히 쓸 테니, 모쪼록 양해 부탁드립니다.

『실지주』가 당연히 1번입니다. 그렇지만 그 밖에도 하고 싶은 것이 잔뜩 있답니다.

그럼 여러분, 최대한 빨리 재회할 수 있길 기도하며——
다음에 만나요!

YOUKOSO JITSURYOKUSHIJOUSHUGI NO KYOUSHITSU E 2NENSEIHEN Vol.11
©Syougo Kinugasa 2024
First published in Japan in 2024 by KADOKAWA CORPORATION, Tokyo.
Korean translation rights arranged with KADOKAWA CORPORATION, Tokyo.

어서 오세요 실력지상주의 교실에 2학년 편 11

2024년 7월 15일 1판 1쇄 발행

저　　　자	키누가사 쇼고
일 러 스 트	토모세슌사쿠
옮 긴 이	조민정
발 행 인	유재옥
이　　　사	조병권
출판본부장	박광운
편 집 1 팀	최서영
편 집 2 팀	정영길 박치우 정지원 조찬희
편 집 3 팀	오준영 권진영 이소의
디자인랩팀	김보라 박민솔
디지털사업팀	박상섭 김지연 윤희진
라이츠사업팀	김정미 맹미영 이윤서
영업마케팅팀	최원석 박수진 이다은
물 류 팀	허석용 백철기
경영지원팀	최정연
인쇄제작처	㈜코리아피엔피
발 행 처	㈜소미미디어
등　　　록	제2015-000008호
주　　　소	서울시 마포구 토정로222, 502호 (신수동, 한국출판콘텐츠센터)
판매 및 마케팅	(070) 8822-2301

ISBN 979-11-384-8151-9
ISBN 979-11-6611-455-7 (세트)